AtV

Christopher West wurde 1954 in Deutschland geboren, schlug sich mit allerlei Gelegenheitsjobs durch, verdiente sein Geld als Musiker und studierte Philosophie. Seit seiner Kindheit faszinierte ihn China, wohin er 1985 zum erstenmal als Rucksack-Tourist reiste. 1991 erschien als Ergebnis dieser Reise sein erstes Buch. 1994 begann er mit »Zuviel himmlischer Frieden« (AtV 2002) seine Serie um die Abenteuer von Kommissar Wang. Die Idee dafür hatte er aus Schanghai mitgebracht, wo er einem Kriminalpolizisten begegnet war, der eine ausgesprochene Leidenschaft für Gerechtigkeit und Fairneß besaß. Christopher West lebt in Norfolk, England.

2003 erscheint bei AtV der nächste Roman um Kommissar Wang »Der rote Mandarin«.

Inspektor Wang ist mit seiner jungen Frau Rosina in sein Heimatdorf gefahren, um dort Urlaub zu machen. Im Dorf hat sich in den letzten Jahren viel verändert, sogar ein Staudamm soll gebaut werden. Aber dazu muß man große Landfächen überfluten. Der Parteisekretär ist begeistert von dem neuen Projekt, doch andere Dorfbewohner haben eine Protestgruppe dagegen gegründet. Die Geister scheiden sich aber nicht nur an der Gegenwart. Viele Wunden aus der Vergangenheit sind noch längst nicht verheilt, alte Feindschaften nicht begraben. Eines Morgens findet man den Parteisektretär erschlagen in seinem Haus, alle seine wertvollen Kalligraphien wurden gestohlen. Hat er in der Nacht Kunstdiebe überrascht, stecken die Umweltschützer hinter der Tat, oder liegen ihre Ursachen tief in den düsteren Zeiten der Kulturrevolution? Die örtliche Polizei hat schnell einen Schuldigen gefunden. Und Wang und Rosina haben alle Hände voll zu tun, den wirklichen Täter aufzuspüren.

Christopher West

Der Verräter vom Schlangental

Kommissar Wang ermittelt

Roman

Aus dem Englischen von Frank Wolf

Aufbau Taschenbuch Verlag

Die Originalausgabe unter dem Titel
»Death on Black Dragon River«
erschien 1999 bei Allison & Busby, Limited, London.

ISBN 3-7466-1885-1

1. Auflage 2003

Published by Arrangement with Christopher West
Dieses Werk wurde vermittelt durch die Literarische Agentur
Thomas Schlück GmbH, 30827 Garbsen.
Umschlaggestaltung Preuße & Hülpüsch Grafik Design
Druck Clausen & Bosse, Leck
Printed in Germany

www.aufbau-taschenbuch.de

Für Julia Dunning

»Die politische Macht kommt aus den Gewehrläufen.«

Mao Zedong

Handelnde Personen

Wang Anzhuang	Kommissar der Pekinger Kriminalpolizei
Lin Xiangyu (Rosina)	Wangs Frau
Wang Anming	Wangs älterer Bruder
Wang Anchun	Wangs jüngere Schwester
Wang Jingfu	Wangs Vater
Wu Changyan	Parteisekretär des Dorfes Nanping
Wu Weidong	sein Sohn
Lei Luren (Francine)	dessen Lebensgefährtin
Yao	Wus Stellvertreter
Xia	Mitarbeiter des Parteisekretärs
Huang Guo	Polizeichef des Dorfes Nanping
Kong	Polizist
Wei Shaojia	Direktor der Industriegesellschaft Nanping
Fei Baoren	Krankenschwester in Nanping
Fei Zhaoling	deren Vater
Zhang Hong	Lehrer in Nanping
Roter Tiger Zhang	dessen Onkel, Anführer der Roten Garden in der Kulturrevolution
Frau Ming	Direktorin des Gästehauses Nanping
Ma Kai	kleiner Gauner in Nanping
Chu Youming	Einwohner von Nanping
Zhuo Song	Einwohner von Nanping
Xu	Großgrundbesitzer in Nanping
Xu Yifeng	dessen Tochter
Ping Li	deren Tochter
Lian Gang	Gast im Gästehaus Nanping
Shen Zirong	Partisan im Bürgerkrieg
Räder-Zhai	Archivar bei der Pekinger Kriminalpolizei

Liu Shaoqi	Staatspräsident der VR China (1959 bis 1968), an den Folgen von Repressalien in der Kulturrevolution 1969 gestorben
Zhou Enlai	Ministerpräsident der VR China (1949–1976)
Lin Biao	Verteidigungsminister der VR China (1959–1971), 1971 eines Putschversuchs gegen Mao Zedong beschuldigt, auf der Flucht mit dem Flugzeug über der Mongolei abgestürzt
Kang Sheng	Mitglied des Politbüros des ZK der KP Chinas, Chef des Sicherheitsdienstes
Lei Feng	legendärer Mustersoldat, Namensgeber mehrerer politischer Kampagnen der Mao-Ära

Prolog

Zum Weglaufen war es zu spät. Und überhaupt – wohin sollten sie sich wenden? Das Mädchen drückte sich noch fester an die Brust des alten Mannes und krallte sich an seiner groben Baumwolljacke fest. Der junge Mann stand allein. Seine Hände umkrampften einen schweren Knüppel.

»Es hat keinen Zweck«, sagte der Alte zu ihm. »Du machst alles nur noch schlimmer.«

Der junge Mann spie aus. Großvater war immer ein Kämpfer für die Ehre der Familie gewesen. Mit der Zeit hatten sie ihn zermürbt. Aber einer mußte stark sein. Einer mußte kämpfen.

Er brachte es nicht über sich, das laut auszusprechen. Es wurde still. Draußen hörten sie Stimmen. Erst von fern, dann immer lauter. Die erste Gruppe der Roten Garden kam durch die Reisfelder zu ihrem Haus.

»Es lebe der Vorsitzende Mao!«

»Es lebe die Große Proletarische Kulturrevolution!«

»Tod allen Machthabern, die den kapitalistischen Weg gehen!«

Ohrenbetäubendes Gebrüll von allen Seiten. Das Haus war umstellt. Die Angreifer rückten näher.

»Komm raus und verantworte dich für deine Verbrechen!« Durch das Megaphon klang die Stimme des Anführers noch erbarmungsloser. »Du hast zwei Minuten. Wir haben Benzin mitgebracht. Wenn du nicht kommst, verbrennt ihr alle bei lebendigem Leibe!«

Nun gellte es wie ein Urschrei: »Tötet sie! Tötet sie! Tötet sie!«

Der alte Mann erschauerte. Das war ganz und gar unchinesisch, nicht die ruhige, gesittete Art, wie sie Konfuzius und Menzius lehrten ... Das Mädchen schluchzte. Dem jungen Mann schwollen die Zornesadern.

»Noch 90 Sekunden!«

»Sie meinen es ernst«, sagte der Großvater. Sein Blick fiel auf die Bilder- und Schriftrollen, die überall an den Wänden hingen. Ihre Familiensammlung, alles, was dem alten Mann lieb und teuer war, jetzt aber nur noch eine gefährliche Last.

»Nehmt alles von den Wänden«, befahl er.

»Noch eine Minute!«

»Wie kannst du in so einem Moment an die Sachen denken?« wollte der junge Mann widersprechen.

»Tut, was ich euch sage! Wir kommen!« rief er nach draußen.

»Noch 45 Sekunden!«

»Gebt her.« Großvater streckte die Arme aus, der junge Mann legte die Bilder- und Schriftrollen darauf. Das Mädchen tat es ihm nach.

»Noch 30 Sekunden!«

Der junge Mann riß die letzten Rollen von der Wand. Das Schriftzeichen yong (Ewigkeit) im Stil der Zeit des Kaisers Jiaqing geschrieben. Boote auf einem ruhigen, sonnenüberglänzten Fluß ...

»Noch 15 Sekunden! Öffnet die Kanister, Genossen!«

»Wir kommen!« rief der Großvater noch einmal. Die Familie lief über den Hof. Von der Last gebeugt, schritt sie der Demütigung entgegen. Als sie das große Eichentor öffneten, johlte die Menge auf. Ein Wald von Gesichtern, die Augen voller Haß.

»Nehmen Sie sie«, sagte Großvater zu dem Anführer der Roten Garden, der überall in diesem Teil der Provinz Shandong als der Rote Tiger bekannt war.

Der trat vor, warf einen Blick auf das, was man ihm da anbot, und schnaubte verächtlich. »Was sind die Vier Alten?« fragte er.

»... Alte Männer?«

»Du bist so dumm, wie du hinterhältig bist. Das sind die alten Sitten, die alten Bräuche, die alte Kultur und das alte Denken. Was fordert der Vorsitzende Mao von uns?«

»Sie zu verändern?«

»Sie zu vernichten!« Der Rote Tiger versetzte dem Großvater einen Stoß, daß die Rollen zu Boden fielen. »Werft das ganze Zeug auf einen Haufen! Das wird ein Feuerchen geben!«

Als der Befehl ausgeführt war, trat ein untersetzter Mann zögernd an den Anführer heran und flüsterte ihm etwas ins Ohr.

»Das ist möglich«, antwortete der. »Wir werden uns Genossen Kang Sheng nicht widersetzen. Aber nicht zu viele.«

Der Mann schaute die Rollen rasch durch und sonderte einige aus. Der Rest wurde mit Benzin übergossen.

»Nieder mit allen Reaktionären!« schrie einer, der an diesem Abend noch mehr erleben wollte, als nur einige Bilder brennen zu sehen.

»Sie sollen das Düsenflugzeug machen!« rief ein anderer. Damit quälten die Roten Garden gern ihre Opfer. Die Arme auf den Rücken gedreht, mußten die Menschen stundenlang in tief gebückter Haltung stehen.

»Jagt sie in den Kuhstall!« brüllte ein Dritter.

»Alles zu seiner Zeit, Genossen«, erklärte der Rote Tiger. »Heute geht es um Kultur.« Er hielt eine Fackel in die Höhe. Als er sie langsam, fast liebevoll senkte und an die Rollen hielt, wurde es ganz still. Trockene Seide und Papier gingen sofort in Flammen auf. Einen Augenblick schien es, als seien die Bilder zum Leben erwacht. Die wilden Flammen trugen sie hoch hinauf, sie wanden sich wie in Agonie und sanken als Ascheflocken zu Boden. Es dauerte nur wenige Minuten. Die Flammen erloschen so rasch, wie sie aufgeschossen waren. Großvater schluckte seine Tränen hinunter. Sie sollten nicht sehen, wie tief sie ihn getroffen hatten.

»Es war klug von dir, uns das Zeug herauszugeben«, sagte der Rote Tiger Zhang. »Aber glaube nicht, daß damit alle deine Verbrechen vergeben sind.«

Großvater schüttelte demütig den Kopf. Der Anführer wandte sich ab und begann ein langes Zitat aus einem Werk des Vorsitzenden Mao herzusagen. Die Menge fiel ein. Wer den Text nicht kannte, bewegte die Lippen, in der Hoffnung, es werde niemandem auffallen. Großvater seufzte erleichtert auf. Er hatte seinen Lieben das Leben gerettet. Schon dafür mußte er dankbar sein. Für wie lange – das stand auf einem anderen Blatt. Aber damals, 1967, in der Kulturrevolution, lebten Menschen wie er nur von einem Tag zum anderen.

Erstes Kapitel

Kommissar Wang Anzhuang von der Pekinger Kriminalpolizei lehnte sich im Abteil der Ersten Klasse zufrieden in die Polster zurück. Er ließ die Zeitung sinken und blickte auf die ländliche Gegend, die draußen vorüberzog. Feldwege, Weizenfelder, lange, von Pappeln gesäumte Kanäle – das war Shandong. Die Provinz, in der er aufgewachsen war und die er immer noch als seine Heimat ansah – eine Bastion der Vernunft, der Freundlichkeit und Beständigkeit. Ganz anders als die lärmende, egoistische, all dem Neuen nachjagende Hauptstadt, wo er jetzt arbeitete.

Der Zug ratterte durch ein Dorf. Die Hauptstraße war leer. Die Bewohner von Xingnan pflegten der Ruhe nach der Hitze dieses Spätsommertages. Nur die Mauern lebten. Von ihnen sprang es dem Betrachter in grellen Farben entgegen:

»Ventilatoren Marke Langer Marsch sind die besten!«

»Guter Preis, wissenschaftliches Design!«

»Kauft die Produkte der Elektrogerätefabrik Nr. 2 in Hefei!«

Xingnan flog vorbei. Dann wieder Felder und am Horizont, wie mit dünnem Stift gezeichnet, eine Bergkette. Dort irgendwo lag ein verschlafenes Dorf namens Nanping.

Die junge Frau an seiner Seite kuschelte sich im Schlaf noch fester an seine Schulter. Der Kommissar stellte sich nun bestimmt schon zum tausendsten Mal die Frage, ob Rosina diese Reise gefallen werde. Das wünschte er sich von ganzem Herzen, und er wußte, daß auch sie es sich wünschte. Aber seine neue junge Frau war in Peking geboren und aufgewachsen, hatte ihre Freunde unter Künstlern und Intellektuellen. Wie würde sie wohl die Menschen aufnehmen, mit denen Wang die ersten sechzehn Jahre seines Lebens verbracht hatte?

Sie sind nicht dumm, sagte er sich. Nicht die Leute, mit denen mein Vater Umgang pflegte. Außerdem ist sie nicht so eingebildet wie manche ihrer Freunde.

Der Kommissar vertiefte sich wieder in die Zeitung. Er schüttelte den Kopf. Was waren das nur für Nachrichten. Präsident Clinton kritisierte wieder einmal China. Erneut Ärger mit Chris Patten, dem letzten imperialistischen Gouverneur von Hongkong. In Chongqing demonstrierten feindliche Elemente gegen den Drei-Schluchten-Staudamm. Ein Waffenlager in einem Haus in Tianjin gefunden. Waffen schien es jetzt überall zu geben – und meist in den falschen Händen. Aber das waren Dinge, die die Städte betrafen. In den nächsten drei Wochen wollten seine Frau und er all das weit hinter sich lassen. Sie fuhren aufs Land, wo das wahre Herz Chinas schlug.

Der Jeep, der sie vom Bahnhof der Provinzhauptstadt Jinan abholte, stank nach Hühnermist. Dazu kam ein chemischer Geruch, der von Säcken mit Kunstdünger ausging. Der Wagen war damit bis unters Dach beladen. Nur die Vorderbank hatte man frei gelassen, wo sich nun der Kommissar und seine Frau drängten. Dazu der Fahrer, ein Bursche von kaum 20 Jahren, der sein Gefährt steuerte, als rollte er auf einer japanischen Achterbahn. Die Reise auf das Land geriet zu einem wahren Krieg gegen Radfahrer, Eselskarren, Fußgänger und andere Verrückte von seinem Schlag, die allerdings riesige Lastwagen lenkten. Erst als sie die Kreisstadt Wentai hinter sich hatten und in die Berge kamen, wurde es etwas ruhiger. Der Verkehr nahm ab, aber nun machte sich der junge Mann einen Spaß daraus, jede Kurve in scharfem Tempo zu nehmen. Wang wollte protestieren, aber der Bursche meinte, er müsse seinen Zeitplan einhalten.

»Als ich das letzte Mal hier war, war das noch ein unbefestigter Weg«, sagte der Kommissar nachdenklich.

»Das haben wir Sekretär Wu zu verdanken«, bemerkte der junge Mann. »Er hat die Straße asphaltieren lassen. Das muß jetzt etwa fünf Jahre her sein.«

Wang spürte leichte Gewissensbisse. 1988 also. War er wirklich so lange nicht mehr hier gewesen?

Als sie um eine weitere Biegung rasten, kam eine aus Ziegeln gemauerte schlanke Turmspitze in Sicht. »Oh!« rief Wang. »Die Pagode der hundert Buddhas!«

»Pagode ohne Buddhas heißt die jetzt«, ließ der Fahrer fallen.

Wieder beschlich Wang dieses Schuldgefühl, nur betraf es diesmal nicht ihn persönlich, sondern seine ganze Generation. Die hundert Buddhas, die jahrhundertelang von der alten Backsteinpagode herabgeschaut hatten, waren 1967 in Stücke geschlagen worden. Wang, der gerade 42 war, hätte damals durchaus dabei sein können.

»Heute könnte sie ein richtiger Touristenmagnet sein«, fuhr der Fahrer fort. »Aus den Städten kämen die Leute, um sie zu sehen. Auslandschinesen bestimmt auch. Vielleicht sogar Langnasen. Lange Nase – dicke Brieftasche! Aber diese blöden Roten Garden …« Der Bursche hielt verwirrt inne. »Sie werden doch nicht dabei gewesen sein, oder?«

Wang mußte lächeln. »Nein, ich war damals in der Armee, der einzigen Stelle, wo man so etwas nicht tun mußte.«

Der junge Mann atmete erleichtert auf. »Das habe ich mir gedacht. Sie haben dort eine Medaille bekommen, nicht wahr? Und jetzt tragen Sie die Goldkokarde der Polizei an der Mütze. Lösen Mordfälle und so. Xia vom Parteikomitee hat mir von Ihnen erzählt.«

Der Jeep legte sich erneut in die Kurve. Ein weites Tal nahm sie auf – fruchtbares Land, von hohen Bergen umgeben. An seinem Ende lag das Dorf Nanping.

Endlich zu Hause.

»Hier hat sich viel verändert«, sagte der Fahrer, als sie die ersten Häuser erreichten.

»So ...?« Am Rand des Dorfes immer noch das Gewirr von kleinen Feldern, Pfaden und ummauerten Gehöften, wie es Wang kannte.

»Nach vorn müssen Sie schauen. Und ein bißchen weiter nach oben.«

»Donnerwetter.« Am Berghang direkt vor ihnen waren Gruppen von Villen emporgewachsen – ausladende mit flachem Dach oder zweistöckige. Sie alle prangten in grellen Farben und sahen teuer aus.

»Das ist der Fortschritt«, sagte der junge Mann. »So etwas werde ich auch haben, wenn ich fünfundzwanzig bin.«

»Und wie wollen Sie das machen?«

»Hart arbeiten!«

An dem alten Glockenturm vorbei gelangten sie auf die Hauptstraße. Die Häuser schienen alle ein Stockwerk höher zu sein. Die Straße war voller Fahrräder, Lastwagen, hölzerner Handkarren und dreirädriger Traktoren, die im Volksmund »Eiserne Büffel« heißen. Fußgänger, manche in den alten Mao-Anzügen, aber die meisten in leuchtend bunten T-Shirts oder bestickten Blusen, schlüpften zwischen den Fahrzeugen hindurch, um über die Straße zu kommen oder all die Dinge zu betrachten, die am Straßenrand feilgeboten wurden. Lächelnd wandte sich Wang seiner Frau zu. Sie schaute ihn nur müde an – gefiel ihr der Anblick nicht? Der Kommissar runzelte ein wenig die Brauen, aber dann nahm ihn die Straße wieder gefangen. Dieser Lärm! Dieses Leben! Dieser Wohlstand! Nur wenn man in die Gassen nach links schaute, sah man nicht viel Erfreuliches. Dort lag das Armenviertel von Nanping, das »alte Dorf«. Auf den ersten Blick schien es, als hätte sich dort nicht viel verändert. Was bedeutete, daß sein Bruder ...

»Ich bin sieben Minuten zu spät«, erklärte der Fahrer. »Haben Sie etwas dagegen, wenn ich schnell etwas abliefere und Sie erst dann zum Gästehaus bringe?«

Wang tastete nach dem Brief, in dem ihm der Parteisekretär des Dorfes eine »Sonderfahrt« vom Bahnhof der

Provinzhauptstadt Jinan versprochen hatte. Dann nickte er. Für diesen Urlaub hatte er hart arbeiten müssen. Er wollte sich nicht schon am Anfang die Stimmung verderben lassen.

Sie rollten die Hauptstraße entlang, an Yangs Pension, der Polizeiwache und dem Parteibüro vorbei zum Nordplatz, einem gepflasterten Rondell am oberen Ende des Dorfes. Das altersschwache Gebäude mit dem Blechdach war in Wangs Jugend die Fabrik für landwirtschaftliche Geräte Nr. 9 der Brigade Wentai gewesen. Jetzt verkündete ein Spruchband: Industriegesellschaft Nanping.

Der Fahrer hielt am Tor und stieg aus. »Es dauert nicht lange.«

Sie saßen schweigend. Wang drehte sich zu seiner Frau um und sagte: »Willkommen in Nanping!« Sie öffnete den Wagenschlag und fiel beinahe heraus. Ihr war übel.

Den Nordplatz schmückten ein Brunnen, der niemals funktioniert hatte, zwei Zypressen und ein alter Mühlstein. Mit dem hatte Wang als Junge noch Getreide gemahlen. Jetzt hatte man ihn zu einer Bank umfunktioniert, und Wang hieß Rosina, sich dort niederzusetzen.

»Mir fehlt nichts«, sagte sie müde.

»Bleib hier sitzen und atme ein wenig frische Luft. Ich werde dem tollen Fahrer sagen, er soll unser Gepäck ins Gästehaus bringen. Wir kommen später mit dem Taxi nach.« Wang hatte keine Ahnung, ob es in Nanping überhaupt Taxis gab, aber ein Fahrzeug würde er schon finden.

»Ich möchte lieber zu Fuß gehen. Wenn ich etwas zu mir gekommen bin. Du weißt doch, wie gern ich mich bewege …«

Auf dem Mühlstein saß bereits ein alter Mann und rauchte Pfeife. Wang glaubte ihn zu kennen und versuchte sich an seinen Namen zu erinnern. Als der Mann aufblickte, fiel er ihm ein. Mao – das war es. Schweineschwänzchen Mao. Den Spitznamen hatte er von …

»Ach du Schreck!« Der Alte sprang auf. Mit angstgeweiteten Augen starrte er sein Gegenüber an. Der Kommissar wollte etwas sagen, aber der Alte hatte sich bereits umgedreht und humpelte davon, so schnell er nur konnte.

Wang rief ihm etwas nach, aber das ließ den Alten nur noch schneller laufen. Wang zuckte die Achseln und half seiner Frau auf den Stein. Rosina ließ sich niedersinken und vergrub ihr Gesicht in den Händen. Ein Schütteln ging durch ihren Körper, als ob sie schluchzte. Er setzte sich neben sie, legte seinen Arm um ihre Schultern und suchte sie zu beruhigen.

»Ich weiß, das war kein guter Anfang ...«, flüsterte er ihr ins Ohr.

Rosina senkte die Hände und drehte sich um. »Was der Alte für ein Gesicht gemacht hat!« rief sie und schüttelte sich noch einmal vor Lachen.

Das Gästehaus der Regierung lag am Berghang in der Villengegend, die sie von weitem gesehen hatten. Den Kommissar und seine Frau, die den Weg herauf zu Fuß gemacht hatten, erwartete die Direktorin, Frau Ming, bereits auf den Stufen, die zum Eingang führten. Sie geleitete sie direkt auf ihr Zimmer. Sie brauchten weder einen Ausweis zu zeigen noch sich anzumelden. Der Brief von Parteisekretär Wu genügte.

»Ich habe dir gesagt, daß man uns freundlich empfangen wird«, meinte Wang, als sie ihre Unterkunft in Besitz nahmen: ein geräumiges Schlafzimmer mit schweren, altmodischen Möbeln – ein Bett mit Seidendecke, zwei Stühle, ein Schreibtisch am Fenster, ein riesiger Kleiderschrank, eine Kommode – und ein Bad.

»Ich möchte, daß du hier Freunde findest«, fuhr Wang fort. Nicht nur die Leute, die ich kenne, sondern auch andere. Wen du willst.«

»Klar«, sagte Rosina. »Aber vor allem möchte ich deinen Bruder kennenlernen. Schließlich ist er der einzige Wang, der noch in Nanping lebt. Daran wirst du mich nicht hindern.«

Wang schaute bei diesen Worten nicht gerade begeistert drein. »Anming kann manchmal sehr schwierig sein.«

»Ich habe immer mit schwierigen Menschen zu tun. Aber jetzt wollen wir erst einmal auspacken. Damit wir uns hier etwas heimischer fühlen.«

Wenig später folgten sie bereits einem Weg, der hinter dem Gästehaus zum höchsten Punkt des Tales führte. Dort setzten sie sich auf einem Felsen nieder und ließen ihre Blicke über Nanping schweifen: Beton und gerade Linien im neuen Teil, Backstein und verrostetes Eisen in den krummen Gassen des alten Dorfes, die schachbrettartigen Felder mit den Bauerngehöften. Das alles von schützenden Bergen umgeben, die bald in schroffen Zacken aufragten, bald von schmalen Terrassenfeldern gesäumt wurden.

»Wie schön«, sagte Rosina. »Und so grün. Ich hatte es mir viel kahler vorgestellt.«

»Wir haben Glück in dieser Gegend«, antwortete Wang. Er benutzte das »wir«, als sei er nie fort gewesen. »Wir haben hier oben ein paar gute Quellen.« Er mußte lächeln. »Anming und ich haben oft dort gespielt – Boote schwimmen lassen, gebadet und Frösche gefangen. Die haben wir unserer kleinen Schwester mitgenommen.«

Rosina blickte verträumt drein.

»Abends gab es dann eine Froschsuppe«, fuhr Wang fort. »Die schmeckte phantastisch!«

Rosina verzog das Gesicht. Sie zeigte in das Tal auf der anderen Seite des Passes, das rauher und enger wirkte als das weitgeschwungene Hufeisen um Nanping. »Was liegt dort?« fragte sie.

»Das ist das Schlangental. Hinter der Felsnase sind noch ein paar Felder. Von da führt ein Pfad nach Weipowan, so heißt das nächste Dorf. Dort hinten steht auch ein Gedenkstein für gefallene Revolutionäre. Es ist ein schöner Spaziergang, wenn ich den Weg noch finde. Wollen wir es versuchen?«

Nach einem Blick auf die Uhr willigte Rosina ein.

»1947, im Bürgerkrieg, hat es da ein Gemetzel gegeben«, sagte Wang, als sie den Weg hinabstiegen. »Truppen von Tschiang Kaischeks Guomindang hatten bei den Bäumen dort einen Hinterhalt gelegt. Viele Partisanen ließen damals ihr Leben. Der Stein wurde Anfang der fünfziger Jahre aufgestellt. Vater ist mit uns zu jedem Jahrestag dorthin gegangen. Er hielt uns dann immer einen Vortrag über Pflicht, Patriotismus und Opfermut. Er glaubte an das, was er sagte. Es war nicht wie bei vielen Reden, die man heute hört.«

Rosina, die Reden generell nichts abgewinnen konnte, nickte nur.

»Der gute Vater – ich sehe ihn ganz deutlich vor mir!« fuhr Wang fort, den die Erinnerung gepackt hatte. »Wie er an seinem großen Holztisch im Parteibüro saß, von Papierstapeln umgeben. Wie er uns liebevoll zudeckte, wenn er spätabends nach Hause kam. Das Licht seiner Lampe, die noch spätnachts brannte. Er drehte den Docht ganz weit herunter, um kein Petroleum zu verschwenden, das dem Volke gehörte. Mutter hat sich nie beklagt. Sie taten ihre Pflicht gegenüber China, dem Volk und der Partei. Nicht so wie die Funktionäre heute.«

»Nein ... Aber es gibt doch noch andere Gründe, um zu leben, Anzhuang.«

Wang dachte einen Augenblick über diese Bemerkung nach, bevor er antwortete. »Vielleicht hast du recht. Das hat ihn sicher am Ende das Leben gekostet. Manchmal arbeitete er tagelang ohne Pause durch. In der Bodenreformbewegung Anfang der fünfziger Jahre hat er eine ganze Woche lang nicht geschlafen.«

Rosina nickte ernst. Geschichte war nie ihre Stärke gewesen, aber sie wußte, daß die Partei kurz nach der Befreiung die Landbevölkerung in die Kategorien Grundbesitzer, reiche, Mittel- oder arme Bauern einstufen ließ, damit das Land neu aufgeteilt werden konnte. Als Parteisekretär eines Dorfes mußte Wangs Vater direkt damit befaßt gewesen sein.

»Die meisten Funktionäre fällten ihre Entscheidungen in wenigen Minuten«, fuhr Wang fort. »Vater legte über jeden eine Akte an und brütete lange darüber. Er wußte, was die Einstufung bedeutete. Als wirklicher Kommunist sorgte er sich um die Menschen.«

Rosina wollte widersprechen, ließ es aber. »Und was passierte dann?« fragte sie statt dessen.

»Eine aufgeregte Menge wollte die Großgrundbesitzer und reichen Bauern umbringen. Vater hat erzählt, er habe mit zwei ängstlichen Milizionären gegen etwa einhundert wütende Landarbeiter gestanden, die sich Knüppel, Mistgabeln und alles mögliche gegriffen hatten, was ihnen gerade in die Hände kam.«

»Und?«

»Vater gelang es, sie umzustimmen. Er sagte ihnen, im neuen China müsse jeder die Chance haben, sich zu verändern, selbst die Großgrundbesitzerfamilie. Da die Leute ihn sehr achteten, zogen sie sich schließlich zurück.« Das Lächeln, das dabei auf Wangs Gesicht erschien, verflüchtigte sich bald wieder. »Später hat es ihnen allerdings nichts geholfen.«

»Wie das?«

»Während der Kulturrevolution haben sie den alten Xu erschlagen, ebenso seinen Sohn. Die Tochter ...« Er hielt inne. »Ach was, das interessiert dich sicher gar nicht. Es wird kühl. Laß uns zurückgehen.«

Die Neuankömmlinge saßen in dem kleinen, praktisch eingerichteten Speisezimmer des Gästehauses allein beim Abendessen.

»Wir haben nur noch einen weiteren Gast«, erklärte Frau Ming, »aber der ißt lieber auf seinem Zimmer.«

Rosina, die gern unter Menschen war, schaute erstaunt drein. »Wie ungesellig«, sagte sie.

»Er wirkt sehr vornehm«, fuhr Frau Ming fort. »Ein Funktionär im Ruhestand. Ich denke, er hat ihn sich verdient.«

»Was macht er hier?« fragte Wang.

»Das weiß ich nicht. Urlaub, nehme ich an.«

»Hier?« entfuhr es Rosina, der die Frage sogleich peinlich war. »Damit wollte ich nicht ...«

Wang mußte lachen, aber Frau Ming meinte pikiert: »Ich habe oft hohe Gäste. Die meisten stammen aus dieser Gegend, aber bei weitem nicht alle. Einige kommen auch, um in unserem Dorf Ruhe zu finden. Früher pflegten sich Beamte an ihrem Lebensabend in einen Privatgarten zurückzuziehen. Warum sollen Menschen, die ihr Leben lang dem neuen China gedient haben, nicht auch dieses Recht genießen?«

»Natürlich ...«, sagte Wang nachdenklich. »Bei Gelegenheit werden wir uns ihm vorstellen.« Er nahm ein Stück von dem Schweinefleisch mit fünf Düften, das Frau Ming gerade serviert hatte, stippte es in Essig und aß. »Bis dahin wollen wir die gute Shandonger Küche genießen!«

»Du hast dort oben auf dem Paß so bedrückt gewirkt«, sagte Rosina, als Frau Ming gegangen war. »Wenn du dir etwas von der Seele reden möchtest ...«

»Nein«, erwiderte Wang. Rosina wollte immer über alles reden – diese neue westliche Mode. Wang dagegen war nach chinesischer Art erzogen. Das hieß, keine Gefühle zu zeigen und immer das Gesicht zu wahren. Dieser Besuch wird wohl doch komplizierter, als ich annahm. Was habe ich mir nur vorgestellt? dachte er bei sich. Er griff nach der Hand seiner Frau und hob sein Glas. »Wir wollen uns hier wohl fühlen. Morgen abend sind wir zum Essen eingeladen. Das Wetter ist schön, und wir werden viele Menschen treffen. Wenn mir trübe Erinnerungen kommen, dann werde ich damit fertig. *Mei wenti!* Kein Problem!«

»Kein Problem«, stimmte Rosina ihm zu und stieß mit ihm an.

Zweites Kapitel

Der rote Stern über dem Eingang zum Parteihaus glänzte in der Sonne.

»Frisch lackiert«, bemerkte Wang anerkennend.

»Speziell für uns?« fragte Rosina.

Ein Polizist am Tor bat um ihre Ausweise. Nachdem Wang das erledigt hatte, ging das Paar über einen holprigen Hof zum Hauptgebäude, einem zweistöckigen Bau aus Beton mit Flecken von der feuchten Luft und kleinen Fenstern, deren Läden geschlossen waren.

Die Partei. Was Rosinas Freunde aus der Künstlerwelt nicht wußten: Sie war Mitglied wie ihr Ehemann. Nicht aus Überzeugung, sondern weil es für ihr berufliches Fortkommen besser war. Manchmal fühlte sie sich nicht wohl dabei, aber viele andere handelten genauso. Mit Äußerungen über Kollegen hielt sie sich zurück. Wenn es aber sein mußte, dann berichtete sie zum Verdruß ihrer Vorgesetzten über rein berufliche Dinge. Oft wünschte sie, sie möge eines Morgens aufwachen, alle Politiker und Parteifunktionäre wären verschwunden und ließen die Menschen leben, wie sie wollten. Aber sie wußte, daß dies nur ein Traum war. Wenn sie Oberschwester in einem der ersten Krankenhäuser der Hauptstadt bleiben wollte, mußte sie Parteimitglied sein.

Nun waren sie am Hauptgebäude angekommen. Der Pförtner hinter dem Gitter wollte noch einmal ihre Ausweise sehen. Dann telefonierte er.

»Der Mitarbeiter des Parteisekretärs kommt sofort«, sagte der Pförtner. »Nehmen Sie inzwischen Platz ...«

Wang und Rosina setzten sich auf eine harte Holzbank im Vestibül und blätterten in einer Zeitschrift über Landwirtschaft, die dort auslag. Dann ging eine Tür auf, und ein junger Mann in einem knallgelben Hemd und modisch enger Hose erschien.

»Mein Name ist Xia«, sagte er und streckte ihnen die Hand entgegen. »Ich bin der persönliche Mitarbeiter von Sekretär Wu. Er ist noch unterwegs und hat mich gebeten, Ihnen inzwischen unser Haus zu zeigen.«

Der junge Mann führte sie zunächst in einen kleinen Raum mit hohem, geschlossenem Fenster und Neonlicht. »Das ist mein Büro.« Der Schreibtisch war aufgeräumt: Ein Stoß Dokumente in der Mitte, ein Ventilator auf der einen und das Foto einer jungen Frau auf der anderen Seite.

»Ihre Frau?« fragte Rosina und zeigte auf das Bild.

»Meine Freundin«, antwortete Xia mit unverhülltem Stolz. Dann öffnete er die Tür zum Arbeitszimmer des Parteisekretärs. Dieses war etwa achtmal so groß wie das des Mitarbeiters. An den Wänden überall Aktenschränke. Der metallene Schreibtisch mitten im Raum wirkte wie eine einsame Insel. Darauf türmten sich Papiere in zwei Körben.

»Einiges hat sich nicht verändert«, sagte Wang und blickte auf die Papierstapel. »Haben Sie etwas dagegen, wenn ich hineingehe?«

»Äh … Nein. Natürlich nicht.«

Wang ging zum Schreibtisch und setzte sich in den Sessel des Sekretärs. Er wollte eigentlich nicht auf die Papiere schauen, aber instinktiv erfaßte er das meiste sofort.

Antwort: Lokale Umweltdemonstranten …

Oje, die hatten sie hier also auch?

»Oben ist ein schöner Bankettsaal«, sagte der junge Mann. Wang hob das Deckblatt leicht an. *»Überwachung muß auf diskrete …«*

»Er ist erst kürzlich renoviert worden. Sie müssen ihn sehen, Kommissar.«

Wang folgte dem Hinweis. Sie gingen eine kahle Treppe hinauf, vorbei an einem Spucknapf und einer halb verdorrten Blattpflanze. Dann standen sie in einem Raum mit rotem Teppich und schreiend grünen Tapeten.

»Sekretär Wu gibt heute abend für Sie ein Essen, nicht wahr?« sagte Xia.

»Ja. Sie sind nicht eingeladen?«

Der junge Mann errötete. »So weit bin ich noch nicht. Aber alle wichtigen Leute aus dem Dorf werden da sein. Und Ihr Bruder natürlich.«

»Natürlich«, sagte Wang, wenig begeistert. Rühr bloß den Schnaps nicht an, Anming, bei allem was dir lieb und teuer ist.

»Ganbei! – Zum Wohl!« Parteisekretär Wu erhob sein Gläschen mit dem starken, klaren Maotai. »Auf das Andenken von Wang Jingfu!«

Der Kommissar lächelte, als der Name seines Vaters fiel.

»Ganbei!«

Ein Kellner in weißem Jackett stellte das nächste Gericht auf die Drehscheibe – Karpfen aus dem Gelben Fluß in süßsaurer Soße. Wang, der Ehrengast, nahm als erster. Dann folgte Sekretär Wu als Gastgeber. Wang sah zu, wie der Fisch die Runde machte. Die ältesten Gäste, der stellvertretende Parteisekretär Yao und seine Gattin, beide in Mao-Anzügen, nahmen nur ein winziges Stückchen. Der Polizeichef des Ortes, ein stämmiger Mittfünfziger, legte sich eine große Portion auf. Wei, der Direktor der Industriegesellschaft Nanping, nahm fast ebensoviel, aber tat das weit eleganter. Die Honoratioren des Dorfes. Dann griff Wangs Bruder Anming mit zitternden Stäbchen zu. Es gelang ihm tatsächlich, zwei Blättchen Fisch zu fassen und in seine Schüssel zu befördern – eine Leistung, über die sein ganzes rotes Gesicht erstrahlte.

Sekretär Wu setzte zu seiner offiziellen Begrüßungsrede an.

»Wang Jingfu, unser Sekretär von der Befreiung bis zu seinem tragischen Tod im Jahre 1965, wurde von jedermann in Nanping geachtet und geschätzt. Sein Tod riß eine Führungspersönlichkeit von hohem Rang aus unserer Mitte.«

Sekretär Wu war etwa 1,80 Meter groß. Seine Stimme war die eines Mannes, der gewohnt war, Befehle zu erteilen; seine Haltung sprach davon, daß er keinen Widerspruch duldete.

»Auf Wang Jingfus Tod folgten zehn Jahre Unordnung und Chaos«, fuhr er fort (und meinte natürlich die Kulturrevolution). »Erst als die Partei dazu aufrief, die Vier Modernisierungen in Angriff zu nehmen, kehrten wieder Recht und Ordnung ein, wie Wang Jingfu es sich gewünscht hätte. Auf Weisung unserer Führung auf Landes-, Provinz- und Kreisebene wagte Nanping den Sprung in das Meer des Marktes. Heute, fünfzehn Jahre später, sind die Ergebnisse dieses kühnen Schritts überall sichtbar. Erst kürzlich wurde unser Dorf in der Provinzpresse als Musterbeispiel für die Reform- und Öffnungspolitik genannt. Die Werkzeuge, Maschinenteile und Textilien, die unsere Fabrik produziert, werden in ganz Shandong verkauft. Von diesem guten Fisch einmal abgesehen, kommt alles, was heute abend unseren Tisch ziert, aus Kollektivbetrieben der Umgegend.« Wu legte eine bedeutungsvolle Pause ein. »Ich weiß natürlich, daß inzwischen in der Gesellschaft Stimmen laut werden, die diesen Fortschritt kritisieren, die sagen: Bis hierher und nicht weiter. Wang Jingfu hätte in diesen reaktionären Chor nicht eingestimmt.«

Der stellvertretende Sekretär Yao und seine Frau nickten im Takt. Der Polizeichef ließ ein zustimmendes Grunzen hören. Wangs Bruder Anming und der junge Betriebsdirektor zeigten keinerlei Reaktion.

Waren sie nicht einverstanden?

Sekretär Wus aufgesetztes Lächeln verschwand für eine Sekunde, dann aber fuhr er routiniert fort: »Wang Jingfu trat im Jahre 1938 in die Partei ein ...«

Es folgten der Lebenslauf von Wangs Vater, dann Komplimente an die Adresse der beiden Besucher und schließlich ein Trinkspruch. »Auf unsere Gäste! Ganbei!« Wu leerte sein Glas und nahm wieder Platz. An seiner Stelle erhob sich Yao.

»Es lebe die Partei! Es lebe das Volk! Das war die Lebensmaxime von Wang Jingfu, dessen Leben man mit dem des guten Soldaten Lei Feng vergleichen kann.«

Wang stöhnte in Gedanken auf, als der Name dieser fast mythischen Gestalt fiel. Was nun kam, kannte er zur Genüge. Jetzt kam es darauf an, ein Lächeln aufzusetzen und gelegentlich leicht zu nicken. Auf keinen Fall aber, wie es der Kommissar bei anderen, weniger geübten Zuhörern oft erlebt hatte, einzuschlafen (oder zumindest dabei nicht auch noch zu schnarchen).

»Wang Jingfu bestand stets auf den Vier Grundprinzipien. Er hielt am Marxismus-Leninismus und den Ideen Mao Zedongs fest. Er glaubte an den Sozialismus, hatte tiefes Vertrauen zur Partei und zur demokratischen Diktatur des Volkes. Er hörte nie auf, gegen Imperialismus, Liberalismus, Linksextremismus, rechtes Abweichlertum und den sowjetischen Revisionismus zu kämpfen ...«

Wang ließ seinen Blick um den Tisch wandern. Alle diese Leute mußte er früher gekannt haben, konnte sich aber kaum an sie erinnern. Der stellvertretende Sekretär Yao, der gerade sprach, hatte immer fleißig, aber ohne jeden eigenen Gedanken gearbeitet. Wu, so erinnerte er sich, war ehrgeizig gewesen. Während der Kulturrevolution wurde Yao von den Roten Garden kritisiert und zog sich daraufhin zur Feldarbeit zurück. Wu hatte den Wahnsinn überlebt, indem er mit den Wölfen heulte, ganz wie es Ministerpräsident Zhou Enlai in Peking getan hatte. Vom Roten Tiger Zhang, der Nanping in jenen Tagen regiert hatte, war keine Rede mehr.

Yao erhob sein Glas. »Auf die Kommunistische Partei Chinas! Möge sie zehntausend Jahre überdauern! Ganbei!«

»Ganbei!« erwiderte Wang, wie es sich gehörte.

Kaum hatte der alte Mann sich gesetzt, sprang seine Frau auf. Ihre Stimme war hoch und schrill. Wie die von Sekretär Wu klang sie befehlsgewohnt. Als Vorsitzende des Frauenverbandes von Nanping hatte sie sicher jede Menge Gelegenheit, sie einzusetzen. In ihrer Rede pries sie Wangs verstorbene Mutter für ihre Standhaftigkeit in schweren Zeiten. Dabei warf sie Anming einen kurzen Blick zu. Dann sprach sie von ihren eigenen Bemühungen, die Ein-Kind-Ehe durchzusetzen, vor allem, die Heiratsquote einzuhalten. Ehen zwischen den Angehörigen verschiedener Klassen suchte sie nach wie vor zu verhindern. Das mochte in den großen Städten nicht mehr Mode sein, meinte sie, aber in Nanping mache sie es den Sprößlingen der alten Ausbeuterfamilien schwer, das reine Blut der Arbeiterklasse zu verschmutzen. Sie schloß mit einer Kritik an ausländischen Vorstellungen von romantischer Liebe, die »in das politische Bewußtsein der Gesellschaft eindringen. Es ist äußerst wichtig, daß Parteimitglieder in dieser Frage mit gutem Beispiel vorangehen«, fügte sie mit einem kalten Blick in Richtung Rosina hinzu.

Als sie sich setzte, klatschte ihr Mann besonders laut.

Nun war Polizeichef Huang an der Reihe. Er sprang nervös auf, schnippte einige Schuppen vom Revier seines Nylonanzugs, brachte einen Toast auf das Recht aus und gab dann einen kurzen Bericht darüber, wie es mit der öffentlichen Sicherheit im Dorfe stand. Wang hörte interessiert zu, obwohl er Rosina und sich selbst versprochen hatte, er werde sich bemühen, mit der örtlichen Polizei so wenig wie möglich zu tun zu haben. Schließlich war er im Urlaub.

»In der letzten Zeit hat es in unserer Gegend eine Reihe von Einbrüchen gegeben«, sagte der Polizeichef. »Unsere Ermittlungen kommen gut voran, aber wenn der Kommissar uns ein paar von seinen Erfahrungen vermitteln könnte, wären wir sehr dankbar.«

Wang dachte an sein Versprechen, nickte aber trotzdem aus Höflichkeit. Rosina warf ihm einen warnenden Blick zu.

Dann sprach der wohlerzogene Direktor Wei von der Industriegesellschaft Nanping. Seine kurze Rede war gespickt mit ökonomischen Begriffen, die Wang nicht verstand, von dem kurzen Hinweis, daß in allen Bereichen entschlossene Führungstätigkeit vonnöten sei, einmal abgesehen.

Recht hat er, dachte Wang bei sich, sah dann aber, daß Sekretär Wu den Sprecher mit unverhüllter Feindseligkeit anstarrte. Peinlich berührt, wandte Wang den Blick ab. Als er wieder hinschaute, war das höfliche Lächeln wieder da.

»Auf den Wohlstand!« toastete Wei.

»Auf den Wohlstand!«

Nun mußte auch Anming das Wort ergreifen.

Wangs Bruder erhob sich zögernd und wühlte dabei in den Taschen seiner Jacke. Das höfliche Schweigen, das jedem neuen Redner vorausging, wurde immer länger.

Schließlich ertönte Sekretär Wus Stimme. »Es ist schon spät. Es müssen nicht alle sprechen.«

»Nein, nein«, erwiderte Anming. »Ich habe etwas vorbereitet. Ich weiß nur nicht ...äh ... wo ich es hingesteckt habe.« Er suchte weiter, dann aber schüttelte er den Kopf. »Es geht auch ohne. Als Familienoberhaupt möchte ich sagen, daß wir unseren jüngeren Bruder Anzhuang in seiner alten Heimat herzlich willkommen heißen ... nach ... Wie lange ist das her? Besonders, wo er uns eine so schöne Frau mitgebracht hat. Mein Bruder hatte da immer einen guten Geschmack!« Er lachte polternd. Wu warf ihm einen mißbilligenden Blick zu. Anming suchte wieder in seinen Taschen und zog schließlich einen Zettel heraus, der ihm in der Aufregung aus der Hand fiel. »Mist!« stieß er hervor. Peinliches Schweigen. Dann: »Eine gute Rede ist eine kurze Rede!« Er erhob sein Glas. »Ich trinke auf die Schönheit! Ganbei!«

»Auf die Schönheit!« kam das Echo aus der Runde. »Ganbei!«

»Jetzt Lin Xiangyu ...«, kündigte Sekretär Wu an, wobei er Rosina bei ihrem offiziellen chinesischen Namen nannte.

Die schüttelte den Kopf. »Mein Mann wird für uns beide sprechen.«

Frau Yao schaute sie finster an. Rosina verstand den Blick, aber sie mochte ebensowenig Reden halten, wie diesen zuhören. Entweder langweilte sie sich zu Tode, oder sie sagte Dinge, die sie später bereute. Wang dagegen fand Spaß daran. So überließ sie es lieber ihm.

Den Kommissar mußte man nicht lange bitten. Er verbreitete sich recht allgemein über das hohe Niveau der Führungstätigkeit von Sekretär und Stellvertreter, die dem Dorf zugute kamen, bejahte die Wichtigkeit der Ein-Kind-Ehe für die Vier Modernisierungen, betonte, wie sehr er sich auf einen Besuch der Polizeistation des Dorfes freue, lobte die Industriegesellschaft Nanping für ihren Beitrag zum offensichtlichen Wohlstand der Gegend, dankte seinem älteren Bruder für das herzliche Willkommen und brachte dann einen Toast auf alle Anwesenden aus.

»Ganbei!«

»Ganbei!«

Als die letzten Tropfen Maotai die Kehlen hinabgeflossen waren, wurde durch Stühlerücken angedeutet, daß das Bankett vorüber war. Die meisten Anwesenden mußten am nächsten Morgen früh zur Arbeit.

»Mein Fahrer wird Sie zum Hotel zurückbringen«, sagte Sekretär Wu. »Es tut mir leid, daß wir Ihnen nicht ständig einen Wagen zur Verfügung stellen können.«

Wang lächelte. »Kein Problem. Wir wollen uns die Gegend erwandern. Das ist auch viel gesünder.«

Als sie ins Freie traten, atmeten sie tief die kühle Nachtluft ein. Der VW Schanghai wartete bereits.

»Wenn Sie etwas brauchen, melden Sie sich bitte«, sagte Wu. »Sie können vom Hotel aus anrufen. Die Nummer meines Büros steht dort in der Liste. Meine Privatnummer ist 832.«

Damit ging er. Wang und Rosina stiegen in den Wagen. Als sie durchs Tor rollten, sah Wang, wie sein Bruder Anming ein rostiges Fahrrad ohne Lampe aus dem Ständer nahm, aufstieg und unsicher in die Nacht hinausfuhr.

»Ist das heilbar?« fragte er Rosina, die kürzlich einen Lehrgang in moderner westlicher Psychologie besucht hatte.

»Nur wenn er geheilt werden will.«

Das also war die moderne westliche Psychologie. »Niemand kann so leben wollen!«

»Jeder hat seine dunklen Stunden. Als ich dir zum ersten Mal begegnete, warst du auch nicht gerade wunschlos glücklich.«

»Nein ...« Er hatte Rosina in der schwersten Zeit seiner Ermittlungen im Fall des Toten in der Pekingoper getroffen. Damals glaubte er, seine Welt falle auseinander. »Aber ich habe mich wieder gefangen. Anming will offenbar nicht, und das ist sein Problem.«

Als der Wagen den Nordplatz erreicht hatte, war die Asphaltstraße zu Ende. Nun holperte er den immer steiler ansteigenden Weg hinauf.

»Dieser Besuch auf der Polizeistation ...«, sagte Rosina.

»Reine Formalität. Ein Höflichkeitsbesuch. Das verspreche ich dir.«

Sie schaute ihm in die Augen. Dann nickte sie. Es war ihm wohl ernst damit.

Der Weg wurde immer schlechter. Sie waren nun schon zwischen den neuen Villen. Eine prangte in voller Festbeleuchtung. Das sollte wohl heißen, daß der Eigentümer reich genug war, um Strom zu verschwenden. Wang mußte an seinen Vater denken, der im Schein einer trüben Petroleumlampe gearbeitet hatte. Dann fiel ihm Sekretär Wu ein: Wenn der Ortschef ein privates Telefon hatte, dann wohnte er sicher nicht mehr in dem alten Häuschen auf dem Gelände des Parteikomitees, sondern nannte vielleicht auch so eine pompöse Villa sein eigen.

War das der Fortschritt?

Der Wagen setzte sie vor dem Tor des Gästehauses ab, und die Besucher aus der Großstadt spazierten Arm in Arm den Weg hinauf. Als sie in ihr Zimmer kamen, ließ sich Rosina ausgestreckt aufs Bett fallen. Wang holte zwei Glas Wasser aus dem Bad. Dieser viele Maotai ...

»Danke«, sagte Rosina und stürzte das kühle Naß in

einem Zug hinunter. Sie blickte ihren Mann an. »Du mußt sehr stolz auf deine Eltern sein. Bei allem, was man dort über sie gesagt hat ...«

»Das war ich auch. Allerdings hätte ich gern mehr über das heutige Nanping gehört.«

»Sie sind wohl noch zu sehr damit beschäftigt, darüber zu streiten.«

Wang mußte lachen: Was die Intelligenz von Frauen betraf, so hatte Konfuzius nicht recht. »Ich denke, wir werden bald mehr darüber wissen.«

»Natürlich. Aber jetzt ...« Rosina klopfte auf den leeren Platz neben sich. Der Kommissar legte sich nieder. Sie küßten sich. Wang ließ seine Hand ihren Rücken hinabgleiten. Was bedeutete das alles schon, wenn man liebte und geliebt wurde, begehrte und begehrt wurde?

»Willst du das auch wirklich? fragte Rosina unvermittelt.

Wang runzelte die Brauen.

»Schließlich müssen Parteimitglieder mit gutem Beispiel vorangehen.«

Den Witz verstand er nicht ganz.

Drittes Kapitel

Rosina erwachte, als um halb sechs der erste Hahn krähte.

»Mein Kopf …«, stöhnte sie.

Wang, dem es ebenfalls nicht sehr gut ging, grunzte mitfühlend.

Der Hahn krähte noch einmal.

»Das blöde Vieh«, murrte Rosina. »Dem könnte ich glatt den Hals umdrehen.«

»Ich werde Frau Ming fragen, ob sie ihn uns zum Abendessen serviert«, sagte Wang.

Rosina konnte nicht lächeln, selbst wenn er ihr den tollsten Witz der Welt erzählt hätte.

Kurz darauf ohrenbetäubender Lärm aus dem Nebenzimmer. Zuerst klingelte ein altmodischer Wecker, dann rumorte jemand hin und her, schließlich knallte eine Tür zu. Endlich zog Ruhe ein. Rosina war gerade wieder in süßem Schlummer versunken, da klingelte bei ihnen das Telefon. Wang tastete schlaftrunken danach und nahm den Hörer ab.

»Kommissar Wang? Polizeichef Huang hier. Sie wollten doch bei uns vorbeikommen.«

»Ja, aber …«

»Ich habe Sie doch nicht geweckt?«

»Nein. Natürlich nicht. Wir sind schon lange auf.«

»Da bin ich ja beruhigt.« Dann Schweigen. »Paßt es Ihnen heute vormittag?«

»Hm …«

»Oder heute nachmittag? Sechzehn Uhr?«

»Gut.«

»Wer zum Teufel war denn das?« zischte Rosina, als Wang wieder aufgelegt hatte.

»Der Polizeichef.«

»Soso. Du hast hoffentlich dein Versprechen nicht vergessen.«

»Nein.«

Nun krähte der Hahn wieder, noch lauter und stolzer als zuvor. Rosina stöhnte und zog sich das Kissen über den Kopf.

Wang machte sich allein auf den Weg in den Ort. Er bog von der Hauptstraße in das alte Dorf ab und schlenderte durch die engen, kaum gepflasterten Gassen zwischen grauen Hofmauern und alten Häusern mit ihren überstehenden Dächern und schweren Holztüren. Der Geruch von fauligen Abfällen, Rauch und Abwasser stieg ihm in die Nase. Die Kinder in verschlissenen, abgelegten Kleidern taten ihm leid, obgleich sie sich wohl zu fühlen schienen. Vor allem aber schämte er sich für seinen Bruder, der hier lebte – nicht weil er so idealistisch war, das Leben der Armen zu teilen, sondern weil er sich nichts Besseres leisten konnte.

Wang fragte sich, ob er den Weg zur Kesselflickergasse wohl noch finden werde. Als er aber zum zweiten Mal an derselben Nudelkneipe vorbeikam, ging er hinein und fragte. Ein mürrischer Teenager, der zu Rockmusik vom Band die Tische abwischte, gab ihm knappe Auskunft. Sie war auch noch falsch, führte Wang aber zu einem Ort, an den er sich erinnerte und von wo …

Der Hof Nr. 4 hatte eine schwarze Eichentür. Wang klopfte an. Eine alte Frau antwortete.

»Wang Anming? Wer will zu ihm?«

»Sein Bruder.«

»Oh. Kommen Sie doch herein.«

Anming bewohnte eine Seite des Hofes, der früher sicher einer einzigen Familie gehört hatte, aber nun unter dreien aufgeteilt war. Auf dem Viereck in der Mitte hatte man einst sicher Blumen oder, wenn nötig, Gemüse gezogen, jetzt aber lag dort nur Gerümpel herum. Ein zusammengebrochenes Bettgestell, eine löchrige Teebüchse, ein verrostetes Bügeleisen und ein ausgeweideter Schwarzweißfernseher Marke Panda – konnte das wirklich noch jemand brauchen?

»Er wohnt da drüben«, sagte die Frau und zeigte auf den Teil des Hauses, der am schäbigsten wirkte. »Aber er ist jetzt sicher auf Arbeit. Ich habe ihn zur Frühschicht gehen hören.«

Alle Achtung, wie sein Bruder das aushielt. Wang lächelte voller Bewunderung. Dann fiel ihm ein, daß Trinker auf erstaunliche Weise immer wieder zu Kräften kommen können. Zumindest für kurze Zeit. Er ging zu den Räumen seines Bruders hinüber und schaute durch die schmutzigen Fenster. Drinnen herrschte ein heilloses Durcheinander. Etwas anderes hatte er nicht erwartet.

»Sie haben die lange Reise von Peking gemacht?« fragte die Frau.

»Ja.«

»So gehört es sich in einer Familie.«

Wang zeigte ein schuldbewußtes Lächeln.

»Er ist ein guter Nachbar«, fuhr die Frau fort , »außer wenn er ... krank ist. Er hilft, wo er kann, wenn man ihn bittet. Ansonsten lebt er sehr für sich. Aber Sie wissen ja, wie er ist ...«

»Ich sollte ihn besser kennen. Sagen Sie mir, trinkt er immer so viel oder nur ab und zu?«

Daß er so offen sprach, verwunderte sie nicht. »Ab und zu. Wochenlang rührt er keinen Tropfen an, aber dann überkommt es ihn wieder. Es ist schrecklich mit ihm, Herr Wang.«

»Ich weiß. Was läßt ihn denn zur Flasche greifen?«

»Mein Mann meint, es muß mit dem Mond zu tun haben. Ich denke, es ist jedes Mal etwas anderes. Eben Probleme. Aber wer hat die nicht?«

»Ist er gerade wieder in einer solchen Phase?«

»Ich fürchte, ja. Eine von den schweren – das geht schon Monate so.«

Wangs Stimmung sank. »Haben Sie eine Ahnung, woran es diesmal liegt?«

»Nein.« Aber sie wich seinem Blick aus. Offenbar sagte sie nicht die Wahrheit.

»Wissen Sie es wirklich nicht?«

»Nein. Oder … doch. Da Sie zur Familie gehören … Es war … dieses Mädchen.«

»Ein Mädchen?«

»Eine junge Frau. In meinem Alter ist jede unter dreißig ein Kind. Sie hat ihn hier besucht. Ziemlich oft. Dann blieb sie plötzlich weg. Wahrscheinlich haben sie sich gestritten.«

»Eine Liebesaffäre?«

»Ich weiß es nicht. Aber als sie nicht mehr kam, fing er wieder an zu trinken. Seitdem hat er nicht mehr aufgehört. Es muß ihm also sehr nahegegangen sein. Der arme Wang.« In ihrer Stimme lag ehrliches Mitgefühl. Anming mußte sich glücklich schätzen, eine solche Nachbarin zu haben.

»Und Sie wissen nicht, wer diese Frau war?«

»Nein.« Das klang ehrlich.

»Beschreiben Sie sie mir. Größe, Figur, Kleidung.« Der Kommissar mußte sich ermahnen, daß er nicht im Dienst war. »Vielleicht kann ich ihm helfen.«

»Mittelgroß. Figur? Schlank. Sah gesund aus. Attraktiv«, fügte die Nachbarin mit einer Spur von Neid in der Stimme hinzu. »Westlich gekleidet. Ein Mädchen aus der Stadt, möchte ich meinen.« Sie hielt inne. »Ihr Bruder kann natürlich tun und lassen, was er will. Aber wir mögen ihn, und es tut uns leid, wenn wir ihn so sehen. Vielleicht hört er auf Sie. Raten Sie ihm, sich eine Frau seines Alters zu suchen – eine nette Witwe oder eine, die beim ersten Mal Pech hatte. Bei den Heiratsquoten heutzutage geht so manche gute Frau leer aus.«

»Ich glaube nicht, daß er auf mich hört«, meinte Wang bedrückt. »Hat die Besucherin mit anderen Leuten hier gesprochen?«

»Mit mir nicht. Auch sonst mit keinem, soweit mir bekannt ist. Sie war mißtrauisch gegen uns. Aber ich denke, wenn ich eine Affäre mit einem viel älteren Mann hätte, wäre ich das auch.«

»Bestimmt.« Das hatte sich in Nanping also nicht geändert. Wang hätte gern noch weiter gefragt, wollte aber nicht zu aufdringlich erscheinen.

Langsam ging er durch die übelriechenden Gassen des alten Dorfes zurück. Die verschiedensten Gedanken schossen ihm durch den Kopf. Der arme Anming. Dann: Von wegen der arme Anming! Typisch für seinen Bruder, sich in eine Frau zu vergucken, die er niemals haben konnte, eine, die so war, wie er gern sein wollte, aber niemals werden konnte. Während sich die übrige Menschheit damit zufrieden gab, wie sie war. Dann fiel ihm ein, daß er, Anzhuang, sich selbst auch nie zufrieden gegeben hatte. Immer wollte er der Beste sein. Aber er hatte sich gemüht, hatte sich Schritt für Schritt hochgearbeitet. Und es hatte funktioniert. Vielleicht war es jetzt an der Zeit, ein wenig davon weiterzugeben? Doch wie sollte er Anming helfen? Von diesem Besuch abgesehen, hatte er überhaupt keine Zeit. Er hätte sich gern mehr um ihn gekümmert, aber die Arbeit fraß ihn auf. Anming hatte sich niemals wirklich bemüht! Das hatte er nun davon. Es geschah ihm ganz recht!

Rosina, die ein mysteriöses Gebräu von Frau Ming wieder auf die Beine gebracht hatte, wollte laufen, sich bewegen und viel frische Luft atmen. Das war in Wangs Sinn, wenn auch aus einem ganz anderen Grund. Sie stiegen wieder zum Paß hinauf, wo sie stehenblieben und auf den verschlungenen Pfad blickten, der sie am Abend zuvor ins Schlangental geführt hatte.

»Du mußt nicht noch einmal dort hinuntersteigen, wenn du nicht willst«, sagte Rosina.

»Unsinn«, antwortete Wang mit gespielter Entschlossenheit. »Ich habe gesagt, daß ich mit trüben Erinnerungen fertig werde, und dabei bleibt es. Kein Problem.« Sie gingen los. Der Tag war wunderschön. Am Himmel trällerte eine Lerche ihr Lied, und von einem der vielen Bewässerungskanäle kam das Echo zurück.

»Es war kaltblütiger Mord, verdammt noch mal!« entfuhr es Wang unvermittelt.

»Wovon redest du?«

»Davon, was mit dem alten Xu und seinem Sohn passiert ist und mit seiner Tochter Yifeng. Die haben sie nicht umgebracht, aber in ein Arbeitslager gesteckt, wo sie später erfroren ist.«

»War das während der Kulturrevolution?« fragte Rosina.

»Ja – 1967. Ich war nicht mehr hier. Meine Schwester Anchun hat mir alles geschrieben. Sie war völlig durcheinander. Irgendwelche Leute holten die beiden Männer einfach aus dem Kuhstall und schlugen ihnen mit Eisenstangen die Köpfe ein.«

Rosina zuckte zusammen.

»Zuerst wollten sie die Tat sogar Xu Yifeng anhängen«, fuhr Wang fort. »Hat man so etwas Lachhaftes schon gehört? Sie war eine schlanke, zarte Kreatur. Eine Künstlernatur. Da hätte man auch behaupten können, sie habe mit bloßen Händen einen Tiger erwürgt.« Er schüttelte den Kopf. »Je mehr ich darüber nachdenke, desto wütender werde ich.«

»Es ist lange her.«

»Das stimmt. Aber trotzdem bleibt es ein gemeiner Vorwurf. Das waren furchtbare Menschen.«

Rosina nickte. »War Xu Yifeng hübsch?«

»Ja. Sehr sogar.«

»Warst du in sie verliebt?«

»Nein!« Wang blickte sie erschrocken an. »Nicht wirklich. Ich fand sie sehr schön – wie viele Jungen hier. Aber mir lag mehr an der Armee als an Xu Yifeng.« Er seufzte auf. »Ich weiß, du denkst jetzt, ich hätte ihr helfen sollen. Aber ich konnte nicht. Ich war ja nicht hier. Als ich zum ersten Mal auf Urlaub kam, hatte man sie schon weggebracht. Verdammt noch mal, selbst wenn ich hier gewesen wäre, hätte ich nichts für sie tun können.« Wang schüttelte den Kopf. »Den alten Parteisekretär in Weipowan hatten sie einige Wochen zuvor im Büßerhemd durch die Straßen geführt. Vater hatte sich genug Feinde gemacht. Auch wir standen auf der Abschußliste. Hätten wir uns für Xu Yifeng eingesetzt, dann wären wir alle dran gewesen. Vielleicht hätte man uns sogar umgebracht – Mutter, Anchun, mich, ja selbst den überzeugten Rotgardler Anming.«

Sie waren stehengeblieben. Der Kommissar starrte düster vor sich hin. Dann ging er weiter.

»Dein Bruder war bei den Roten Garden?« fragte Rosina.

»Natürlich, ein richtiger kleiner Mao-Jünger. Er ist immer schwach gewesen.« Wang ging schneller, als wollte er seinen bösen Gedanken entfliehen.

»Hier ist es«, sagte Wang plötzlich. »Dieser Pfad führt zu dem Gedenkstein. Ich möchte hingehen.«

»Okay«, sagte Rosina.

Sie stiegen den Hang hinauf bis zu den Kiefern, die einen Kreis bildeten. In der Mitte eine Betondecke. Sie war mit den Jahren geborsten, und aus den Rissen sproß Gras. Auf der einen Seite stand eine Steinbank, auf der anderen ein kleiner Obelisk, von einem fünfzackigen Stern gekrönt, der nur noch Spuren von roter Farbe trug. Die Inschrift auf der Vorderseite konnte Rosina noch entziffern. *Unvergessen: die Helden der Revolution.* Dann folgten eine Reihe Namen und der Satz: Getötet in einem Hinterhalt am 23. Juli 1947. Sie wußte, daß sie an einem solchen Ort patriotische Trauer überkommen mußte, aber das passierte ihr kaum noch in der letzten Zeit. Die Welt hatte sich weitergedreht.

»Warum lassen sie es so verkommen?« murmelte Wang vor sich hin. Er beugte sich nieder und begann das Gras aus den Spalten zu zupfen. »Schau dir dieses Unkraut an!«

»Es ist Braunwurz«, sagte Rosina.

»Was?«

Sie pflückte einen Stengel ab und betrachtete ihn genau. »Braunwurz aus der Provinz Zhejiang. Eine Heilpflanze. Im Süden gibt es viel davon, aber so weit im Norden ist sie ziemlich selten. Man kann viel damit anfangen. Ob die Ärzte hier sie überhaupt kennen?«

»Vielleicht solltest du sie darauf aufmerksam machen. Wenn ich die Polizeistation besuche, kannst du dir ja das Dorfkrankenhaus anschauen. Es liegt am Ende der Hauptstraße, gleich beim Glockenturm.«

Rosina zog eine Pflanze aus dem Boden und schaute sich die Wurzeln an. »Das mache ich«, sagte sie so entschieden, wie er es gar nicht erwartet hatte.

»Kommissar!«

Polizeichef Huang schüttelte Wang heftig die Hand und geleitete ihn dann in sein Büro.

»Tee für unseren Gast!« rief er einem jungen Mann zu, der gerade einen Bericht schrieb. Dieser hielt in seiner sorgfältigen Schreibübung inne, stand auf und ging hinaus. Wang nahm auf einem alten Holzstuhl Platz und schaute sich um.

»Das ist im Vergleich zur Östlichen Qianmen-Straße sicher sehr primitiv«, meinte der Polizeichef.

»Das möchte ich nicht sagen.«

Wangs Gegenüber blickte enttäuscht drein. »Aber Sie haben doch bestimmt jeder einen Computer auf dem Schreibtisch!«

»Keine Spur.«

»Und Konferenzschaltung?«

»Auch nicht. Ich habe ein Telefon. Es ist schwarz und aus Bakelit, genau wie das hier.«

»Oh. Aber es gibt doch sicher einen Zentralcomputer – für Akten, Fingerabdrücke, Blutgruppen und so weiter!«

»Das schon. Die Experten können sich eine Menge Informationen auf den Bildschirm holen. Wir anderen müssen immer nett zu ihnen sein.« Wang lächelte und wies aus dem Fenster. »Ihre Motorräder sind moderner als unsere.«

»Chinesische Produktion. Ich wette, Sie haben japanische.«

Der Polizist Kong kam mit zwei großen Tassen Tee zurück.

»Das ist etwas, wo wir mit euch Pekingern mithalten können«, sagte der Chef und reichte ihm die Tasse mit einem stolzen Lächeln. »Dieser Tee ist hier gezüchtet und verarbeitet.«

Wang nahm einen Schluck.

»Schmeckt er?« fragte der Polizeichef.

Das Gebräu war abscheulich. »Hervorragend!« log Wang. »Und nun zu Ihren Einbrüchen.«

Der Polizeichef trat an eine Karte der Gegend heran, in der mehrere Nadeln steckten. »In den letzten Monaten sind es vier gewesen. Alle in den Villen am Berghang. Man hat sich auf verschiedene Weise Eingang verschafft – Fenster eingedrückt oder Türschlösser aufgebrochen. Die Kerle wußten immer, wann niemand im Hause war. Und da die Häuser weit auseinander stehen und die Gärten von Mauern umgeben sind, hatten sie jede Menge Zeit. Niemand konnte sie sehen oder hören.«

»Fingerabdrücke?«

»Bisher keine.«

»Spuren von Werkzeugen?«

»Auch nicht.«

»Sie müssen doch Spuren hinterlassen haben: Erdreich von den Schuhen, Tier- oder Menschenhaare.«

»Das Erdreich ist hier überall das gleiche. Haare …« Der Polizeichef lächelte peinlich berührt. »Wir haben hier noch keine Mittel, um solche Spuren zu untersuchen. Ich nehme an, in Peking macht ihr kurz mal einen DNA-Test, füttert den Computer damit und …«

»… und dann schicken wir einen Roboter aus, der den

Täter dingfest macht. So ist es. Sie haben doch Akten über die Fälle angelegt?«

»Natürlich.«

»Kann ich die mal sehen?«

Die Einbrecher hatten das Übliche mitgehen lassen – Videogeräte, Kameras, Geld und Schmuck. In einem Falle eine Kalligraphie. Von einigen der verschwundenen Gegenstände gab es Fotos. Wahrscheinlich hatte der Eigentümer gedacht, die schützten vor Diebstahl.

»Die ist schön«, sagte Wang und hielt das Foto mit der Kalligraphie hoch.

Der Polizeichef grunzte nur.

»Sie sieht alt aus«, fuhr Wang fort. »Weiß jemand, wieviel sie wert ist?«

Ein weiterer Grunzlaut.

Wang schaute sich die Schriftrolle genauer an. Er hätte gern traditionelle chinesische Kunst gesammelt, aber ein derartiges Hobby ging weit über die Möglichkeiten eines ehrlichen Polizisten hinaus. Er war nicht neidisch auf jene, die es sich leisten konnten. Im modernen China hatten viele Leute Geld und verschwendeten es. Er bewunderte Menschen, die es für schöne Dinge ausgaben.

»Ich hätte gern den Eigentümer gesprochen«, sagte er.

Der Ortspolizist blickte überrascht auf. »Ich denke, die haben die Rolle nur so mitgehen lassen. Solche Sachen sind hier schwer zu verkaufen. Geld bringen die technischen Geräte.«

»Das kann schon sein«, erwiderte Wang mit einem rätselhaften Lächeln. Polizeichef Huang sah ihn nachdenklich an und grunzte noch einmal. Wenn der Kommissar weiter nichts wollte … Er blätterte im Telefonbuch und dachte darüber nach, ob dieser Überflieger aus Peking tatsächlich so schlau war, wie er annahm. Wahrscheinlich hockte er den lieben langen Tag nur hinter seinem Schreibtisch. Und man wußte doch, daß in der Stadt das Denken litt.

Herr Chu, dem die Kalligraphie gehörte, war ein drahtiger Mann mit schmalem Gesicht und scharfem, durchdringendem Blick. Er begrüßte den Kommissar mit einem schiefen Lächeln und bat ihn ins Wohnzimmer.

»Nehmen Sie Platz«, sagte er. »Das Sofa ist neu. Es hat mich 2000 Yuan gekostet.«

Wang setzte sich. Es war nicht einmal sehr bequem.

»Ich freue mich, daß dieser Fall auf höherer Ebene behandelt wird«, fuhr Chu fort. »Der Einbrecher hat eine Menge mitgehen lassen, wissen Sie?«

»Ja, ich weiß. Ich ...«

»Die Hifi-Anlage war neuestes Modell. CD, graphischer Equalizer, Doppelkassettendeck und Dolby-System. Alles miniaturisiert. Japanisches Produkt natürlich. Der volle Preis sind 4000 Yuan. Allerdings habe ich dem Verkäufer einiges abgehandelt. Das geht durchaus, wenn man es richtig anstellt. Darf ich Ihnen einen Tee anbieten?«

»Äh, nein, danke.«

»Wirklich nicht? Ich will gerade welchen trinken.«

»Nein, vielen Dank.«

Chu rief etwas in die Küche.

»Und was war das für eine Schriftrolle?« fragte Wang.

»Die hat meiner Frau gehört.«

Wie aufs Stichwort trat eine Frau ins Zimmer und brachte Chu eine Tasse Tee. Er nahm sie ohne einen Dank. »Der Kommissar hat nach deiner Schriftrolle gefragt«, sagte er statt dessen. »Die gestohlen worden ist. Die etwas wert sein soll.«

Frau Chu blickte zu Boden.

»Es ist ein sehr schönes Stück«, bemerkte Wang.

Sie antwortete nicht.

»Meine Frau ist manchmal etwas schüchtern«, sagte Chu.

»Qing-Dynastie, nicht wahr?« fuhr Wang fort.

Die Frau nickte lächelnd.

»Wertvoll?« fragte Wang.

Sie wollte etwas sagen, aber Chu unterbrach sie. »Sie meint: Ja. Ich weiß nicht, warum. Das Ding ist kaum zu lesen.«

»Aus welcher Herrschaftszeit?«

»Weiß ich nicht«, antwortete Frau Chu.

»Ich hoffe, Sie bekommen sie zurück. Wenn ja, dann sollten Sie mehr darüber in Erfahrung bringen. Wie lang hatten Sie sie?«

»Sehr lange«, sagte Frau Chu.

»Wir haben fast nichts dafür bezahlt«, fügte ihr Mann hinzu. »Ich habe sie dem alten Ting abgekauft. Dem Kriecher, wie man ihn hier nannte. Der war kein Geschäftsmann.«

Wang nickte. Er erinnerte sich an Ting, den Kriecher, gegen den Wangs Gastgeber wie ein Muster an Charme und Freundlichkeit wirkte. Ting war ein Anhänger von Kang Sheng gewesen, dem hohen Parteimann aus Shandong, der in der Kulturrevolution eine riesige Kunstsammlung aufgehäuft hatte, indem er Leute wie Ting die Häuser von Familien wie den Xus plündern hieß. Man wußte, daß Ting durchaus nicht alle Kunstwerke weitergegeben hatte. Nach 1976 kamen für ihn allerdings harte Zeiten, und er mußte seine Sammlung zu den damals üblichen niedrigen Preisen verkaufen.

»Das ist das Geheimnis jedes geschäftlichen Erfolgs«, fuhr Chu fort. »Billig kaufen und teuer verkaufen. Gewußt, wie.« Er schaute sich um, als erwarte er den Beifall eines unsichtbaren Publikums. Dann wandte er sich wieder seinem Gast zu. »Sagen Sie mir, Kommissar, was Sie tun wollen, um die Diebe dingfest zu machen. Ich warte auf gute Nachrichten. In den letzten Jahren ist es um Recht und Gesetz sehr schlecht bestellt!«

Wang mußte daran denken, wie er drei messerschwingende Triadenkämpfer hatte abwehren müssen. Er nickte düster.

Viertes Kapitel

Wang und Rosina saßen wieder allein beim Abendessen. »Wie war es auf der Polizeiwache?« fragte Rosina.

»Gut. Nichts Besonderes.«

»Ach ja?« ließ Rosina hören und nahm von dem Tofu. »Ist das alles?«

»Ja.«

»Hm ...« Noch etwas Tofu. »Im Krankenhaus waren sie wirklich nett. Ich ... äh ... habe angeboten, bei ihnen über Pflege in einem modernen Großstadtkrankenhaus zu sprechen. Du hast doch nichts dagegen?«

»Warum sollte ich?«

»Weil ich dich gebeten hatte, dich nicht in Polizeiangelegenheiten hineinziehen zu lassen. Nun verspreche ich selber so etwas.«

»Da kannst du ganz beruhigt sein. Es ist schon okay. Aber ich wußte gar nicht, daß du so gern Vorträge hältst.«

»Es ist kein Vortrag, sondern nur ein Gespräch. Mit Berufskollegen. Einer Schwester und zwei Krankenpflegern. Aber sie haben hier eine Menge interessanter Behandlungsmethoden, weißt du? Aus der traditionellen Medizin. Das ist kostengünstiger, und die Menschen haben Vertrauen dazu.«

»Das ist gut.«

»Am liebsten würde ich länger hierbleiben und mir alles genauer ansehen. Dadurch käme ich auch mit den Leuten besser in Kontakt.«

»Ja.« Wang nahm ein Stück Tofu.

»Ich habe über die Braunwurz mit ihnen gesprochen«, sagte Rosina. »Sie waren sehr interessiert. Die Schwester meinte, man müßte etwas tun, um sie zu schützen. Angeblich soll das Schlangental geflutet werden.«

Wang blickte überrascht auf.

»Sie wollen mehrere Dämme bauen, dadurch sollen Stauseen für Bewässerung, Fischzucht und Stromerzeugung entstehen.«

»Das klingt sehr ehrgeizig. Warum eigentlich nicht? Frischen Fisch gibt es in der Gegend nicht. Und Strom ist auch knapp.«

»Es ist der reine Wahnsinn. Das Projekt kostet ein Vermögen. Die Felder im Tal wären dann auch verloren. Dein Denkmal übrigens auch.«

»Hm … Aber das Dorf muß wirtschaftlich vorankommen.«

»Jeder, der etwas genauer darüber nachdenkt, ist dagegen! Was, wenn es nicht funktioniert? Wenn ein Staudamm undicht wird, die Fische sterben oder der See versandet? Wenn es sich einfach nicht rentiert? Fei Baoren – so heißt die Krankenschwester – glaubt, daß es Sekretär Wu nur um das Schmiergeld für die Bauaufträge geht.«

Wang runzelte die Stirn. »Vater hat immer gesagt, Wu sei ein guter Mann.«

»Menschen können sich ändern«, erwiderte Rosina. »Oder dein Vater hat ihn nicht durchschaut.«

Beide schwiegen.

»Anming hat ein paar Felder im Schlangental«, sagte Wang schließlich. »Sekretär Wu wird die Leute doch entschädigen, wenn er ihre Felder überfluten läßt?«

»Ich weiß nicht«, meinte Rosina.

Wang seufzte bedrückt auf. »Selbst wenn er es tut – Anming kann nicht mit Geld umgehen. Felder kann man nicht trinken.«

»Vielleicht solltest du mit ihm darüber reden.«

»Ja, vielleicht.«

»Du mußt es tun. Anming braucht Hilfe.«

Die Tür zu Hof Nr. 4 ging mit einem Quietschen auf. Diesmal öffnete sie Wang Anming persönlich. Er schien nüchtern zu sein.

»Guten Tag, Anzhuang«, sagte er ruhig.

Der Kommissar lächelte und streckte ihm die Hand entgegen. Darauf lächelte auch sein Bruder und sagte: »Komm rein.«

Sie gingen über den Hof und traten in den Wohn- und Schlafraum, in den Wang am Tag zuvor bereits einen Blick geworfen hatte. Anming hatte offenbar versucht, etwas aufzuräumen. Die Bücher standen in Reihen, die im ganzen Zimmer verstreuten Papiere waren verschwunden. Aber Anming hatte zu viele Dinge in den Raum gestopft, als daß er je ordentlich wirken konnte.

»Tee?«

»Ja, bitte«, sagte Wang und hoffte dabei, es werde keine lokale Sorte sein.

Während der Bruder in der Küche war, schaute Wang sich um. Überall Bücher. Vater hatte sie stets zum Lesen angehalten. Mappen voller beschriebener Seiten. Anming hätte Lehrer werden sollen, aber er konnte sich nie lange auf eine Sache konzentrieren. Ein Familienfoto aus der Zeit um 1963: Großmutter Peng, Mutter, Vater (der schon sehr alt wirkte) und die drei Kinder Anming, Anchun und Anzhuang. Wang fragte sich, ob es immer auf der Kommode stand oder ob es erst in den letzten Tagen dorthin gewandert war.

Anming brachte den Tee. »Der ist von hier, weißt du?«

»Danke.«

Er setzte sich. »Ich wollte dir nur sagen, das neulich abends tut mir leid«, begann er. »Diese Bankette sind immer gleich. Ein Toast auf dies, ein Toast auf das – ehe man sich's versieht, ist man mit Maotai abgefüllt. Und dann packt's mich eben.«

»Ist schon gut.«

»Ich müßte euch beide eigentlich zu mir einladen. Ich möchte Rosina sehr gern kennenlernen.« Er stockte. »Aber meine Bude ist im Moment etwas sehr unordentlich. Ich lade euch lieber in Zhous Nudelhaus ein, das vom alten

Zhou, den kennst du doch? Auch bei ihm ist es in der letzten Zeit teurer geworden.«

»Wir möchten dich hier besuchen.«

Anming lächelte. »Und der Müll stört euch nicht?«

»Natürlich nicht.«

»Um so besser. Wann wollt ihr kommen?«

Sie einigten sich auf den Tag. Wang nahm einen Schluck Tee. Er wollte nicht mit der Tür ins Haus fallen.

»Wie ich sehe, liest du immer noch viel.«

»Ja. Meistens Klassiker, aber auch Sachbücher. Man muß auf dem laufenden bleiben.«

Wang nahm ein Buch vom Regal. »Bodenrecht.«

»Ja. Eine Zeitlang wollte ich Jura studieren. China braucht Anwälte. Unter dem alten System konnte die Polizei …« Anming stockte. »Wie geht es unserer Schwester?«

»Viel zu tun, wie immer.«

»Sie verdient bestimmt einen Haufen Geld.«

»Viel mehr als du oder ich je haben werden.«

»Aber du hast deine eigenen Vorteile.«

Wang mußte an die Fahrt mit dem Jeep denken. »Einige schon. Aber du weißt doch, wie es heutzutage ist. Geld wird immer wichtiger. Deshalb müssen wir über das Land sprechen, das du besitzt.«

»Ach, deshalb bist du gekommen. Du weißt also, was hier vorgeht?«

»Erzähl mir davon.«

Anming berichtete Wang, was der bereits von Rosina wußte. Dazu etwas von einer geplanten Abfindung.

»Das ist nicht genug. 2000 Yuan. Was kann man damit heute schon anfangen?«

Wang überlegte: Wenn eine Flasche 1,50 Yuan kostet …

»Wu meint, die Fischzucht sei ein Projekt des ganzen Dorfes«, fuhr Anming fort. »Alle hätten einen Vorteil davon. Er muß die Kosten niedrig halten, und jeder, der eine höhere Abfindung haben will, stellt sein persönliches Interesse über das der Allgemeinheit. Er behauptet, wir wären Saboteure und Reaktionäre.«

»Wie viele Leute sind in der gleichen Lage wie du?«

»Genügend. Wir haben eine Bürgerinitiative gegründet. Wir wehren uns.«

»Daher das Buch über das Bodenrecht?«

Anming wirkte peinlich berührt. »Zuerst, ja. Aber dann hat es mich richtig gepackt. Ich möchte gern mehr wissen. Das Fach richtig studieren ...«

Wang fiel ein, daß sein Bruder 1967 genauso von den Ideen Mao Zedongs gesprochen hatte. Dann Ende der siebziger Jahre über Wissenschaft und Technik und zehn Jahre später über die Marktwirtschaft.

»Wenn Wu mir eine anständige Abfindung zahlt, könnte ich ein Jurastudium beginnen«, fuhr Anming fort. »Das kann man zum Beispiel bei der Fernsehuniversität Jinan machen. Aber dafür brauche ich einen Videorecorder, Lehrbücher und freie Zeit ...« Er wies auf einen Stapel Bücher. »Recht und Gerechtigkeit. Hat Vater nicht immer von Gerechtigkeit gesprochen? Wenn ich Anwalt werde, kann ich sie durchsetzen helfen. Aber daraus wird nichts, wenn mich Wu, der Hund, über den Tisch zieht! Wie die anderen auch«

Fei Baoren erschien, wie besprochen, am Gästehaus. Vor der Terrasse zögerte sie. Welche Tür hatte Rosina gesagt? Die linke? Auf ihr Klopfen rührte sich nichts. Also mußte es die rechte sein.

»Hallo. Komm herein.« Rosina war bereits in Hose und Wanderschuhen. »Gehen wir.«

»Sie wächst hier überall«, erklärte Rosina ihrer Kollegin, als sie den Hang hinaufstiegen. »Wie wild. Ich bin sicher, damit kann man Geld machen. Das wäre auch ein weiteres Argument gegen Sekretär Wus Fischzuchtanlage.«

»Du hältst also wirklich zu uns?« fragte Baoren.

»Klar.«

»Trotz …« Sie sprach den Satz nicht zu Ende, aber Rosina verstand auch so.

»Trotz meiner Klassenzugehörigkeit? Ich bin auf eurer Seite, weil ich glaube, daß ihr recht habt.«

Baoren lächelte. »Die meisten Leute hier finden das Projekt ganz toll. Sie sehen nur das Geld, das es bringen kann. Was es uns kosten wird, interessiert sie nicht.«

»Das ist altes Denken«, sagte Rosina.

Baoren nickte.

»In Peking machen sich die Leute mehr und mehr Gedanken über die Umwelt«, fügte Rosina hinzu.

Baoren nickte wieder. Sie waren auf der Paßhöhe angelangt und stiegen nun ins Schlangental hinunter.

»Die Felder hier sind sicher«, sagte Baoren, als sie die erste Wegbiegung erreicht hatten. »Die wagt Wu nicht zu fluten. Es ist hervorragender Boden, und sie gehören den ersten Familien am Ort.« Dann, weiter unten: »Diese werden alle verschwinden. Das dort drüben gehört uns, zumindest haben wir das Recht, es zu bebauen.« Baoren wies auf ein umzäuntes Stück Land mit dem Schild PRIVAT. »Damit will mein Vater seinen Protest zum Ausdruck bringen«, erklärte sie. »Er sagt, entweder haben wir das Recht auf das Land, oder nicht. Wenn ja, dann soll die Partei uns nicht drängen, es zu verkaufen.«

Rosina stimmte ihr zu. »Wer will es denn kaufen? Sekretär Wu?«

»Die Fischereigenossenschaft. Hinter der die Partei steht. Unter Leitung von Sekretär Wu, der über die Bauaufträge entscheidet. Und dafür fette Provisionen einstreicht.«

Bei diesen Worten zuckte Rosina zusammen. Was wohl Anzhuang davon hielt?

Nun kamen sie an die Stelle, wo der Pfad zu dem Gedenkstein abzweigte. Rosina ging zu den Bäumen hin. »Sieh mal, sie wächst hier überall.«

Baoren zog eine Braunwurzpflanze aus und betrachtete

die Wurzeln. »Ich lebe in Nanping, seit ich denken kann, aber hier bin ich noch nie gewesen. Das zeigt, wie sehr mich die Helden der Revolution interessieren. Wir sollten einiges von dem Kraut mitnehmen.«

Die Frauen machten sich ans Werk. Der Tag war schön, und Rosina ging die Arbeit leicht von der Hand. Hoch oben über ihnen trällerte eine Lerche. Ganz in der Nähe plätscherte ein Bach, von fern war eine Wasserpumpe zu hören.

Hinter einer Baumgruppe, kaum zwanzig Meter von ihnen entfernt, ertönte plötzlich ein Husten, dann ein unterdrückter Fluch. Jemand entfernte sich eilig durchs Unterholz. Rosina sprang auf und lief ihm einige Schritte hinterher. Dann blieb sie stehen.

»Da spioniert uns jemand nach!« rief sie wütend.

»Das wissen wir nicht genau«, sagte Baoren kleinlaut.

»Was denn sonst? Warum ist er dann weggerannt?«

Baoren war peinlich berührt. »Es ist nicht gerade populär, gegen dieses Projekt zu sein. Wenn du dich mit mir einläßt, bekommst du das zu spüren.«

»Ich entscheide immer noch selbst, mit wem ich mich einlasse«, erwiderte Rosina. »Wir sammeln hier weiter, bis wir genug Proben haben. Erst dann gehen wir nach Hause.«

»Ganbei!« sagte Rosina. »Auf unsere Ernte!«

»Auf unsere Ernte!« gab Baoren zurück. Sie stießen mit ihren Tassen an und tranken.

Ihre Entdeckung feierten sie im Teehaus »Zur Chrysantheme«, einem winzigen Raum mit Plastiktischchen und Holzbänken an den weiß getünchten Wänden. Einem Kassettenrecorder entströmten die neuesten Hits aus Kanton. Der einzige Gast, ein älterer Mann, der in einer Ecke seine Nudeln schlürfte, konnte nichts verstehen, auch wenn er die Ohren spitzte.

»Es wäre schön, wenn du meinen Vater besuchen könntest«, sagte Baoren. »Er wird dir bestimmt gefallen. Er ist sehr empfindsam, denn er hat in seinem Leben viel durchmachen müssen – und alles wegen seiner Herkunft. Man hat ihn damals als reichen Bauern eingestuft. Dreißig Jahre lang hat man ihn dafür schlecht behandelt. Und auch jetzt ist dieses Brandmal noch nicht von ihm genommen. Ich frage mich oft, wie er all das ertragen und sich dabei seine Selbstachtung, seine Freundlichkeit bewahrt hat.«

Rosina hörte gespannt zu.

»Ich habe natürlich auch gelitten«, fuhr Baoren fort. »Aber die schlimmsten Verfolgungen – die vandalistischen Überfälle auf unser Haus, den Kuhstall, das Düsenflugzeug – waren vorbei, als ich heranwuchs. Ich durfte etwas lernen, und sie haben mich im Krankenhaus angestellt. Das mußten sie wohl, denn ich kannte das ›Handbuch des Barfußarztes‹, die Fibel für Sanitäter aus der Kulturrevolution, in- und auswendig.« Ihre Miene verfinsterte sich. »Trotzdem hat die Partei in den ersten Jahren geglaubt, ich warte nur auf eine Gelegenheit, sie alle zu vergiften.«

»Die Partei?«

»Wu, Yao und seine Alte ... Oje, was rede ich da? Das sind doch alles eure Freunde, sie haben bestimmt ein tolles Begrüßungsessen für euch gegeben.«

»So leicht bin ich nicht zu kaufen«, erklärte Rosina mit Nachdruck.

»Nein. Entschuldige.« Baoren nahm den letzten Schluck aus ihrer Tasse und bat den Besitzer, heißes Wasser nachzufüllen. »Hast du unseren Tee schon einmal probiert?« fragte sie. Der Besitzer sah von seinem Rechenbrett auf und kam lustlos herangeschlurft – vielleicht, weil er Baoren nicht mochte, vielleicht, weil hier eigentlich nur Männer verkehrten, oder weil er einfach nur faul war.

»Nein.«

»Das rate ich dir auch nicht. Er ist widerlich.«

Der Wirt goß Wasser nach und kehrte zu seinem Rechenbrett zurück.

»Wolltest du nie von Nanping weg?« fragte Rosina.

Baoren seufzte. »Klar wollte ich das. Aber ich bin das einzige Kind. Meine Mutter starb, als ich noch ein Baby war, und Vater hat sich nicht wieder verheiratet. Damals war es für jemand, der als reicher Bauer galt, noch schwerer, eine Frau zu finden als heute. Und das will schon etwas bedeuten.« Einen Augenblick wirkte es, als ob sich Baoren selber leid tat. Aber sie hatte sich sofort wieder im Griff. Solche Schwachheiten konnte sie sich nicht leisten. Rosinas Sympathie wuchs.

»Ich zahle, du bist mein Gast«, sagte Baoren, als die Rechnung kam. Rosina sah zu, wie sie einer kleinen grauen Geldbörse einige zerknüllte Scheine entnahm. Dann standen sie auf und gingen.

Der einzige Gast schien sie gar nicht zu bemerken. Als sie jedoch außer Sichtweite waren, stand er auf, raunte dem Besitzer ein paar Worte zu und folgte ihnen.

Fünftes Kapitel

Baoren und ihr Vater, Fei Zhaoling, wohnten in einem Viertel am Rande des Dorfes. Man erreichte es nur über einen langen, morastigen Weg, der zuerst zwischen hohen Mauern verlief und dann durch ein Schachbrett winziger Felder führte.

»Wir haben unser Haus mit anderen teilen müssen«, sagte Baoren zu Rosina, als sie einen Bach überquert hatten und die dunklen Backsteinmauern in Sicht kamen. »In den fünfziger Jahren wurden zwei arme Bauernfamilien bei uns eingewiesen. Im Moment wohnen nur noch die Lus im Westteil des Hauses. Die Tais sind inzwischen so reich geworden, daß sie sich eine Villa am Berghang gebaut haben. So viel Geld könnten wir nie zusammenbringen.«

Rosina nickte verständnisvoll.

»Der alte Lu hat im Straßenkomitee mitgearbeitet«, fuhr Baoren fort. »Er mußte uns beobachten und einmal monatlich berichten.«

»Das ist ja schrecklich.«

Baoren schüttelte den Kopf. »Das ging allen so, die einmal als reiche Bauern oder Gutsbesitzer eingestuft waren. Lu hat immer nur das Notwendigste getan. Er hat uns niemals verleumdet wie manche andere. Als ich mich um die Stelle im Krankenhaus bewarb, hat er in einem Bericht sogar meinen guten Charakter gelobt.«

Baoren führte Rosina einen mit Steinplatten belegten Pfad hinauf und holte den Schlüssel aus der Tasche. »Dort ist mein Zimmer«, sagte sie und wies auf ein Fenster mit einer bunten Gardine. Sie mußte lächeln. »Es ist verrückt: Die Leute wollen alle Geld machen. Mir genügt es schon, einen Raum für mich zu haben. Kannst du dir das vorstellen? Vier kahle Wände, und ich fühle mich wie eine Prinzessin.«

Sie betraten das Anwesen durch die große Nordtür und kamen in einen ordentlichen, aber sehr armselig eingerichteten Raum. Kein Teppich, zwei Holzstühle, eine nackte Glühlampe. Nicht einmal ein Fernseher oder ein Kassettenrecorder inländischer Produktion war zu entdecken. Auf einem Wandbord ein Foto – aber nicht, wie üblich, von verstorbenen Angehörigen, vielleicht Baorens Mutter, sondern von ihr selbst. Darunter saß ein untersetzter Mann mittleren Alters in blauer Baumwolljacke und grauer Nylonhose und las in einer Zeitschrift. Er erhob sich nur langsam.

»Vater, das ist Lin Xiangyu«, sagte Baoren.

Fei Zhaoling warf dem Gast einen mißtrauischen Blick zu. »Aha.«

»Sie interessiert sich für unsere Kampagne.«

»Tatsächlich? Inwiefern?«

Baoren erzählte ihrem Vater von dem Braunwurz und von Rosinas Engagement für die Umwelt.

»Sie sind aus Peking?« meinte er schließlich.

»So ist es«, erklärte Baoren stolz.

»Ach was! Wir brauchen keine Hilfe von außerhalb.« Fei Zhaoling blickte finster drein. »Nichts gegen Ihr Interesse. Aber wenn Sie hier zu Besuch sind, dann halten Sie sich besser an die Landschaft. Genießen Sie sie, solange es sie noch gibt.«

»Vater!«

»Das ist eine Sache, die nur uns Leute aus Nanping angeht. Wir müssen allein damit fertig werden.«

»Aber Rosina ist ...«, warf Baoren ein, dann stockte sie plötzlich.

»Was ist sie?«

»Sehr betroffen«, sagte Baoren.

»Je mehr Betroffenheit man von außen zeigt, desto mehr werden die Behörden von außen eingreifen. Das hilft niemandem. Danke für Ihr Interesse, Lin Xiangyu, aber das müssen wir selber ausfechten.« Damit setzte er sich und steckte die Nase wieder in seine Zeitschrift, als ob sich Rosina in Luft aufgelöst hätte.

Sie erzählte Wang die ganze Geschichte von Anfang an und in allen Einzelheiten. Plötzlich stiegen ihr Tränen in die Augen.

»Die arme Baoren«, schluchzte sie. »Mit so einem groben alten Kerl leben zu müssen.«

»Es ist ihr Leben. Du hast doch selbst gesagt, daß sie aus freien Stücken hiergeblieben ist.«

»Das nehme ich an.« Sie wandte sich ihrem Mann zu. »All die schrecklichen Dinge, die früher hier passiert sind …«

»Sie sind überall in China passiert«, sagte Wang.

»Ich weiß.« Rosina trocknete sich die Tränen. Wang, den das Mitleid überkam, legte seinen Arm um sie. Als er sie lange und zärtlich an sich drückte, flüsterte Rosina ihm etwas ins Ohr.

»Jetzt, mitten am Tag?« fragte er verblüfft. Aber warum eigentlich nicht? Er ließ sein Jackett fallen.

An der Tür klopfte es.

»Oje.«

Es klopfte wieder, und dann ein drittes Mal.

Wang ging zur Tür und öffnete. Eine junge Frau trat ein.

»Hallo. Sie müssen Wang Anzhuang sein. Ich bin Fei Baoren. Ich wollte mich bei Ihrer Frau entschuldigen. Sie hat Ihnen sicher schon erzählt, was passiert ist.«

Rosina sprang vom Bett auf.

»Es tut mir so leid«, sagte Baoren. »Er ist sonst überhaupt nicht so.«

»Schon gut«, meinte Rosina. »Du kannst doch nichts dafür.« Die beiden Frauen lagen sich in den Armen.

»Möchten Sie einen Tee?« fragte Wang und ging ins Bad, wo eine Thermoskanne und Tassen standen.

Baoren schaute verlegen drein. »Jetzt habe ich deinen Mann gestört. Das sieht mir ähnlich. Ich trete in jedes Fettnäpfchen.«

»Ich bin sicher, du ...«

»Ich habe einfach keine Umgangsformen. Ich komme nicht viel herum. Mit der Tochter eines reichen Bauern läßt sich keiner gern sehen.«

»Ist das auch heute noch so?«

»Natürlich. In Peking hat sich vielleicht etwas verändert. Wer klug und talentiert ist, kann vorwärtskommen. Er trifft interessante Leute, die lesen, nachdenken und den Kopf voller Ideen haben. Aber hier ...«

Wang kam mit dem Tee. »Leider nicht von der örtlichen Sorte, fürchte ich«, sagte er.

»Ein Glück«, antwortete Baoren.

»Mögen Sie die nicht?«

»Ich verabscheue sie.«

»Ich auch. Wenn sie schon einmal hier sind, erzählen Sie doch von Ihrer Protestgruppe ...«

»Sie gefällt mir«, sagte Wang, als die Besucherin gegangen war. Nach einem langen, leidenschaftlichen Monolog über Umweltfragen hatte Baoren nach Hause gemußt, um für ihren Vater das Abendessen zu bereiten.

Rosina lächelte.

»Sie hört nur auf ihr Gewissen«, fuhr Wang fort. »Alle Achtung. Ist sie verheiratet?«

»Nein.«

»Aber sie ist doch schon dreißig.«

»Ich war neunundzwanzig, als du mich geheiratet hast.«

»Das war in Peking. Aber auf dem Lande ... Wer in diesem Alter noch nicht verheiratet ist ... Ich habe mit zwanzig ...«

Rosina schüttelte den Kopf. »Manchmal hasse ich die Partei«, sagte sie nach einer Weile.

Wang zuckte zusammen. »Ich weiß.«

»Die haben sie so behandelt. Deines Vaters Freunde. Sie haben ihr Unrecht getan.«

»Das stimmt«, sagte Wang leise. »Aber du mußt bedenken, wie schlimm es hier vor der Revolution war ...« Sehr überzeugend klangen seine Worte nicht. »Laß uns so tun, als seien wir vorhin nicht gestört worden«, sagte er statt dessen.

Ein Klopfen an der Tür riß Wang aus dem Schlummer.

»Ist denn schon Essenszeit?« murmelte er.

»Kommissar Wang!«

»Wer ist da?«

»Frau Ming. Ich habe eine Nachricht für Sie. Von Sekretär Wu.«

»Oh. Einen Moment bitte.«

Er schlüpfte in eine Hose und ein Hemd, an dem alle Knöpfe falsch zu sitzen schienen. Dann öffnete er die Tür. Die Hotelchefin maß ihn mit einem kritischen Blick und sagte dann:

»Der Sekretär hat gerade angerufen. Er möchte, daß Sie ihn heute abend aufsuchen.«

»Aha.«

»Er schickt Ihnen einen Wagen. Um zwanzig Uhr. Und Sie möchten bitte allein kommen.«

Wang war erstaunt, aber noch zu benommen, um es zu zeigen. »Danke, Frau Ming.«

Der VW Schanghai hielt vor den hohen weißen Mauern der Villa von Parteisekretär Wu. Wang stieg aus, sah zu, wie der Fahrer wendete, und zündete sich dann eine Zigarette seiner Lieblingsmarke Panda an. Während er rauchte, überlegte er, weshalb der Parteichef des Dorfes ihn wohl so dringend zu sich rief.

Waren es die Einbrüche? Polizeichef Huang schien bei seinen begrenzten Möglichkeiten zu tun, was er konnte.

Der Fischzuchtbetrieb? Vielleicht wollte Wu einen Rat. Wie hätte wohl sein Vater gehandelt? Ein guter Gedanke. Aber woher die Eile?

Plötzlich fiel ihm ein: Vielleicht war ihr Zimmer verwanzt, und Frau Ming hatte Rosinas abfällige Bemerkungen über die Partei mitgehört. Die Vorstellung traf ihn kalt: Der Geist von Kaiser Mao Zedong ließ niemanden aus seinen Klauen, der einmal unter seiner Herrschaft gelebt hatte. Der Kommissar rief sich zur Ordnung. So etwas gab es heute nicht mehr. Zumindest nicht oft. Vielleicht wollte der Sekretär Wang auch nur bitten, seine Beziehungen in Peking für ihn spielen zu lassen. Bestimmt steckte Wu mitten in einer Transaktion, bei der er dringend Hilfe brauchte.

Der Inspektor nahm einen tiefen Zug. Dabei fiel ihm das neueste Rundschreiben der Partei über das Rauchen ein: »Mitglieder, die nicht von dieser ungesunden Gewohnheit lassen können, sollten daran denken, daß das letzte Drittel der Zigarette das schädlichste ist.« Er rauchte seine Panda bis zum Filter auf. Das letzte Drittel war auch das beste. Dann öffnete er das Eisentor und ging den Weg zum Haus des Sekretärs hinauf.

Beim Klingeln nahm Wang das Schloß in Augenschein. Offenbar meinte Sekretär Wu, bei einem Parteisekretär werde niemand einzubrechen wagen.

Die Tür ging auf. »Treten Sie ein!«

Von der geschmacklosen Villa der Familie Chu unterschied sich Sekretär Wus Haus auf angenehme Weise. Zunächst eine schlichte Diele. Dann das Wohnzimmer mit einigen wenigen Mahagonimöbeln, einem Teppich in der Mitte und Bildrollen – klassischen Landschaften und Kalligraphien – an den Wänden. Schöne Sachen, besonders der Fluß mit den Booten darauf. Wu wies auf einen Sessel, der unter einem Bord mit einer Marxbüste stand, und bat seinen Gast, dort Platz zu nehmen. Seine Stimme klang kalt, was weder zum Anlaß noch zum Ambiente zu passen schien. Er bot ihm auch nichts an. Sehr ungastlich. Was ging hier vor?

Dann begann Sekretär Wu zu sprechen: »Kommissar Wang, wir haben Sie in Nanping ehrlichen Herzens willkommen geheißen. Ihr Vater war ein Mann von außerordentlicher Integrität und Prinzipienfestigkeit. Sie selbst haben unserem Lande gedient – in der Volksbefreiungsarmee und im Amt für Öffentliche Sicherheit. Wir dachten – ach, es ist nicht wichtig, was wir dachten. Aber offenbar haben wir uns geirrt. Wir sind bitter enttäuscht über Ihr Verhalten. Ich fürchte, ich muß Sie und Ihre Frau bitten, unser Dorf so rasch wie möglich zu verlassen.«

Wang war so schockiert, daß er kein Wort herausbrachte.

»Sie wissen, wovon ich spreche«, fuhr der Sekretär fort.

»Nein ...«

Sekretär Wu zuckte die Schultern. »Wenn Sie hier noch etwas zu erledigen haben, dann tun Sie das in den kommenden zwei Tagen. Wenn Sie und Ihre Frau am Freitag, zehn Uhr, die Gegend nicht verlassen haben, dann werde ich mich bei Ihren Vorgesetzten in Peking offiziell beschweren. Das werde ich auch tun, wenn Sie sich weiterhin mit subversiven Elementen unseres Dorfes abgeben. Natürlich sind Sie ab sofort nicht mehr Gast unserer Parteiorganisation. Ich weiß nicht, was Touristen im Gästehaus zu zahlen haben. Das klären Sie bitte morgen früh mit Frau Ming.« Er hielt kurz inne. »Das ist alles, was ich Ihnen zu sagen habe. Sie können gehen.«

Wang erhob sich langsam. »Touristen ...«, murmelte er. »Haben Sie vergessen, wer ich bin?«

»Ein Fremder. Da ich heute abend noch jemand erwarte, bitte ich Sie, jetzt zu gehen. Ich sage Ihnen noch einmal, wie enttäuscht ich bin, daß Sie unsere Gastfreundschaft mißbraucht haben. Leben sie wohl, Kommissar.«

»Was erlauben Sie sich ...«

»Der Fahrer wird Sie zurückbringen.«

Wang blickte den Sekretär einen Augenblick fest an. Dann wandte er sich ab und ging hinaus.

Der Wagen wartete bereits.

»Ich gehe zu Fuß«, sagte Wang zu dem Fahrer.

Der Schanghai folgte ihm langsam bis zur Straße wie diese neuen Privattaxis, die ständig auf Fahrgäste lauern.

Dann blieb er zurück, wahrscheinlich, weil der unwillige Passagier ihn zum Teufel geschickt hatte.

Wang schlief schlecht und war am nächsten Morgen zeitig auf den Beinen. Er setzte sich auf die Terrasse, schaute über die Dächer seines Heimatdorfes und lauschte den Geräuschen, mit denen es zu einem neuen Werktag erwachte.

Er hatte keine Vorstellung, was ihr Zimmer einen normalen Reisenden kostete, aber er wollte es bezahlen. Und er dachte nicht daran, am Freitag abzureisen. Sollte Sekretär Wu sich doch beschweren, soviel er wollte. In Peking kümmerte man sich nicht um einen wildgewordenen Niemand aus der Provinz. Sicher kam der Bericht in seine Akte. Und wenn schon!

Eine saubere Personalakte war allerdings auch etwas wert.

Vor allem aber mußte er sein Gesicht wahren. Wann er abreiste, bestimmte er, niemand sonst. Und wenn er erst wieder in der Hauptstadt war, wollte er dafür sorgen, daß Wus Fischzuchtbetrieb nicht über das Planungsstadium hinauskam.

Er ertappte sich dabei, wie er kleinliche Rachepläne schmiedete, aber er konnte nicht anders. Sein Vater hatte sich für diese Leute aufgeopfert. Jetzt hatte einer von ihnen seine Frau und ein anderer ihn selbst beleidigt. Diese Bauern …

Die Tür ging auf. Rosina setzte sich neben ihn. Sie faßte ihn um die Hüfte und legte ihren Kopf an seine Schulter. Am Abend hatte sie ihm wieder und wieder versichert, wie leid ihr das alles tat. Sie hatte Tränen des Bedauerns vergossen, um die sie Wang nicht gebeten hatte.

Aus dem Tal wehte eine Staubwolke herauf und kündigte ein Fahrzeug an. Es war ein Motorrad der Polizei. Sicher Polizeichef Huang, der darauf brannte, seinem hohen Kollegen aus der Hauptstadt zu erklären, er solle sich nicht noch einmal bei ihm blicken lassen. Wang war entschlossen, es ihm nicht leicht zu machen.

Das Motorrad hielt, und Huang stieg ab. Er wirkte sehr aufgeregt. Das war gut.

»Kommissar!«

»Ja?«

»Sie müssen kommen! Schnell!«

»Weshalb?«

»Sie müssen. Es hat wieder einen Einbruch gegeben.«

»So?«

»Diesmal ist es schiefgegangen. Der Besitzer war zu Hause. Sie haben ihn getötet.« Wang wollte die Achseln zucken – in China eine sehr grobe Geste – und sagen, das kümmere ihn nicht mehr, schließlich wolle man ihn mit Schimpf und Schande davonjagen, der Polizeichef und seine Leute müßten das Verbrechen schon allein aufklären.

»Wer ist es denn?« fragte er statt dessen.

»Wu. Sekretär Wu.«

Sechstes Kapitel

Die Szene des Verbrechens wirkte deprimierend normal. Auf dem Fußboden verstreute Papiere, Staubspuren an den Wänden, wo Wus Rollbilder gehangen hatten. Mittendrin auf dem Teppich ein Mann mit dem Gesicht nach unten in einer Lache von getrocknetem schwarzem Blut. Der Kriminalkommissar aus Peking zog sich ein Paar Gummihandschuhe über. Dann beugte er sich über den Toten und ergriff einen Arm. Er war steif. Wo er auf dem Boden gelegen hatte, war die Haut purpurfarben, auf der Oberseite dagegen gelblichweiß. Wang drückte den Arm mit den Fingern, prüfte das Ergebnis und nickte.

»Die Blässe ist ziemlich konstant«, sagte er.

»Das ist mir auch schon aufgefallen«, bemerkte Polizeichef Huang. Er schrieb »Blässe ziemlich konstant« in sein Notizbuch.

»Auch die Leichenstarre ist fast vollständig eingetreten«, fuhr Wang fort.

»Natürlich. Starre ... vollständig eingetreten.«

»Haben Sie ein Thermometer?«

»Was ...?«

»Die Körpertemperatur ist für den Praktiker der beste Hinweis darauf, wann der Tod eingetreten ist. Meine Frau müßte ein Thermometer im Gästehaus haben. Schauen wir uns inzwischen den Tatort genauer an. Es hat doch niemand etwas angerührt?«

»Natürlich nicht.«

»Der Fotograf ist unterwegs?«

»Selbstverständlich.« Der Polizeichef notierte, so rasch wie möglich einen anzurufen.

Wang schaute sich im Raum um und kratzte sich am Kopf.

»Die Sache ist doch eindeutig, nicht wahr?« meinte der Polizeichef.

»Für mich nicht.«

»Einbrecher.«

»Sagten Sie nicht, Ihre Einbrecher suchten meist nach elektronischen Geräten? Wu hatte kaum welche. Höchstens den alten Fernseher dort und ein Radio mit Plattenspieler. Beide schwer zu transportieren und kaum etwas wert.«

»Sicher haben sie gedacht, hier wäre was zu holen. Dann wurde ihnen klar, daß sie sich geirrt haben. Sie nahmen die Bilder von den Wänden und wurden dabei vom Sekretär überrascht!«

Wang kratzte sich immer noch am Kopf. »Ich denke, Ihre Einbrecher vergewissern sich stets vorher, daß auch niemand im Hause ist?«

»Das stimmt schon. Aber diesmal haben sie sich wohl verrechnet. Wahrscheinlich hat Sekretär Wu lange gearbeitet. Das hat er häufig getan, wissen Sie? Sicher ist er an seinem Schreibtisch eingeschlafen.«

»Dann hätte das Licht gebrannt.«

»Hm ... Vielleicht haben sie gedacht, daß er es aus Sicherheitsgründen nicht ausgeschaltet hat. Seit den Einbrüchen ist das in Mode gekommen.«

Wang notierte sich, später zu prüfen, ob das Arbeitszimmer von außen einzusehen war.

»Das Küchenfenster ist eingeschlagen«, fuhr der Polizeichef fort. »So haben sie es auch bei den anderen Einbrüchen gemacht.«

»Keine vorschnellen Schlußfolgerungen. Wir – ich meine, Sie – sollten zunächst alle möglichen Zeugen befragen. Sekretär Wus Fahrer, Passanten, Leute, die Wu kurz vor seinem Tode gesehen haben. Sie können mit mir anfangen.«

Der Polizeichef sah Wang schockiert an. »Mit Ihnen?«

»Ich war gestern abend für etwa zehn Minuten hier. Sekretär Wu hatte mich hergebeten.«

»Oh.«

»Ungefähr von 20.10 bis 20.20 Uhr.«

»Aha.«

»Es war nur ein kurzes Gespräch. Dabei erwähnte er, daß er noch jemanden erwarte. Das kann der Mörder gewesen sein.«

Der Polizeichef schüttelte den Kopf. »Sekretär Wu überlegte sich genau, wen er in sein Haus ließ. Er wollte nicht, daß die Leute wissen, wie er eingerichtet ist. Sie können es sich als Ehre anrechnen, daß er bei Ihnen eine Ausnahme gemacht hat.«

Wem ist diese Ehre noch zuteil geworden?«

»Hohen Parteimitgliedern wie seinem Stellvertreter Yao oder dessen Frau. Fabrikdirektor Wei, Cui Shaobing und, äh, ich selbst gehörten zu diesem Kreis.«

»Wer ist Cui Shaobing?«

»Der Chef unserer Landwirtschaft. Er wohnt nur einige Häuser weiter.«

Wang sprach den Namen vor sich hin, um ihn sich zu merken, und nickte dann. »Hatte Wu eine Geliebte?«

Ein neuer Schock für den Polizeichef. »Der Sekretär war ein Muster an sozialistischer Moral!«

Vielleicht hatte er doch eine, dachte Wang. Draußen war eine Sirene zu hören, dann kamen zwei Männer in weißen Kitteln und mit weißen Kappen herein. Sie legten den Toten auf eine Trage. Einer der beiden schaute sich mit kaum verhohlenem Grinsen in dem Raum um. Hat es wieder einen Reichen erwischt, dachte er vielleicht. Der andere, offenbar sein Vorgesetzter, legte dem Polizeichef ein Formular zur Unterschrift vor.

»Wohin bringen Sie ihn?« fragte Wang.

»Nach Wentai«, antwortete der Mann.

Der Kommissar nickte. Ihm wäre es lieber gewesen, man hätte Wu in die Provinzhauptstadt Jinan und nicht in die Kreisstadt geschafft. Aber was konnte er tun? Ohnehin würde jeder Arzt feststellen, daß das Opfer einen Schlag mit einem schweren Gegenstand gegen die rechte Schläfe bekommen hatte. Zweifellos mit der Marxbüste, die verschwunden war. Auch die wahrscheinliche Todeszeit konnte man ziemlich exakt feststellen. Andere Verletzungen, so vorhanden, mußten den Ärzten ebenfalls auffallen. Ganz sicher untersuchten sie, was er unter den Fingernägeln hatte, ob irgendwo Textilfasern zu finden waren. In Peking hätte man natürlich …

Parteisekretär Wu verließ sein Haus zum letzten Mal – mit den Füßen nach vorn und mit einem weißen Laken zugedeckt. Wang sah ihm nach, dann wandte er sich wieder seinem Kollegen zu. »Ich nehme an, Sie setzen eine Ermittlungsgruppe ein?«

»Natürlich.«

»Wo wird sie ihren Stützpunkt haben?«

»Äh … am besten hier.«

»In diesem Raum?«

»Nein. Oben.«

Der Polizeichef ging voran in die zweite Etage. Nacheinander öffnete er mehrere Türen. Ein großes Schlafzimmer, ein kleineres. Überall waren die Betten unberührt. Wus Arbeitszimmer, das noch durchsucht und dann versiegelt werden mußte. Ein Abstellraum, fast leer.

»Hier!« sagte er.

»Möchten Sie, daß ich bei den Verhören dabei bin?«

Polizeichef Huang schien zu schwanken, dann nickte er. »Natürlich nur als Berater.«

»Selbstverständlich.«

»Fahrer Gao«, sagte der Polizeichef, »berichten Sie mir exakt, was Sie seit … sagen wir … gestern abend, 18.00 Uhr, getan haben.«

Der Befragte, ein untersetzter Mann mit offenbar permanent verdrießlicher Miene, dachte nach. »Seit 18.00 Uhr? Also, um die Zeit habe ich den Sekretär vom Büro nach Hause gefahren. Dann habe ich den Wagen gewaschen und durchgecheckt. Was die Pflege betrifft, war der Sekretär sehr pingelig. Er meinte, daß das Auto dem Volke gehört und deshalb stets in tadellosem Zustand sein muß. Danach bin ich nach Hause gefahren und habe mit Frau und Kind ferngesehen. Um 19.45 Uhr habe ich mich zum Gästehaus auf den Weg gemacht, Kommissar Wang abgeholt und hierhergebracht. Kurz danach ist der Kommissar wieder aus der Villa gekommen. Er hat es abgelehnt, gefahren zu werden, ziemlich grob, muß ich sagen. Ich habe also den Wagen abgestellt und bin nach Hause gegangen. Eine Weile saß ich noch vor dem Fernseher, dann habe ich mich schlafen gelegt.«

Der Polizeichef nickte. »Haben Sie jemanden bemerkt, als Sie auf den Kommissar gewartet haben oder vielleicht als Sie auf dem Heimweg waren?«

»Nein. Sie wissen doch, daß es nach sieben hier wie leergefegt ist.«

»Sie haben keine Menschenseele gesehen?«

»Doch. Zwei Männer sind den Berg hinaufgegangen, als ich zum Gästehaus fuhr. Und ein anderer ging in Richtung der Villen.«

»Aha. Können Sie sie beschreiben?«

»Ich mußte auf die Straße achten. Die zwei waren ziemlich schick gekleidet. In mittlerem Alter. Über den einzelnen kann ich nichts sagen. Er ist mir nicht weiter aufgefallen, er ging einfach nur die Straße entlang.«

»Langsam oder schnell?« warf Wang ein.

»Ich weiß nicht. Normal. Vielleicht hatte er es ein bißchen eilig. Aber er rannte nicht, oder so.«

»Wie sah er aus? Größe? Statur? Alter? Kleidung?«

Der Fahrer überlegte. »Ziemlich groß. Figur? Weiß ich nicht mehr. Irgendwie normal. Sein Gesicht habe ich nicht gesehen. Zu seinem Alter kann ich also nichts sagen. Dreißig? Vielleicht vierzig? Kein junger Mann mehr, aber auch nicht alt. An seiner Kleidung ist mir nichts aufgefallen. Sicher normale Hosen und ein Pullover, nehme ich an. Und auf dem Kopf hatte er auch etwas.«

Wang machte sich einige Notizen. »Um welche Zeit war das?«

»Etwa zehn vor acht.«

»Danke. Entschuldigung«, sagte Wang zum Polizeichef. »Machen Sie weiter.«

Huang quittierte die Entschuldigung mit einem Lächeln. Ihm fielen keine weiteren Fragen ein. »Ich denke, das genügt«, sagte er schließlich. »Haben Sie noch Fragen, Kommissar?«

»Ja«, sagte Wang. Das schien den Polizeichef ein wenig zu verletzen, aber er bedeutete ihm fortzufahren. Was dieser auch sofort tat: »Fahrer Gao, wissen Sie, ob Sekretär Wu gestern abend noch wen erwartete?«

»Nein.«

»Sie hatten nicht den Auftrag, jemanden abzuholen?«

»Nein. Nur Sie.«

»Und er hat auch niemanden erwähnt?«

»Nein.«

»Hat er oft so spät noch Besuch bekommen?«

»Wenn es nötig war, schon. Der Sekretär hat das öffentliche Wohl stets über seine persönliche Bequemlichkeit gestellt.«

»Ganz sicher. In welcher Stimmung war er, als Sie ihn zuletzt gesehen haben?«

»Froh – er wirkte irgendwie aufgekratzt. Das war ungewöhnlich, denn in der letzten Zeit schien er viele Sorgen gehabt zu haben.«

»Wissen Sie, worum es da ging?«

»Ich denke, ja. Er bekam Drohbriefe. Aus Weipowan. Wegen der Fischzucht.«

»Was für Drohbriefe?«

»Genaueres weiß ich nicht. Auf jeden Fall unangenehme. Diese Mistkerle …«

Wang nickte. Die beiden Dörfer rivalisierten schon immer miteinander. Als Junge hatte er sich oft mit Kerlen aus Weipowan geprügelt. Auch Anming hatte das getan, und

Wang mußte ihm dann in der Regel zu Hilfe eilen. Wenn man bedachte, daß Weipowan am Ende des Schlangentals lag und überflutet werden konnte, wenn einer von Sekretär Wus Dämmen brach, dann konnte es kaum überraschen, daß die Leute dort von dem Plan wenig hielten.

»Und die Drohbriefe kamen tatsächlich aus Weipowan?« fragte er nach.

»Das hat der Sekretär gesagt. Und ich bin sicher, er hatte recht. In Nanping war Sekretär Wu beliebt. Er hat sich immer für uns eingesetzt. Heute wird viel davon geredet, daß manche Funktionäre außen wie Gold und Jade, innen aber total verrottet sind. Er war Gold und Jade durch und durch. Tag und Nacht hat er für uns gearbeitet …«

Dem Fahrer kamen sicher gleich die Tränen. Wang ließ ihm Zeit, seine Trauer zu demonstrieren und dabei so zu tun, als sei er erkältet, was in dieser Jahreszeit vorkam. Dann setzte er das Verhör fort.

»Können Sie sich vorstellen, warum Sekretär Wu gestern plötzlich fröhlicher wirkte?«

»Nein.«

»Keine Vermutung?«

»Keine. Vielleicht hatte es mit Ihnen zu tun, Kommissar?« In der Stimme des Fahrers war ein leichter Vorwurf zu spüren.

»Das ist durchaus möglich«, sagte Wang gelassen. »Möchten Sie uns sonst noch etwas sagen?«

»Nein.«

Frau Ou war Wus Köchin und Haushälterin. Wang kannte sie als gesunde, kräftige Frau in mittleren Jahren. Inzwischen hatte sie die Siebzig erreicht, und das war nicht zu übersehen.

»Ich habe dem Sekretär Reis und Tofu zubereitet«, sagte sie zu Polizeichef Huang mit dünner, verschreckter Stimme. »Er hat ungefähr um halb sieben gegessen. Dann hat er sich in sein Büro zurückgezogen, um zu arbeiten. Ich meine das oben im Haus, nicht das in Nanping.«

»Wissen Sie, was für Arbeit das war?« fragte sie Wang.

»Parteiarbeit natürlich, Kommissar. Der Sekretär hat die Interessen des Volkes immer über seine eigenen gestellt.«

»Und wie war seine Stimmung, als Sie ihm das Essen brachten?«

»Sehr gut. Ich habe mich richtig gefreut.« Sie schüttelte den Kopf.

»Können Sie sich denken, weshalb?«

»Keine Ahnung. Muß es dafür einen besonderen Grund geben? Ein Mann, der so viel für das Volk getan hat, braucht keinen besonderen Grund, froh zu sein. Entschuldigen Sie, Genosse Kommissar.« Sie zog ein Taschentuch aus ihrer verblichenen Mao-Jacke und schneuzte sich kräftig. »Ihr Vater hat immer gesagt, Wu sei sein idealer Nachfolger, Genosse Kommissar. Wenn er sehen könnte, was der Sekretär alles erreicht hat, wäre er sicher sehr froh.« Sie schneuzte sich noch einmal und tupfte sich die Augen.

»Das Bett in dem zweiten Schlafzimmer ist immer bezogen?« fragte Wang, als sie sich wieder etwas beruhigt hatte.

»Natürlich«, antwortete Frau Ou mit kaum verhohlenem Stolz.

»Für wen?«

»Für Weidong. Er bleibt oft über Nacht, wenn sie etwas zu besprechen haben.«

»Weidong?«

»Der Sohn des Sekretärs.« Frau Ou lächelte, dann sah sie erschrocken drein. »Gestern abend war er aber nicht hier.«

»Wissen Sie das genau?«

»Ja. Er ist erst vor ein paar Tagen weggefahren. Der Weg von Jinan ist weit, er wäre nicht so schnell wiedergekommen.«

»Aber das Bett war für alle Fälle bereit?«

»Es ist immer bereit. Weidong hat seinen Vater geliebt, Genosse Kommissar. Er ist zwar ... ja ... ein wenig eigensinnig, aber im Grunde ein guter Junge. Tief in seinem Inneren.« Wieder trat das Taschentuch in Aktion, und diesmal wollten die Tränen überhaupt kein Ende nehmen.

Polizeichef Huang starrte zur Decke. »Interessante Aussagen, aber nichts Greifbares, denke ich.«

»Nichts Greifbares? Und was ist mit seinem Sohn, Weidong?«

Der Ortspolizist schüttelte den Kopf. »Frau Ou hat recht: Wu Weidong ist nicht der Mann, ein Verbrechen zu begehen.«

»Woher wollen Sie das wissen?«

»Ich kenne meine Pappenheimer.«

»Was arbeitet er?«

»Da bin ich mir nicht sicher. Ich glaube, er ist bei der Stadtverwaltung in Jinan.«

»Besitzt er ein Motorrad oder ein anderes Fahrzeug, mit dem er an einem Abend von Jinan hierher und zurück fahren kann?«

»Er hat ein Auto.«

»Ein Auto?« Davon wagte Wang gar nicht zu träumen, denn dafür hätte er als ehrlicher Beamter alles hergeben müssen, was er sein Leben lang verdiente.

»Einen blauen Toyota. Den kennt jeder in Nanping. Er hätte also auch nicht ungesehen herkommen können.«

»Fahrer Gao sagt, die Straßen seien hier nach sieben wie leergefegt.«

»Das stimmt. Aber wenn man von Jinan hierherkommen will, muß man die Hauptstraße nehmen. Dort ist immer jemand unterwegs. Wenn Wu Weidong gestern abend in diesem Hause war, dann weiß das jemand in Nanping.«

»Gut. Ich bin sicher, das werden Sie nachprüfen. Dann die Drohbriefe, von denen Gao gesprochen hat …«

»Wu hat oft welche erhalten. Wer eine Funktion hat, kennt das. Nehmen Sie die etwa ernst?«

»Der Empfänger ist tot. Und dann der Stimmungsumschwung des Sekretärs. Wir wissen nicht, was ihn bedrückte.

Vielleicht waren es gar nicht diese Briefe. Danach hat er sich über etwas gefreut. Was war es? Ich muß leider sagen, daß ich es bestimmt nicht war. Wir hatten eine ... hm ... Meinungsverschiedenheit. Es muß also mit demjenigen zu tun haben, der nach mir kam. Sind Sie sicher, daß er keine Geliebte hatte?«

»Absolut sicher.«

»Gab es einen seiner Kollegen, über dessen Besuch er sich besonders gefreut haben kann? Ein guter Freund?«

»Der Sekretär hielt zu allen Abstand. Das war in seiner Funktion auch das beste, denke ich.«

»Und was ist mit seiner Familie?«

»Wu Weidong ist der einzige, zu dem er regelmäßig Kontakt hatte. Seine Ex-Frau und seine Tochter leben in Qingdao. Sie müssen sich jahrelang nicht gesehen haben.« Der Polizeichef hielt inne und sagte dann: »Darf ich Ihnen eine Frage stellen?«

»Bitte, fragen Sie.«

»Worüber haben Sie mit dem Sekretär gestern abend gesprochen?«

Wang mußte lächeln. Diese Frage hatte er erwartet. Und er sollte eigentlich die Wahrheit sagen, aber das hätte Komplikationen heraufbeschworen. »Über die alten Zeiten. Die Kulturrevolution. Ich glaube, ich bin wütend geworden, als ich an all den Schaden denken mußte, der damals angerichtet wurde.«

»Sekretär Wu hat alles getan, um den Linksextremismus zu bekämpfen«, sagte der Polizeichef und kritzelte etwas in sein Notizbuch. »War das alles?«

Wangs Erfahrung, die Tricks anderer zu durchschauen, half ihm in dieser Situation. »Ja«, antwortete er mit so beiläufiger Stimme, daß es absolut aufrichtig klang.

»Warum waren Sie dann so aufgebracht gegen den Fahrer ...«

»Ich wollte zu Fuß gehen. Er ließ sich nicht abwimmeln.«

Polizeichef Huang betrachtete nachdenklich Wangs entspannte Miene und nickte dann überzeugt. »Bis morgen mittag muß ich einen ersten Bericht vorlegen«, sagte er. »Wir brauchen Verstärkung, so bald wie möglich.« Er zögerte einen Augenblick. »Ich weiß nicht, ob ich Sie um einen Gefallen bitten darf ...«

»Zu bleiben und den Tatort zu bewachen?«

»Ja. Seien Sie versichert, sobald wir genügend Leute haben ...«

»Das geht schon in Ordnung.«

»Danke. Sie rühren aber nichts an, nein?«

»Natürlich nicht«, antwortete Wang ärgerlich.

Wang lauschte, wie die Schritte des Polizeichefs auf dem gepflasterten Weg verhallten, wie sein neues Motorrad aufheulte und in der Nacht verschwand. Endlich Stille. Ihm fiel ein, was er Rosina und was er soeben Huang versprochen hatte. Dann erhob er sich und ging daran, das Haus gründlich in Augenschein zu nehmen.

Siebentes Kapitel

Wang stand auf der Schwelle von Sekretär Wus Wohnzimmer. Von dem Mann war nichts geblieben als die Kreidezeichnung auf dem Boden, der abstoßende, säuerliche Geruch des Todes und ein großer schwarzer Blutfleck.

»Das war kein Einbruch«, murmelte er. Es gab keinerlei Anzeichen für Panik oder einen Kampf. Der »Diebstahl« war nur der zweite Schritt, der die Polizei auf die Spur locken sollte, die sie nun in der Tat verfolgte. Ein Trick, der vielleicht dazu führte, daß ein Dieb für Mord erschossen wurde und seine Familie für immer gebrandmarkt war.

»Du hast für diesen Urlaub schwer geschuftet«, sagte Wang noch einmal zu sich selbst. Dann begann er mit der Durchsuchung des Hauses. Zuerst ein rascher Überblick, um den Besitzer näher kennenzulernen.

Das Wohnzimmer, das wie ein Empfangssalon eingerichtet war. Der kurze Blick auf die am Boden verstreuten Papiere ergab wenig: Berichte über Landwirtschaft und andere ökonomische Fragen – Parteibüros wurden in der neuen Zeit mit Papier überschüttet. Dann die Wände: Acht Rechtecke, die auf entwendete Bilder hindeuteten. Zwar brachte Kunst zur Zeit durchaus Geld ein, aber Polizeichef Huang hatte in einer Frage recht: Sie war in dieser Gegend nicht leicht zu verkaufen. Wang schaute in die Küche, die einfach, aber ordentlich aufgeräumt war, dann in eine Vorratskammer, wo als einziger Luxus eine Waschmaschine stand. Sie war nicht angeschlossen; zur Zeit bewahrte man Reis darin auf.

Oben die Abstellkammer – mit leeren Truhen – und zwei Schlafzimmer. In letzterem eine Spur von Luxus: Die Kommode aus Rosenholz oder die seidenen Kissenbezüge hatte Wu gewiß nicht von seinem Parteisekretärs-Gehalt gekauft. Aber von diesen wenigen Dingen abgesehen – zuweilen kommt ein Geschenk auch unerbeten, und man kann es nicht zurückweisen, ohne den Geber zu beleidigen – keinerlei Anzeichen von unverdientem Reichtum. Wang fielen die Aussagen von Wus Mitarbeitern wieder ein. Gold und Jade – der ideale Mandarin, einer von jenen, auf denen China seit zweieinhalbtausend Jahren ruhte – von Konfuzius bis zu Genossen Liu Shaoqi.

Gold und Jade sind leblose Stoffe. Wu war ein lebendiger Mensch gewesen. Wang suchte das Zimmer nach Anzeichen für eine Liebesaffäre ab, auch wenn sein Kollege, der Dorfpolizist, das für absurd hielt. Er fand keine, nicht einmal eine Spur von Interesse an Sex. Wie oft förderten Durchsuchungen bei allein lebenden Männern Pornomagazine aus Hongkong zutage oder bei den anspruchsvolleren Klassiker der Erotik wie *Der goldene Lotos* oder Li Yus *Matte der Fleischeslust.*

Dann das Arbeitszimmer des Sekretärs. Dieser kleine, aber wichtige Raum hatte ein nacktes Fenster, das oberhalb der Vorgartenmauer auf die Straße hinausging. Wang setzte sich an den schweren Schreibtisch aus Rosenholz und schaute sich von dort die Welt an. Die Straße war aus dem Blickfeld verschwunden, aber wenn er den Kopf ein wenig hob, kam die Mauerkrone in Sicht. Wer von außen sehen wollte, ob er an seinem Schreibtisch saß, brauchte sich nur kurz an der Mauer hochzuziehen. Ohne sich lange überwinden zu müssen, holte der Kommissar nun einen Dietrich aus der Tasche.

Den Schreibtisch zu öffnen war ein Kinderspiel.

Der ideale Fund wäre ein Terminkalender mit einer Eintragung am letzten Abend, 21.00 Uhr gewesen. So viel Glück hatte Wang nicht. Statt dessen lag da ein sauber geordneter Stapel Papiere, die mit einem Tuschestein beschwert waren. Obenauf zwei Mitteilungen – die eine an Polizeichef Huang, die andere an die Direktorin des Gästehauses, Frau Ming.

»Betreff: Wang Anzhuang und Lin Xiangyu (alias Rosina

Wang). Diese Personen sind in Nanping nicht länger erwünscht ...«

Ohne lange zu überlegen, knüllte Wang die beiden Bogen zusammen und steckte sie in die Tasche.

Beseitigung von Beweisen. Ein ernstes Vergehen.

Den Tintenlöscher, den Wu benutzt hatte, nahm er gleich mit.

Unter den beiden Briefen ein Dokument in einer Plastikhülle, das sehr offiziell wirkte. Es war ein Angebot der Baugesellschaft Yap Seeow aus Schanghai, im Schlangental mehrere Staudämme zu errichten – »nach internationalen Qualitätsstandards«, versteht sich. Wang nickte befriedigt, bis er die Kosten sah. Eine Million Yuan. Wie sollte ein kleines Dorf eine solche Summe aufbringen? Kopfschüttelnd nahm er das nächste Angebot zur Hand, das darunter lag. Die Baugesellschaft Sheng He Design aus Jinan verlangte gleich eineinviertel Millionen. Beide Dokumente stammten vom letzten Monat, ein Briefwechsel dazu war nicht zu entdecken.

Wang lehnte sich zurück und starrte an die Decke. Die Wucht dieser Zahlen war schockierend und faszinierend zugleich. Menschen töteten für viel weniger als für die übliche Provision, die beim Abschluß eines solchen Vertrages fällig war. Aber wo war der Zusammenhang zu diesem Fall? Verschiedene Varianten schossen ihm durch den Kopf, bis eine Fahrradklingel auf der Straße ihn wieder an seine eigentliche Aufgabe erinnerte. Ein Blick auf die Uhr sagte ihm, daß die Zeit lief.

Unter den Verträgen eine Akte mit der Aufschrift »Opposition Nanping«. Darin Vermerke über die wichtigsten Gegner des Fischzuchtprojektes:

»Wang Anming. Gute soziale Herkunft, aber von schwachem Charakter. Alkoholiker. Leicht zu beeinflussen.« Als Anlage eine Aufstellung über Anmings Anwesenheit an seinem Arbeitsplatz in Weis Fabrik, mit der es nicht gut aussah.

»Fei Baoren. Schlechte soziale Herkunft, intelligent, geschickt, gefährlich. Siehe beiliegenden Bericht.« In diesem war die monatelange Beobachtung der jungen Frau minutiös festgehalten. Eine versuchte Vergewaltigung kam darin vor, die jedoch fehlgeschlagen war.

»So ein Schweinehund«, murmelte Wang vor sich hin. »Bei Vater wäre das nicht möglich gewesen ...«

»Fei Zhaoling. Schlechte soziale Herkunft. Trügerisch ruhiger Typ. Kern der Protestgruppe. Sorgfältig beobachten.« Daneben ein dickes Ausrufezeichen. Ob das der Grund für ihr absurdes Gespräch vom vergangenen Abend war?

»Wei Shaojia. Direktor der Industriegesellschaft Nanping. Gibt vor, die ›Umwelt‹ schützen zu wollen, will aber vielleicht kein zweites wirtschaftliches Zentrum in der Gegend zulassen. Muß gewonnen werden.«

Die nächste Akte lautete »Opposition Weipowan«. Sie enthielt vor allem Beschwerdebriefe über die Gefahren, die die Dämme von Nanping für den alten Rivalen heraufbeschwören könnten. Der Ton variierte von konfuzianischer Höflichkeit bis zu offenen Drohungen. Fünf der Briefe bestanden aus Schriftzeichen, die man aus Comics ausgeschnitten und aufgeklebt hatte.

Wenn du diese Dämme baust, wirst du sterben.

Wang legte die Drohbriefe nebeneinander. Sie stammten alle von einer Person. Keiner war datiert. Alle steckten in den gleichen Umschlägen.

Du wirst sterben.

Der Polizeichef hatte vielleicht recht, wenn er sie ignorierte. Menschen, die solche Briefe schicken, wollen in der Regel Furcht verbreiten, nicht töten. Die Dämme waren noch in der Planungsphase, noch nicht gebaut. Es gab auch keine Verschärfung im Ton der Briefe, was Wang erwartet hätte, wäre aus dem Schreiber der Killer geworden. Außerdem hatte Huang gesagt, der Sekretär erhalte solche Schreiben nicht zum ersten Mal. Trotzdem unangenehm.

So viel zum obersten Fach des Schreibtisches. Weiter hatte

er drei Schubladen, die sich allesamt leicht öffnen ließen. In der nächsten lagen Berichte der ortsansässigen Betriebe, darunter auch der Industriegesellschaft Nanping. Alle schienen gut zu laufen. Dann eine Mappe voller Briefe über die Straße nach Wentai. Wu hatte sich über deren Zustand seit 1980 beklagt. Ein Brief an Vizepräsident Zhu schien gewirkt zu haben: Acht Jahre später hatte Nanping seine asphaltierte Verbindung zur Außenwelt. Gut gekämpft, Sekretär Wu.

In der zweiten Schublade persönliche Papiere des Sekretärs – Rechnungen und ähnliche Dinge. Nichts Besonderes. Ein Sparbuch der Landwirtschaftsbank von Shandong enthielt bescheidene Summen und einen undramatischen Zahlungsverkehr. Hatte er vielleicht einen Goldbarren in der Waschmaschine versteckt? Wegen seines Geldes hatte man Sekretär Wu gewiß nicht umgebracht. Wegen seines Hauses? Immerhin denkbar.

Die dritte Schublade war fast leer. Nur einige Bogen Schreibpapier lagen darin, das der Sekretär für kalligraphische Übungen benutzt hatte. Hier fand Wang einen ganz anderen Sekretär Wu – einen in sich gekehrten, nachdenklichen Mann. Er hatte die Schriftzeichen kan po hong chen kopiert – eine der aus vier Zeichen bestehenden Spruchweisheiten, die die Chinesen so lieben. Wörtlich lautete sie: »Durch den roten Staub sehen«, was bedeutete, das Getriebe der Welt zu durchschauen. Bedeutete es auch, den Tod zu erwarten? Oder war es eher politisch gemeint? Spielte die Farbe des Staubes eine Rolle? Außerdem waren da noch zwei Vierzeiler, in denen Wang Gedichte aus der Tangzeit erkannte.

BIENEN
von Le Yin

Drunten in der Ebene und hoch oben in den Bergen
Genießen sie die größten Wunder der Natur.
Aber wenn die Blüten der hundert Blumen
Zu Honig geworden sind – für wen all die Mühe?
Und all die Süße?

KRANK
von Bo Quyi

Ich ruhe auf Kissen, die Arbeit ist Welten entfernt.
Zwei Tage kein fremdes Gesicht.
Begreife erst jetzt: Der Beamte
Als Kranker kann Ruhe nur finden.

Als der Kommissar diese Zeilen las, nickte er zustimmend. Dann fielen ihm die zerknüllten Blätter in seiner Tasche wieder ein, und er fluchte leise vor sich hin.

Aber es war nicht Beamtenart, persönlich zu werden. Wang legte die Gedichte in das Schubfach zurück und verschloß es sorgfältig wieder. In der Ferne hörte er ein Motorrad brummen. Er schaute auf die Uhr. Wie wahr: Die Zeit ist der schlimmste Feind des Polizisten …

Stellvertreter Yao saß in Sekretär Wus Büro auf Sekretär Wus Stuhl an Sekretär Wus Schreibtisch. Er nahm den Kugelschreiber seines ehemaligen Chefs in die Hand, starrte darauf und legte ihn wieder zurück.

»Er kommt nicht mehr«, murmelte er. »Jetzt lastet alles auf mir.« Er schüttelte den Kopf. »Ich muß weitermachen. Ich muß die Sache weiterführen wie er. Genau wie er. Was hat er nach dem Mittagessen als erstes getan?« Der stellvertretende Sekretär schaute sich im Raum um, dann rief er nach dem Mitarbeiter im Nebenzimmer – wie hieß der doch gleich? –, um ihn zu fragen.

»Er hat immer eine Tasse grünen Tee getrunken und ist dann zur Toilette gegangen«, rief Xia zurück. Yao nebenan konnte nicht sehen, daß in den Augen des jungen Mannes der Schalk blitzte.

»Richtig. Das mache ich jetzt auch. Hat er sich den Tee selber gebrüht?«

»Manchmal.«

»Aha. Vielleicht im Wechsel? Ich brühe ihn heute und Sie morgen. Wo ist die Thermoskanne?«

Stellvertreter Yao nahm sich für den Tee Zeit. Wie viele Löffel Teeblätter bevorzugte Sekretär Wu? Wie lange ließ er den Tee ziehen? Plötzlich klopfte es an der Tür.

»Sie haben Besuch, Genosse Sekretär«, verkündete Xia.

»Amtierender Sekretär, bitte. Wer ist es?«

»Wang Anzhuang. Der Polizist aus Peking.«

»Aha. Wang Jingfus Sohn. Soll hereinkommen.«

Der junge Mann bat den Besucher einzutreten.

Yao streckte ihm die Hand entgegen. »Genosse Wang«, sagte er und verfiel in den Parteijargon vergangener Zeiten, was nur noch alten und unwichtigen Leuten passierte. »Seien Sie willkommen. Nehmen Sie Platz. Eine Tasse Tee? Gut. Was kann ich für Sie tun?«

»Ich möchte Ihnen ein paar Fragen über Sekretär Wu stellen.«

»Soso. Ein hervorragender Mann. Ein wirklicher Diener des Volkes.«

»Er hatte ehrgeizige Pläne für das Schlangental.«

»In der Tat.«

»Worum ging es dabei genau?«

Nun beschrieb Yao das Projekt, das Wang bereits von Fei Baoren kannte, aber mit so glühenden Worten, daß es Wang so vorkam, als sei von einer völlig anderen Sache die Rede.

»Wie weit sind die Pläne gediehen? Sind die Bauaufträge für die Dämme schon erteilt?«

Yaos Jahrtausendoptimismus war wie weggeblasen. »Das weiß ich nicht«, sagte er. »Eigentlich hat Sekretär Wu mit mir nie über diese Dinge gesprochen. Ich habe mich mehr um die politische Seite der Sache gekümmert.«

»Mit wem hat er dann darüber gesprochen?«

»Auch das weiß ich nicht. Ich denke, mit seinen Vorgesetzten in Wentai und Jinan. Sekretär Wu galt als sehr tatkräftiger Mann, der am besten war, wenn er allein handelte. Natürlich mit Unterstützung seiner Genossen in der Partei.«

Wang nickte. »Natürlich. Wissen Sie, wie der Bau der Dämme finanziert werden sollte?«

Der Alte seufzte. »Der Sekretär war dabei, eine Art Kredit zu beschaffen. Jetzt gibt es doch Banken und alles mögliche von dieser Art in Hülle und Fülle. Roter Kapitalismus! Wir müssen erreichen, daß diese Widersprüche im Interesse des Volkes wirken.«

»Aber im einzelnen lag die Finanzierung noch nicht fest?«

»Nein. Ich glaube nicht. Ich weiß es nicht ...« Yao lächelte. »Diese Angelegenheit wird im Parteikomitee diskutiert und zu einem befriedigenden Abschluß gebracht werden, wenn die Zeit reif ist!«

Wang verstand die Anspielung und wechselte das Thema. »Sagen Sie mir, waren die Gegenstände, die aus dem Hause des Parteisekretärs gestohlen wurden, von großem Wert?«

»Keine Ahnung.«

»Aber Wu war doch ein vermögender Mann, nicht wahr?«

»Nein!« sagte Yao mit Nachdruck und schüttelte heftig den Kopf. »Er stammt aus einer armen Bauernfamilie. Wie ich. Und Sie, Wang An ... äh ... Kommissar Wang. Sekretär Wu hat keine Reichtümer angehäuft.«

»Er hatte ein schönes Haus.«

»Er durfte die Villa bewohnen. Das Haus gehört der Partei.«

»Ach so.« Wang dachte einen Augenblick nach. »Er besaß eine Sammlung alter Kunstwerke ...«

»Die hat er vor Jahren erworben. Damals waren solche Sachen billig. Ich wünschte, ich hätte auch einige gekauft. Aber ich habe mich nie mit der Vorstellung anfreunden können, daß Werke aus der Zeit vor der Revolution völlig frei von ungesundem Einfluß sein sollen.«

»Sie meinen also, Sekretär Wu war kein reicher Mann?«

»Das habe ich doch schon gesagt. Er war ein wirklicher Kommunist. Solchen Menschen bedeutet Reichtum nichts.«

Wang nickte. Ob er nun seidene Kissen, einen Rosenholzschrank und einige Kunstwerke besaß oder nicht, Wang hatte auch den Eindruck, daß der Stellvertreter recht hatte. Sekretär Wu hatte seine Funktion nicht zur persönlichen Bereicherung mißbraucht. Er mußte anders an die Sache herangehen. »Gibt es schon Vorstellungen, wer sein Nachfolger werden soll?«

»Darüber muß das Gebietsparteikomitee entscheiden.«

»Würden Sie das Amt annehmen?«

»Das sollte besser in jüngere Hände kommen.«

»Denken Sie an Sekretär Wus Sohn?«

Wieder das heftige Kopfschütteln. »Erfolg kann nur haben, wer aus der Gegend stammt und hier in der Partei aktiv gewesen ist. Beides trifft auf Wu Weidong nicht zu. Ich persönlich halte ihn überhaupt nicht für den passenden Mann. Kennen Sie ihn?«

»Nein. Aber ich möchte ihn gern kennenlernen.«

Yao runzelte die Brauen. »Dazu werden Sie auf der Trauerfeier am Sonntag Gelegenheit haben. Sie und Ihre Frau sind doch eingeladen?«

»Nein.«

»Nanu! Sohn und Schwiegertochter von Wang Jingfu nicht eingeladen?! Natürlich werden Sie eingeladen. Von mir persönlich, jetzt auf der Stelle. Ich werde dem jungen Mann nebenan sofort Weisung geben.« Yao rang die Hände. »Das ging alles so schnell. Sekretär Wu war ein kerngesunder Mann ...« Der Stellvertreter seufzte, dann wandte er sich wieder seinem Besucher zu. »Darf ich Sie bitten, bei der Trauerfeier ein paar Worte zu sprechen? Als Ehrengast? Das wäre sicher auch im Sinne Ihres Vaters.«

Über die Ironie, die in dieser Bitte steckte, mußte Wang lächeln. »Das will ich gern tun.«

Frau Ming hatte die Telefonnummer des Krankenhauses in Wentai. Nach einigen vergeblichen Versuchen kam Wang schließlich durch. Er wurde mehrfach falsch verbunden, landete aber schließlich doch in der Pathologie.

»Hier Chen. Mit wem spreche ich?«

»Wang Anzhuang, Kommissar der Kriminalpolizei.«

»Ja?« klang es gleichmütig zurück.

»Aus Peking.«

»Oh! Womit kann ich dienen, Kommissar?«

»Ich möchte einiges über Sekretär Wu wissen.«

»Natürlich, sofort. Zunächst muß ich sagen, daß wir hier unter sehr schwierigen Bedingungen operieren. Raum, Zeit und Finanzmittel sind beschränkt. Trotzdem haben meine Kollegen und ich heute nachmittag eine sorgfältige Autopsie vorgenommen. Der Bericht wird gerade geschrieben.«

»Können Sie ihn holen und mir durchs Telefon vorlesen?«

»Holen ...? Ist das wirklich ...? Sofort, Kommissar.«

Der Bericht enthielt keine Überraschungen. Wu war Mittwochabend zwischen neun und elf Uhr an einem Schlag mit einem stumpfen Gegenstand gestorben. Es hatte offenbar keinen Kampf gegeben. Er wies keine weiteren Verletzungen auf, und an seinen Händen war nichts als Tintenflecke. (Wang dachte daran, daß er sich diese sicher geholt hatte, als er die beiden Briefe über ihn und Rosina schrieb. Nun mußte er ausgerechnet für diesen Mann eine Trauerrede halten.) Wu hatte sich seinem Angreifer wahrscheinlich zugewandt, der Rechtshänder und recht kräftig war. Aber das Opfer hatte keine Chance gehabt, sich zu wehren.

»Ich weiß nicht, um was für einen Gegenstand es sich handelt«, fuhr Dr. Chen fort. »Er muß rundlich und etwas gefurcht sein.«

Wang nickte. Der Schädel des Sekretärs war mit den Koteletten von Karl Marx eingeschlagen worden. »Was geschieht mit dem Leichnam?« fragte er.

»Das Übliche. Verbrennung. Am Montag, denke ich.«

»Aber das ist ein Mordfall!«

»Wir haben keine Kapazitäten, um Leichen längere Zeit aufzubewahren. Und unser Bericht ist sehr gründlich, das kann ich Ihnen versichern, Kommissar. Warum sollten wir lange warten? Wir haben bei einer Obduktion noch niemals einen Fehler gemacht. Auch diesmal nicht. Wenn Sie sich persönlich davon überzeugen wollen, dann können Sie das gerne tun. Aber mit einer privaten Führung können Sie nicht rechnen.«

Bei der Vorstellung mußte Wang lächeln. Ob wohl alle Pathologen so einen schwarzen Humor hatten? Nachdem er kurz überlegt hatte, schüttelte er den Kopf.

»Ich danke Ihnen, Dr. Chen.«

Achtes Kapitel

Die Trauerfeier für Sekretär Wu fand im Saal des Parteihauses von Nanping statt. Dieser Raum, kahl wie eine Kaserne, hatte schon viele solcher Feierlichkeiten erlebt, darunter auch die für Wangs Vater vor 28 Jahren. Das Ritual war fast unverändert geblieben: mehrere Reden, denen die Trauergäste in sorgfältig arrangierten Reihen lauschten (Funktionäre vorn, Parteilose ganz hinten). Dann ein Essen an einem anderen Ort. Dieses sollte nach der Tradition eigentlich einfach und vegetarisch sein, geriet aber heutzutage so üppig, wie es sich die Familie des Verstorbenen leisten konnte.

Wang, in der ersten Reihe, stand kerzengerade. Das Strammstehen war er aus seiner Zeit bei der Armee gewohnt. Auch das lange Warten, bis etwas geschah. Dafür ließ er seine Augen frei im Raum schweifen. Er las die Aufschriften auf den traditionellen Papierkränzen, die ringsum an den Wänden hingen.

»Unablässiger Einsatz zum Wohle des Volkes!«

»Ein rotes Herz, der Partei stets treu ergeben!«

»Stark wie Stahl, gerecht und unempfänglich für Schmeichelei!«

Wie formal doch diese Sprüche waren! Dann fiel ihm ein, daß ähnliche Worte sein trauerndes Herz einmal mit unbändigem Stolz erfüllt hatten. Im Jahre 1965 hatte er, damals noch ganz jung, hier gestanden und die Kranzschleifen für seinen Vater gelesen. Damals hatte er ihm geschworen, für China und für den Sozialismus zu leben und zu sterben. Hatte er dieses Versprechen gehalten? Zumindest hatte er sich bemüht, dessen war er sicher.

Galt dieses Gelöbnis noch immer?

Ein ohrenbetäubendes Geräusch schreckte ihn auf. Stellvertreter Yao blies ins Mikrofon, um zu testen, ob es funktionierte. Ein Quietschen ertönte. Der alte Mann starrte das Ding mit eisigem Blick an, und es verstummte erst, als sein Mitarbeiter Xia im Hintergrund hektisch an einigen Knöpfen drehte. Der stellvertretende Sekretär begann zu sprechen.

»Es lebe die Partei! Es lebe das Volk! Das war die Maxime von Wu Changyan, einem Mann, dessen Leben mit dem des guten Soldaten Lei Feng vergleichbar ist.«

Zuerst war Wang wütend, dann amüsierte ihn das Ganze nur noch: Wenn Funktionäre in Peking gestanzte Trauerreden hielten, warum nicht auch in Nanping? Als die »ismen« in der gleichen Schlachtordnung an ihm vorüberzogen wie auf dem Bankett vor einigen Tagen, mußte Wang wieder an 1965 denken. Bilder seines Vaters stiegen in ihm auf. »Sei bereit, für die Gerechtigkeit dein Leben zu geben«, hatte der alte Revolutionär seinem Sohn an jenem Denkmal gesagt.

Yao war zu Ende und kündigte den nächsten Redner an, einen Vertreter des Provinzparteikomitees in Jinan. Er hielt die Hauptrede. In der Mao-Zeit hätte sich – wie im kaiserlichen China – damit das Schicksal, Leben und Tod von Wus Familie entschieden. Nun erschien diese Rede sicher in vollem Wortlaut in der Lokalpresse, Auszüge wurden auf Schriftrollen geschrieben und einigen wichtigen Trauergästen überreicht.

Das war der Fortschritt.

Der Mann vom Provinzparteikomitee begann zu sprechen. Sekretär Wu Changyan hatte über die Feinde der Revolution gesiegt. Er hatte in der Bodenreform eine wichtige Rolle gespielt. Selbst in den dunklen Tagen der Kulturrevolution war er bemüht, Nanping zu dienen …

Der Blick des Kommissars löste sich von dem Redner, der wie ein alter Uhu wirkte, und schweifte über die Personen, die das Podium mit ihm teilten. Familienmitglieder standen traditionell rechts vom Mikrofon. Der hochgewachsene Mann mit der Goldrandbrille, dem fein geschnittenen Gesicht und dem vollen dunklen Haar mußte Wu

Weidong sein. Er trug einen schwarzen Anzug mit glänzenden Revers nach der letzten Mode. Sein Gesicht war völlig ausdruckslos, wie es zu dieser offiziellen Gelegenheit paßte. Neben ihm eine dicke, unförmige Person mit starker Brille, in weißem Rock und Nylonmantel, flachen Schuhen und Söckchen. Auf der anderen Seite eine wahre Schönheit in vollem Make-up, mit hochhackigen Schuhen und einem für die Gelegenheit viel zu kurzen Kleid. Wu Weidongs Schwester und Wu Weidongs Gattin? Die alte Frau, die zusammengesunken auf einem Stuhl hockte, war die Frau des Sekretärs, die, hatte man ihm am Morgen erklärt, an einer Geisteskrankheit litt und in einer Anstalt dahinvegetierte.

Der Mann aus Jinan beendete seine Rede und trat an den Ehrenplatz links vom Mikrofon zurück. Yao kündigte den nächsten Redner an. Es war Wu Weidong. Als der Sohn des Ermordeten vortrat und das Mikrofon in seine große rechte Hand nahm, reckten sich viele Hälse.

»Mein Vater hat sich mit all seiner Kraft für die Reform eingesetzt«, begann Wu Weidong lustlos. »Er wußte: harte Arbeit ist ihres Lohnes wert. ›Durch Arbeit wohlhabend werden‹, pflegte er zu sagen, ›ist ehrenhaft‹.«

Wang forschte im Gesicht des Redners. Es wirkte so emotionslos wie seine Stimme. Aber war das von Bedeutung?

»... Das Erfolgsregister meines Vaters ist lang. Nur wenige Häuser hatten elektrischen Strom, als er an die Spitze der Parteiorganisation trat. Die sanitären Anlagen waren schlecht, der Gewinn der Fabrik für landwirtschaftliche Geräte niedrig ...«

Hast du den Mann, den wir heute betrauern, geliebt, Wu Weidong? Oder hast du ihn getötet? Oder – als Polizist erlebt man merkwürdige Dinge – beides?

»Diese Reden!« stöhnte Rosina und unterdrückte ein Gähnen, als sie an der langen Reihe der geparkten Dienstwagen entlang zurückgingen. »Deine natürlich ausgenommen.«

Wang mußte grinsen.

»Das ist nicht richtig«, fuhr sie fort. »Die Menschen müssen ihre Gefühle herauslassen, ihre Trauer verarbeiten, nicht in sich einschließen. Eine Front wie diese aufzubauen kann für niemanden gut sein.«

Wang war bislang von Rosinas neuen westlichen Ideen nicht sehr überzeugt, obwohl sie ihm oft berichtete, wie sie im Krankenhaus mit deren Hilfe dieses oder jenes Problem gelöst hatte. »Man kann doch nicht heulend in der Öffentlichkeit herumlaufen«, antwortete er. »Besonders nicht als Mann.«

Rosina sah ihn strafend an, nahm aber dann seinen Arm. Eine Weile gingen sie in wohltuendem Schweigen, bis Wang plötzlich rief: »Das muß Wu Weidongs Wagen sein!«

»Du weichst mir aus«, bemerkte Rosina, folgte ihrem Mann jedoch zu dem blauen Toyota. Sie lugten durch die Fenster. Drinnen war es sauber und ordentlich, von einigen über den Rücksitz verstreuten Modeheften abgesehen.

»20 000 Kilometer«, sagte Rosina.

»Der Tacho war sicher schon mal abgelaufen«, meinte Wang und musterte die Reifen. Dann erhob er sich und drückte auf den Kotflügel. Der Stoßdämpfer quietschte laut. »Trotzdem, ein Auto ist ein Auto ...«

Rosina nickte. Sie träumte schon lange davon, einen eigenen Wagen zu besitzen, wenn so ein Ding auch in Peking kaum von Nutzen war, weil die Staus von Jahr zu Jahr zunahmen. Aber wenn man einmal mit der Familie an die Große Mauer oder in den Sommerpalast fahren wollte ... Die Vorstellung, sich nicht in den Bus zwängen, nicht pünktlich an der Haltestelle stehen zu müssen, fahren zu können, wohin man wollte, einen friedlichen Ort auf dem Lande zu finden, den Picknickkorb herauszuholen, sich einfach nur in die Sonne zu setzen ...

Ihr Mann packte sie am Handgelenk und zog sie weg. Als sie ihn vorwurfsvoll anschaute, entschuldigte er sich.

»Da kam jemand«, erklärte er. »Ich wollte nicht, daß man sieht, wie wir in den Wagen starren.«

»Warum nicht?«

»Weil sich das nicht gehört.« Sie gingen weiter. »Wus Sohn hat entweder einen tollen Job, oder er ist nicht astrein«, sagte Wang unvermittelt.

»So ein Auto hat schon was. Du solltest dir öfter mal einen Dienstwagen ausleihen. Am Wochenende zum Beispiel ...«

Inzwischen waren sie am Nordplatz angekommen, wo die Industriegesellschaft Nanping das Trauermahl ausrichtete. Auf dem alten Mühlstein saß Schweineschwänzchen Mao – wie an dem Tag, als Wang und Rosina im Dorf angekommen waren. Diesmal lief er nicht davon, sondern starrte Wang nur an.

»Du bist also Wang Anzhuang?« fragte er.

»Ja.«

Der alte Mann zeigte ein schiefes Grinsen. Er hatte nur noch einen Zahn. »Und ich dachte, du wärst ein Geist!«

Wang bemühte sich, über diesen abergläubischen Unsinn erhaben zu wirken. »Wieso?«

»Ich wußte nicht, daß du kommst. Ich dachte, es wäre dein Vater, der erschienen ist, um deinem Bruder die Leviten zu lesen.« Der Alte tat, als ob er eine Flasche ansetze.

»Nein«, sagte Wang traurig.

»Sie kommen alle mal als Geist zurück«, fuhr der alte Mao fort. »Sekretär Wu wird der nächste sein.«

In der Tat glauben die Chinesen, daß Erschlagene zurückkommen, um ihren Mörder zu jagen. »Und wen wird er heimsuchen?« fragte Wang.

»Das mußt du herausfinden, Kommissar!«

»Ihr habt doch selber eure Polizei hier.«

Der Alte schaute ernst drein. »Das Schicksal hat dich geschickt, um die Geister zu vertreiben«, sagte er. Dann wandte er sich seiner langstieligen Pfeife zu, die er sorgfältig stopfte.

Wu Weidong ging von einem Tisch zum anderen, nahm Beileidsbezeugungen der Gäste entgegen und dankte ihnen für ihr Kommen. Die Frau in dem kurzen Kleid folgte ihm mit gelangweilter Miene. Als sie an Wangs Tisch traten, stand der Kommissar auf und stellte sich vor.

»Wang Anzhuang aus Peking. Und das ist meine Frau Rosina. Mein Vater hat eng mit Ihrem zusammengearbeitet.«

»Ja …«, sagte Wu Weidong. »Ich erinnere mich an ihn, Onkel Wang. Ich war damals noch klein.«

»Was geschehen ist, tut mir leid«, sagte Rosina. »Ihr Vater ist offenbar ein sehr beliebter Mann gewesen.«

Wu Weidong nickte.

»Es ist schrecklich, einen so nahen Verwandten zu verlieren«, fuhr Rosina fort, bemüht, so viel Mitgefühl wie möglich in ihre Stimme zu legen. Wu Weidong nickte mechanisch und wandte sich dem nächsten Gast, Polizeichef Huang, zu.

»Guten Tag, Weidong. Eine schöne Feier, wenn man so sagen darf.«

»Danke …«

»Sehr gute Reden. Und so viele Kränze. Das zeigt, wie sehr man Ihren Vater hier geschätzt hat.«

»Ja … Den Eindruck habe ich auch …« Der junge Mann stockte, als ob er noch etwas sagen wollte, aber die rechten Worte nicht fand. Seine Begleiterin packte ihn beim Arm und zog ihn weiter.

»Was für eine schreckliche Frau«, sagte Rosina, als die beiden außer Hörweite waren, »ihn so herumzuzerren. Und wie sie sich aufgedonnert hat! Was glaubt sie denn, wer sie ist?«

Wenig später trat der Polizeichef auf Wang zu. »Ich muß Sie unbedingt sprechen«, sagte er.

»Bitte. Ist was passiert?«

»Wu Weidongs Wagen.«

»Was ist mit ihm?«

»Sie haben ihn sich so genau angesehen. Das ist mir aufgefallen.«

»So?«

»Unsere Ermittlungen gehen gut voran, und ich möchte nicht, daß hier am Ort Unruhe aufkommt.«

»Wu Weidong ist nicht vom Ort.«

»Als Sohn des Sekretärs wohl schon. Und er hat es im Moment ohnehin schwer genug. Sie haben nichts gegen ihn in der Hand ...«

»Er gehört zum Kreis der Verdächtigen.«

»Aber doch nur ganz indirekt.«

»Sie haben selbst gesagt, daß nur ein ganz kleiner Kreis von Personen den Sekretär so spät abends besucht haben kann.«

»Ich habe klare Hinweise für einen Einbruch.« Der Polizeichef schaute Wang fest in die Augen. »Ich hatte gehofft, Sie könnten uns bei den Ermittlungen behilflich sein. Ich war immer überzeugt, daß Polizisten gegen Verbrecher zusammenarbeiten müssen, nicht gegeneinander.«

Diese Worte bedrückten Wang, denn er war der gleichen Meinung.

»Zu Ihrer Kenntnis«, fuhr der Polizeichef fort, »ich habe den Posten verhört, der am Abend vor dem Parteihaus Dienst tat. Dazu noch einige Nudelverkäufer von der Hauptstraße. Keiner hat am Abend der Tat einen blauen Toyota gesehen.«

»Das freut mich. Aber wir müssen viele Spuren verfolgen. Verbrechen laufen meist nicht so ab, wie wir es uns wünschen.« Wang hielt ein wenig inne. »Sagen Sie mir, wie lange hat Wu Weidong dieses Auto?«

»Schon einige Jahre.«

»Er ist ein großer Mann in Jinan?«

»Nein. Aber in der Stadt kann man leichter Geld verdienen als hier. Lassen Sie den armen Jungen jetzt in Ruhe?«

»Na schön«, seufzte Wang.

Neuntes Kapitel

»Der junge Wang! Guten Morgen!«

»Hallo, Zhai! Wie geht's in Peking?«

»Wir haben hier Sandsturm. Wie ist es bei euch auf dem Lande?«

»Ziemlich aufregend. Ich kann es gar nicht erwarten, in mein ruhiges Büro zurückzukommen.« Wang berichtete von dem Mord an Sekretär Wu und fügte dann hinzu: »Ich möchte dich um einen kleinen Gefallen bitten.«

Räder-Zhai lachte. »Wußte ich doch, daß du mir nicht nur hallo sagen willst. Worum geht es?«

»Ich möchte etwas über eine Person in Jinan wissen. Sein Name ist Wu Weidong.«

»Wu ... Weidong ...« Der Mann am anderen Ende war ein alter Kollege Wangs, den die Kugel eines Drogenhändlers 1985 an den Rollstuhl gefesselt hatte. Jetzt war er Archivar bei der Kripo in Peking und hatte Zugang zu mehr Informationen als jeder andere, den Wang kannte – teils seiner Funktion wegen, vor allem aber, weil er sich hervorragend mit Computern auskannte. Als Hacker war er unübertroffen.

»Kommst du an diese Information nicht leichter vor Ort ran?« fragte Zhai.

»So ist es besser«, antwortete Wang ausweichend.

Räder-Zhai seufzte. Wang stahl ihm selten die Zeit, wenn er sich aber an ihn wandte, dann wollte er meist mehr, als seinen Vorgesetzten lieb war. »Ich will es versuchen. Was bleibt mir anderes übrig? Erzähl mir mehr von ihm.«

Das tat Wang.

»Danke, Zhai«, schloß er. »Du weißt, daß ich mich immer revanchiere.«

»Ich rieche förmlich den Maotai, den du mir mitbringen wirst.«

Wang und Rosina waren nicht sicher, ob sie auch der Einäscherung Wus beiwohnen sollten, einer stilleren Zeremonie im kleinen Kreis, aber der stellvertretende Sekretär Yao bestand darauf. So ließen sie sich in einer Staatskarosse Marke »Rote Fahne« nach Wentai bringen und sahen dort zu, wie ein einfacher Holzsarg an quietschenden Gurten hinabgelassen wurde.

»Jetzt geht er heim zu Marx«, verkündete sein langjähriger Stellvertreter.

Wang sah sich verstohlen um, ob jemandem die unbeabsichtigte Ironie dieser Bemerkung auffiel. Wus Tochter zerfloß in Tränen, aber in diesem Zustand war sie bereits den ganzen Vormittag. Wu Weidongs Gesicht war so ausdruckslos wie am Tag zuvor.

Als der Verbrennungsakt vollzogen war, wurde die Asche in eine mit einem Phönix geschmückte Urne gefüllt. Nun fuhr die Trauergemeinde nach Nanping zurück, wo sie am Ende der Asphaltstraße hielt. Wus letzter Gang führte den Berg hinauf. Er mußte zu Fuß zurückgelegt werden.

Der Trauerzug setzte sich in Bewegung. Xia und der Totengräber, ein verhutzeltes Männlein im Mao-Anzug, der daoistischer Mönch gewesen war, bevor die Partei diese Dinge abgeschafft hatte, gingen voran. Ihnen folgten Wang und Rosina, dann Wus Tochter, nach wie vor schluchzend. Hinter ihr schritten Polizeichef Huang und das Ehepaar Yao, dann Vertreter der Parteiorganisation des Dorfes. Wu Weidong und seine Partnerin bildeten den Abschluß.

»Komm, Francine«, drängte er sie. Wang verzog das Gesicht. Er fand die neue Mode mit den westlichen Vornamen häßlich und unpatriotisch – den Namen »Rosina« natürlich ausgenommen, denn er hatte so einen lieblichen Klang.

»Du hast nicht gesagt, daß wir auch noch bergsteigen müssen!« zischte Francine. Ihre hohen Absätze und ihr enger Rock eigneten sich dafür gar nicht.

Schließlich waren sie am höchsten Punkt des Schlangenberges angelangt. Von hier bot sich eine herrliche Sicht nach allen Seiten – nach Norden über Weipowan, nach Süden bis Wentai, nach Osten zum Gelben Meer und nach Westen über die Hügelketten in Richtung Xian. Die Straße, die sie gerade gekommen waren, verschwand im Dunst des Spätsommertages, als wollte sie dem Mann Lebewohl winken, der sich so für ihren Bau eingesetzt hatte. Wang mußte zugeben, daß dies eine schöne Ruhestätte war. Gutes Fengshui, denn der Platz war nach Süden ausgerichtet, und Wasser gab es in der Nähe auch.

Der Totengräber begann den steinigen Boden mit einem Spaten zu bearbeiten. Er grub ein kleines Loch, in den Wu Weidong den Korb mit der Urne setzte. Jeder suchte sich einen Stein, von denen es unzählige gab, und legte ihn darauf. Bald war ein kleiner Hügel entstanden. Weidong legte eine große flache Steinplatte oben auf. Dann holte er ein Bündel Papier aus seiner Tasche.

»Dieser feudalistische Unsinn!« zischte Frau Yao angewidert.

Wu Weidong beugte sich nieder und legte, was er mitgebracht hatte, auf den Stein – sein Abschiedsgeschenk an den Vater. Sekretär Wu würde all das auf seiner Reise ins Jenseits brauchen – die Geldscheine von der Höllenbank, die aus Papier geschnittenen Götter und Geschenke, das nachgeahmte Parteibuch. Dem Totengräber fiel ein daoistisches Gebet ein, das er laut vor sich hinzuleiern begann. Der Sohn des Sekretärs zündete ein Streichholz an und hielt es an das Papier. Eine Flamme schoß auf und verschlang das Opfer im Augenblick. So gelangte es zu den Geistern, die den Neuankömmling im Jenseits erwarteten. Eine Rauchwolke erhob sich und schwebte westwärts nach Xian, ins alte Herz Chinas. Wu Weidong sah ihr reglos nach, dann stahlen sich auch ihm ein paar Tränen in die Augen.

»Es hat ihn also doch nicht ganz kalt gelassen«, sagte Rosina.

»Vielleicht.«

»Der Zyniker.«

»Ich bin Polizist. Ich habe schon so viele falsche Gefühle gesehen.«

»Das am Schluß schien echt zu sein …«

Sie saßen auf der Terrasse des Gästehauses und schauten zu der Bergspitze hinauf, wo Sekretär Wu jetzt ruhte. Sie tranken Pflaumenwein, den Wang so mochte und an den sich auch Rosina langsam gewöhnte.

»Wenn ich die Ermittlungen zu führen hätte, würde ich mich für diese Francine interessieren«, meinte Rosina. »Sie hat keinen Ring getragen. Eine wie sie hätte garantiert einen, wenn sie ordentlich verheiratet wäre – einen großen aus Gold mit einem falschen Stein. Wie findest du dieses Szenario? Sie macht einem Parteisekretärssohn schöne Augen. Er verfällt ihr mit Haut und Haaren. Sie verlangt, daß er sie heiratet. Sein Vater sagt nein. Sie räumt ihn aus dem Weg.«

»Viele Leute heiraten heute, ohne ihre Eltern zu fragen«, antwortete Wang spitz.

Rosina warf ihm einen ärgerlichen Blick zu, dann schwieg sie. Frau Ming trat heraus und bat sie zum Abendessen.

»Habe ich dich geärgert?« fragte Wang und nahm noch ein Stück von der kalten gepökelten Ente.

»Ja. Ich dachte, ich hätte eine ganz vernünftige Überlegung geäußert. Du hast so getan, als sei sie das Dümmste von der Welt.«

»Es tut mir leid. Das war nicht dumm. Aber wie hätte sie denn zu Wus Haus gelangen sollen?«

»Sie hat doch zwei Beine. Die zeigt sie auch noch gerne herum.«

»Sie hätte ein Transportmittel gebraucht. Und es hätte nicht zur Stimmung des Parteisekretärs an jenem Abend gepaßt. Wenn Wu sie so gar nicht mochte.«

»Vielleicht war ihm eingefallen, wie er ihr beikommen konnte, und er wollte es an jenem Abend ausprobieren.

Stimmungen können die verschiedensten Ursachen haben. Aber das ist noch kein Beweis, oder?«

»Nein«, erwiderte Wang ruhig. »Ich habe mich doch schon entschuldigt.«

»Okay.« Rosina sah ihn lange an. Sie war noch nicht ganz überzeugt, daß er es wirklich ehrlich meinte, aber sie gab nach. Die Vorspeise aßen sie schweigend.

»Ich weiß nicht recht, ob ich mich hier einmischen soll«, sagte Wang unvermittelt. »Ich hatte dir versprochen, daß wir Urlaub machen. Aber der Polizeichef wußte schon, was passiert ist, bevor er überhaupt am Tatort war. Wenn es nach ihm geht, wird ein kleiner Dieb den Genickschuß bekommen, und ein Mörder wird straffrei bleiben.«

Rosina lächelte. »Das ist mir doch längst klar.«

»Aber ...«

»Ich möchte mitmachen, das ist alles.«

Wang schaute verdutzt drein. »Aber hier geht es um Mord!«

»Ich habe bestimmt schon mehr Leichen gesehen als du!«

Wang wurde unruhig. »Das ist nicht der Punkt. Ich marschiere doch auch nicht in dein Krankenhaus und pieke Nadeln in die Körper deiner Patienten!«

»Und ich habe nicht die Absicht, in die östliche Qianmen-Straße zu marschieren und Haftbefehle zu erteilen.« Rosina hielt einen Moment inne. »Aber wir sind hier nicht in Peking, sondern auf dem Lande. Wir haben ein Problem zu lösen. Gemeinsam.«

»Gemeinsam?«

»Ich weiß, daß ich nicht Dr. Watson bin«, meinte Rosina. Wie ihr Mann und viele andere Chinesen liebte sie Sherlock-Holmes-Geschichten. Wenn sie London hörte, dachte sie an eine neblige Metropole mit Pferdekutschen, zerlumpten Kindern und Kapitalisten mit Zylindern. »Ich möchte nur, daß du mir zuhörst.«

Wang nickte. »Du hast ja recht«, sagte er. »Ich war ein bißchen arrogant. Entschuldige.«

»Akzeptiert«, sagte Rosina mit Tränen in den Augen.

Sie hatte sie kaum getrocknet, da kam Frau Ming herein und wechselte die Teller, geräuschvoll wie immer. Als sie alles auf dem Tablett hatte, nahm sie es auf und schritt zur Tür. Dort drehte sie sich noch einmal um.

»Sie sind doch Detektiv, nicht wahr, Herr Wang?« fragte sie.

»Ja, sicher.«

Sie lächelte schüchtern. »Ich versuche seit zwei Tagen die Ortspolizei anzurufen, gerate aber immer an einen ziemlich beschränkten Beamten, der sagt, daß der Polizeichef zurückrufen wird. Das hat er bisher nicht getan. Ich weiß nicht, ob Sie mir vielleicht helfen können. Ich mache mir Sorgen wegen Herrn Lian.«

»Lian?«

»Das ist der andere Gast in meinem Hause. Ich habe ihn schon einige Tage nicht gesehen.«

»Bestimmt will er nicht gestört werden.«

»Ja, aber er hat mir immer Bescheid gesagt, wenn er nichts zu essen haben wollte. Am Mittwoch habe ich ihm einen wunderbaren Fisch gekocht, aber er hat ihn nicht angerührt. Und seitdem ...«

Mittwoch war der Tag, an dem Wu ermordet wurde. »Seitdem kein Lebenszeichen von ihm?« fragte Wang.

»Nein. Vielleicht ist es dumm, aber ich habe so eine Ahnung, daß ihn jemand umgebracht haben könnte.«

»Warum sollte einer so etwas tun?«

»Ich weiß auch nicht. Warum hat man Sekretär Wu umgebracht?« Die Direktorin schaute sich nervös im Raum um. »So etwas gibt es doch nur im Westen – Verrückte, die Menschen ohne Grund umbringen.«

»Im Westen gibt es wirklich alle möglichen schlimmen Sachen«, erwiderte der Kommissar. »Hier ist China.« Aber er nahm ein Eßstäbchen und drehte es zwischen den Fingern – ein sicheres Zeichen, daß das Gespräch ihn interessierte. »Haben Sie eine Ahnung, weshalb Herr Lian hier ist?«

»Nein.«

»Was hat er denn die ganze Zeit so getrieben?«

»Ich weiß nicht. Er muß viel herumgelaufen sein, denn jeden Abend stellte er mir ein Paar sehr schmutzige Schuhe zum Putzen vor die Tür.«

»Was für Schmutz war daran?«

»Ganz verschiedener.«

»War er Gast der Parteiorganisation?«

»Nein. Die Zimmerbestellung kam aus Jinan. Aber der stellvertretende Sekretär Yao hat sie bestätigt.«

»Yao? Nicht Wu?«

»Mit solchen Routinesachen hat sich der Sekretär nicht abgegeben.«

»Erstaunlich. Kann ich das Formular einmal sehen?«

Diese Frage gefiel Frau Ming offenbar nicht. Wang beschloß, nicht weiter zu drängen. Papiere kann man leicht verlegen, besonders wenn man sie nicht für wichtig hält. »Hat Herr Lian Besuch gehabt?«

»Nein.«

»Hat ihn jemand angerufen, ihm geschrieben oder eine Nachricht bei Ihnen hinterlassen?«

»An jenem Morgen kam ein Brief. Das war Mittwoch, glaube ich.«

»Sehr interessant. Was für ein Brief? Ein offizielles Schreiben? Oder eine private Nachricht?«

»Die Adresse war von Hand geschrieben.«

»Ist Ihnen an der Schrift etwas aufgefallen?«

Frau Ming überlegte. »Eine Frauenschrift würde ich sagen, von einer jungen Frau.« Sie lächelte. »Ich sehe so viele Menschen Formulare ausfüllen ...«

»Ausgezeichnet. Und die Briefmarke?«

»An die kann ich mich nicht erinnern. Aber ich bin sicher, der Brief kam irgendwoher aus China.«

»Und Herr Lian hat kein Wort dazu gesagt?«

»Nein.«

»Schade ... Mal sehen, was ich machen kann. Aber bleiben Sie bei der Ortspolizei dran. Wenn ich Polizeichef Huang sehe, sage ich ihm Bescheid.«

»Das ist sehr nett von Ihnen«, bedankte sich Frau Ming.

Das Schloß ging leicht auf. Wang und Rosina schlichen in das Zimmer und schalteten die Taschenlampen ein.

»Ein ordentlicher Mensch, was?« flüsterte Rosina.

Das Zimmer war dem ihren spiegelgleich. Natürlich suchten sie nach dem Brief, zuerst im Schreibtisch. Der war verschlossen. Wang schaute sich zunächst nach anderen Verstecken um, bevor er seinen Dietrich in Aktion setzen wollte. Der Papierkorb? Leer. Der Nachttisch? Nichts, nur ein Buch lag darauf: *Die Schlacht um Jinan.* Im Buch? Auch nichts. Die Schublade des Nachttischs? Leer. Die Taschen seiner Kleidung?

»Gute Sachen«, meinte Wang.

»Ein bißchen altmodisch«, konstatierte Rosina etwas von oben herab. Maßgeschneiderte Mao-Jacken, Hosen in gedeckten Farben, ein Anzug von westlichem Schnitt.

Nun blieb doch nur der Schreibtisch. Das Schloß mit dem Dietrich zu öffnen erwies sich als ein Kinderspiel: Entweder war nicht vorgesehen, daß man den Gästen in diesem Hause nachspionierte, oder das Gegenteil, was die einfachen Schlösser ebenfalls erklärte.

Im Schreibtisch weitere Bücher. *Geschichte des Shandong-Feldzuges, 1945–1949. Erinnerungen von Revolutionären.* Das Buch war zerlesen und trug viele Randbemerkungen. Offenbar interessierte sich Lian für Revolutionsgeschichte. Aber der Brief war nirgendwo zu sehen. Wang zog die Schubfächer eines nach dem anderen auf. Sie waren alle leer. Selbst den Raum hinter den Schubladen kontrollierte er. Nichts.

»Vielleicht hat er ihn im Bad versteckt«, meinte er.

»Einen Brief?«

»Im Bad erfährt man eine Menge über einen Menschen. Such du hier weiter.«

Rosina runzelte die Brauen, tat aber, wie ihr geheißen.

Wang ging ins Bad. Zunächst das Naheliegendste – Zahnbürste, Rasierapparat, Seife, Handtuch. Alles war an seinem Platz. Lian wollte also wiederkommen, oder er war überstürzt abgereist. Im Schrank ein Döschen Tigersalbe, eine halbe Schachtel Stärkungstabletten Marke Hirsch und eine Flasche Haarwasser. Keine überraschende Wundermedizin, die man nach einem plötzlichen Tod entdeckte.

»Anzhuang!«

Rosinas Stimme klang aufgeregt. Wangs erster Gedanke war, Herr Lian sei gerade wieder aufgetaucht. Er legte sich schon eine Ausrede zurecht.

»Schau mal hier!« rief Rosina wieder.

Wang lief in das Zimmer zurück. Rosina hielt ihm eines der Bücher entgegen. »Lies!«

Er gehorchte.

»... Unsere Streitkräfte erlitten einen Rückschlag, als eine Abteilung von etwa hundert Partisanen aus Yanan und einige Ortskundige im Schlangental bei Nanping in einen Hinterhalt gerieten. 42 Partisanen und drei Männer aus der Gegend wurden getötet.

Bis zu jenem verhängnisvollen Abend hatte die Guomindang kein Interesse am Schlangental gezeigt. Auch später war dies nicht der Fall. Ihre Truppen hatten sich dort sorgfältig getarnt. Es ist nicht anzunehmen, daß sie zufällig auf die Abteilung der Kommunisten stießen. Es erhebt sich die Frage, woher der Feind wußte, daß diese dort durchmarschieren sollten. Entweder hatte man sie schon länger beobachtet, oder jemand, der ihre Pläne kannte, hatte sie verraten. Die erste Variante ist zwar nicht völlig ausgeschlossen, aber eher unwahrscheinlich. Die kommunistischen Truppen bewegten sich sehr vorsichtig. Daher ist Verrat leider die wahrscheinlichere Erklärung.«

»Und jetzt hier.« Rosina drehte das Buch um. Auf die letzte Seite hatte jemand eine ganze Liste von Namen geschrieben. Einer lautete Wu Changyan. »Changyan. Auf der Trauerfeier ... Ist das nicht ...?«

Zehntes Kapitel

Wang rief schon am nächsten Morgen wieder in Peking an.

»Du hast es aber eilig«, meinte Zhai.

»Ja. Ich brauche noch einige Informationen. Über einen zweiten Verdächtigen.«

Wieder dieses Lachen am anderen Ende der Leitung. »Dieser Wu Weidong interessiert dich wohl nicht mehr ...?«

»Hast du schon etwas über ihn?«

»Na klar, alles«, erwiderte der Hacker sarkastisch. »Und wer ist der neue Kerl?«

»Sein Name ist Lian. Lian Gang.«

»Lian Gang. ›Der den Stahl härtet.‹ Klingt wie ein Parteiname aus alten Tagen.«

»Das kann durchaus sein. Vielleicht war er 1947 Partisan.«

»Das engt die Auswahl auf einige Hunderttausend ein. Ich bin sicher, im Restaurant ›Emei Shan‹ haben sie ein hervorragendes Menü für zwei. Das ist für Pärchen gedacht oder auch für einen Freund, der einem anderen einen besonders großen Gefallen schuldet.«

»Der Hinterhalt im Schlangental ...«, sagte der amtierende Sekretär Yao und schüttelte den Kopf. »Das war eine schreckliche Tragödie. Ich war damals noch nicht in Nanping. Ich habe unter Lin Biao in der Mandschurei gekämpft.« Den Namen dieses großen, aber später in Ungnade gefallenen Generals sprach er unsicher und doch mit Bewunderung aus. »Deshalb kann ich Ihnen nicht viel darüber sagen. Ich weiß auch nicht, wer es könnte.« Er schaute aus dem Fenster. »Der Verräter ist natürlich gefaßt worden. Ihr Vater war in den fünfziger Jahren Mitglied einer Untersuchungskommission ...«

»Gibt es davon vielleicht ein Protokoll?« fragte Wang sofort.

»Das weiß ich nicht. Fragen Sie doch den jungen ... Wie ist doch gleich sein Name ... der sich um die Akten kümmert ...«

»Wann soll das gewesen sein?« fragte Xia.

»In den fünfziger Jahren, meint der amtierende Sekretär Yao.«

Der junge Mann schüttelte den Kopf. Während sich Wang an die fünfziger Jahre gut erinnerte, waren sie für Xia wie eine ferne Dynastie.

»Vor einem Jahr haben wir hier gründlich aufgeräumt. Sekretär Wu hat sich alle Akten aus der Zeit vor 1976 angesehen, einige behalten und uns angewiesen, den Rest wegzuwerfen. Wir haben nicht so viel Platz, daß wir sie alle aufheben können.«

»Ich würde gern sehen, was er behalten hat«, sagte Wang.

»Kein Problem.«

Einen Tag lang wühlten sie wie die Maulwürfe im Keller des Parteihauses herum, fanden aber nichts Brauchbares.

»Vielleicht hat die Polizei etwas«, meinte Xia.

»Ich habe schon von Frau Ming gehört«, sagte Polizeichef Huang. »Ich wundere mich, daß Sie von der Sache anfangen. Schließlich müssen wir einen Mörder fassen. Was interessiert uns da ein alter Mann, der lange Wanderungen macht? Und was soll diese Suche nach den Akten? Der Hinterhalt im Schlangental? Nein, darüber haben wir nichts. Wieso auch? Suchen Sie im Parteibüro. Wenn überhaupt jemand etwas weiß, dann der alte Yao.«

In die Kreisstadt Wentai fuhr nur ein Bus am Tag. Von dort gab es mehrere in die Provinzhauptstadt Jinan, alle gleich unbequem.

»Jetzt weiß ich erst den Jeep zu schätzen«, sagte Rosina,

als sie wieder einmal in ein Schlagloch plumpsten. Ein Rucksacktourist aus dem Westen, der genau über dem Hinterrad saß, schoß in die Luft und stieß sich den Kopf am metallenen Busdach.

»Ich wollte den Wagen haben«, antwortete ihr Wang. »Er war nicht frei.«

Rosina murrte. Ganze Familien drängten sich auf den harten Sitzen. Der Gang war mit Gepäck verstellt. Der Mann, der neben Rosina stand, stieß sie ständig mit einer Ecke seines Weidenkorbes an den Kopf. Vielleicht wollte er ihr andeuten, sie möge aufstehen und ihm den Platz überlassen. Da konnte er lange warten.

Als sie in einem Dorf hielten, umschwärmten Händler den Bus. Besonders drängten sie sich an dem Fenster, wo der Ausländer saß. Ein Mann bot ihm für einen Wahnsinnspreis eine Flasche gekühlten Tees an. Die Langnase beugte sich aus dem Fenster, um zu handeln. Plötzlich mußte sich der Junge übergeben. Der Händler, der das meiste abbekam, schimpfte fürchterlich. Die Fahrgäste hielten sich die Seiten vor Lachen. Rosina reichte dem leichenblassen Touristen eine Flasche Wasser.

Er murmelte etwas, das entfernt wie »Xiexie« – Danke – klang. Sie schenkte ihm ein mütterliches Lächeln und fragte sich zugleich, was Leute aus dem reichen Westen ritt, auf diese Weise zu reisen. Sie hoffte inständig, daß es ihr auf dieser Fahrt nicht auch so gehe wie ihm.

Rosina wankte die Stufen des Provinzparteikomitees in Jinan hinauf. Wang reichte ihr einen Ausweis. »Den wirst du brauchen«, sagte er.

Sie wühlte in ihrer Handtasche. »Ich habe meinen doch mit.«

»Nimm diesen hier.«

Rosina warf einen Blick darauf. »Der ist falsch!«

»Natürlich.«

»Wozu?« flüsterte sie.

»Ich will nicht, daß meine Leute in Peking merken, womit ich mich im Urlaub beschäftige.«

»Aber können wir nicht Ärger bekommen?«

»Vielleicht.«

»Das machst du doch absichtlich.«

»Merk dir lieber, wie du heißt. Li Mitian.«

Der Posten an der Tür, eine nachgebaute Kalaschnikow 56 umgehängt, wollte ihre Ausweise sehen. Wang reichte ihm seinen, der Posten prüfte ihn und gab ihn zurück. Rosina folgte seinem Beispiel. Er schaute ihr ins Gesicht, dann auf das Foto, dann wieder auf sie …

»Sie hat wunderschöne Augen, nicht wahr«, sagte Wang. Der Posten mußte lachen und ließ sie passieren.

An einem großen Tisch unter einem fünfzackigen Stern und einem Bild des Ministerpräsidenten Deng Xiaoping bei seinem Besuch in Shenzhen im Jahre 1992 saß der Empfangschef.

»Guo Lingyang, Amt für Öffentliche Sicherheit der Stadt Chengdu«, sagte Wang im schweren Dialekt der Provinz Sichuan, den Rosina unmöglich nachahmen konnte. »Ich möchte in Ihrem Archiv einige Akten einsehen. Hier ist mein Ausweis.«

Er reichte ihn über den Tisch. Der Mann warf einen Blick darauf, dann griff er zum Telefon. »Das muß ich erst nachprüfen«, sagte er.

»Ist das wirklich nötig?«

»Ja.«

Rosina blickte sich verstohlen um, wie weit es bis zur Tür war. Das hatte eigentlich keine Bedeutung, denn wichtiger war, außerhalb der Reichweite der Kalaschnikow zu kommen.

»Lingyang. Guo Lingyang …«, sagte der Mann vom Empfang. »Ist okay? Wunderbar.« Er legte den Hörer auf. Und wie heißt Ihre Kollegin?«

»Li Mitian«, sagte Rosina und zeigte dem alten Mann ihr schönstes Lächeln.

Er gab es nicht zurück, telefonierte aber auch nicht noch einmal. Ihr Akzent interessierte ihn ebensowenig. »Den Gang entlang und durch die Tür ganz am Ende. Dort sehen Sie dann das Schild.«

»Danke.«

»Ich habe ein kleines Arrangement mit den Kollegen in Chengdu«, erklärte Wang, als sie außer Hörweite waren. »Ab und zu werde ich angerufen, ob wir einen Guo Lingyang im Büro haben. Der Anrufer spricht meist Sichuan-Dialekt.«

»Sehr clever«, meinte Rosina sarkastisch.

»Ich kann mir gar nicht vorstellen, wieso sich die Kriminalpolizei von Chengdu ausgerechnet für Nanping interessiert«, bemerkte die Archivarin, wobei sie Wang und Rosina mißtrauisch musterte.

»Das ist doch wohl deren Sache«, erwiderte Wang kühl. Er gab ihr die Liste der Akten zurück, die sie über Nanping hatten. »Die angekreuzte hätte ich gerne.«

»Das macht zehn Yuan. Wir müssen jetzt Gebühren nehmen.«

Wang gab ihr einen Zehn-Yuan-Schein, dann ließen er und Rosina sich auf den blauen Plastikstühlen nieder und lächelten einander verstohlen zu. Schließlich kam die Archivarin mit einem kleinen braunen Umschlag zurück. Wang nahm ihn so gleichmütig wie nur möglich in Empfang. Anschließend setzte er sich mit seiner schweigenden Begleiterin an einen Plastiktisch und öffnete ihn vorsichtig.

Protokoll
einer offiziellen Untersuchung

Datum:	5., 6. und 7. Juni 1952
Ort:	Provinzparteikomitee, Jinan
Gegenstand:	Hinterhalt im Schlangental
Leiter der Untersuchungskommission:	Genosse Hu Fenglao

Mitglieder: Genosse Shi Yibing
(34. Division der Volksbefreiungsarmee)
Genosse Bo Rui
(Parteifunktionär, Jinan)
Genosse Wang Jingfu
(Sekretär, Parteiorganisation Nanping).

Wang und Rosina lasen gemeinsam. Zunächst einleitende Bemerkungen des Genossen Hu über die Bedeutung der Entlarvung von Verrätern in dieser für das Land so schweren Zeit. Zustimmung von den Mitgliedern des Ausschusses, darunter auch von Genossen Wang Jingfu. Alles wörtlich protokolliert.

Vaters Worte, dachte Wang.

Dann traten Kämpfer der betroffenen Einheit vor die Kommission und wurden einem ersten Verhör unterzogen. Genosse Hu führte die Befragung sehr aggressiv, fast anklagend, aber niemand hatte etwas von Belang mitzuteilen.

Es folgten schriftliche Aussagen von anderen Partisanen, die nicht vor der Kommission erscheinen konnten. Alle waren von dem Hinterhalt überrascht worden. Niemand hatte etwas Derartiges erwartet. Niemand wußte, wie es dazu gekommen war. Dann die Aussagen der Ortskundigen. Es waren vier, ihre Namen standen alle in Lians Buch.

»Kennst du einen der anderen?« flüsterte Rosina.

»Nein.«

Als letzten hatte man Wu Changyan befragt. Wang rechnete kurz nach. Der grantige Alte, der ihm vor ein paar Tagen in seiner Villa gegenüber gesessen hatte, mußte damals kaum zwanzig Jahre alt gewesen sein. Er versuchte sich vorzustellen, wie der Sekretär damals wohl ausgesehen und was er gefühlt haben mochte, als er vor Wangs Vater stand. Immer noch war ihm sein eigenes Gespräch mit dem Sekretär ein Rätsel. Warum hatte sein Gastgeber so scharf auf ihre Kontakte mit Familie Fei reagiert? Vielleicht steckte schon seit jenem Verhör, das vor so langer Zeit stattgefunden hatte, ein tiefer Groll in dem Mann.

»Ich glaube auch, daß Verrat der wahrscheinlichste Grund für diese Tragödie ist«, hatte Wu damals ausgesagt. »Aber ich habe einfach keine Ahnung, wer es gewesen sein könnte. Meine Genossen aus Nanping sind alle gestandene Kämpfer. Andererseits würde ich es auch nicht wagen, einen der Genossen aus Yanan zu verdächtigen, die geholfen haben, unsere Provinz zu befreien. Ich selbst kann nur meine Unschuld beteuern.«

»Das ist nicht die umfassende und aufrichtige Antwort, die ich erwartet habe«, war die Reaktion des Genossen Hu.

»Ich kann doch niemanden bezichtigen. Ich habe keine derartigen Informationen.«

»Wer die Partei wirklich liebt, sucht unablässig nach ihren Feinden, Genosse Wu.«

Am nächsten Tag hatte die Kommission einzelne Personen genauer befragt und dabei besonders deren Vergangenheit ins Visier genommen. Einen Mann namens Shen Zirong hatte man dazu gebracht, mehrere Verfehlungen aus der Vergangenheit zuzugeben. So hatte er sich wiederholt unerlaubt von seiner Truppe entfernt. Man wußte, daß er Verwandte hatte, die die Guomindang unterstützten. Es hieß auch, er habe einmal die Autorität des Vorsitzenden Mao und des Genossen Kang Sheng in Zweifel gezogen ...

Wang las diesen Teil des Protokolls mit wachsendem Widerwillen. Sein Vater hatte in die Befragung nicht eingegriffen, aber auch er trug dafür einen Teil der Verantwortung. Schließlich einigte man sich auf Shen Zirong als Sündenbock.

Das erkannte auch Shen bald. Plötzlich fiel er auf die Knie – »eine höchst unsoldatische Haltung« – und flehte die Kommission an, ihm zu glauben, er sei unschuldig.

»Fragen Sie Sergeant Han«, hatte Shen Zirong gejammert. »Er weiß, daß ich unschuldig bin.«

»Sergeant Han Haotong ist nicht hier.«

»Fragen Sie ihn. Finden Sie ihn. Ich bitte Sie!«

»Sergeant Han kämpft zur Zeit gegen die amerikanischen und britischen Imperialisten in Korea. Wir haben ihn bisher nicht befragen können.«

»Sie müssen es tun, wenn Sie gerecht urteilen wollen.«

»Was gerecht ist und was nicht, entscheidet die Partei.«

Shen Zirong wurde verhaftet.

Die Sitzung am dritten Tag war nur kurz. Es wurde verkündet, Shen Zirong habe beim Verhör durch das Büro für Öffentliche Sicherheit sein Verbrechen gestanden. Seit Jahren sei er Agent der Guomindang. Er habe sich politischer Sabotage schuldig gemacht und gegnerische Gedanken in der Partei zu verbreiten versucht. Noch am selben Vormittag wurde er weggebracht und erschossen.

Wang saß lange Zeit reglos, den Kopf in den Händen vergraben. Schließlich legte Rosina einen Arm um ihn, was ihr einen mißbilligenden Blick der Archivarin eintrug.

»Mein Vater ...«, flüsterte Wang ihr zu. »Er hat da mitgemacht. Ein Unschuldiger wurde ermordet.«

»Das ist lange her.«

»Er hat den Haftbefehl gegen Shen Zirong unterschrieben.«

»Was hätte er denn tun sollen?«

»Für die Gerechtigkeit muß man auch zu sterben bereit sein.«

»Er mußte weiterleben. Er hatte Familie. Genau wie du in der Kulturrevolution.«

»Ja ...«, sagte Wang. Er brütete schweigend. Dann schlug er mit der Faust auf den Tisch.

»Schscht«, zischte Rosina.

Wang knirschte mit den Zähnen. Er wußte, daß sie recht hatte. Er schloß die Akte, so ruhig er konnte, trocknete die Spuren einer schrecklichen, unmännlichen Träne in seinem Auge, atmete nach der Qigong-Methode zehnmal tief durch. Dann gab er die Mappe zurück.

»Ist bei Ihnen verzeichnet, wer die Akten benutzt hat, und wann?« fragte er mit einem Rest von Sichuan-Akzent.

»Der Name nur, solange die Akte ausgeliehen ist. Das Datum müßte eingestempelt sein.« Sie sah nach. »Ja, jemand hat sie vergangene Woche eingesehen.«

»Und davor?«

»Davor wurde noch nie danach gefragt. Was ist passiert?«

»Eine Sicherheitssache«, sagte Wang.

Die Archivarin wußte, wann sie zu schweigen hatte. Sie nahm den Umschlag zurück, ohne größeres Interesse dafür zu zeigen.

»Eine letzte Frage«, sagte Wang und zog ein Papier aus seiner Tasche. »Können Sie mir sagen, wessen Unterschrift das ist?«

Die Archivarin schaute auf die hingekritzelten Zeichen und nickte. »Das hat Direktor Yi geschrieben. Er ist vergangenes Jahr gestorben.«

Wang und Rosina gingen durch Nanping, wo sie gerade mit dem Bus angekommen waren. Rosina trug eine Tasche unter dem Arm. Nach dem Besuch im Parteikomitee hatten sie sich noch etwas in der Provinzhauptstadt umgesehen und dies und jenes gekauft.

»Lian hat also eine Unterschrift gefälscht, um im Gästehaus von Nanping unterzukommen.«

»Diese Funktionäre aus der Mao-Zeit haben doch alle einen Sicherheitstick. Und wenn er tatsächlich geglaubt hat, daß der Parteisekretär des Ortes ein Verräter war ...«

»Woher wußte er, daß Frau Ming die Unterschrift nicht prüfen wird?«

»Das weiß ich nicht. Aber sie hat es wirklich nicht getan. Und ich bin sicher, auch für diesen Fall hätte er eine Ausrede parat gehabt.« Er verstummte.

Bei einer Nudelköchin blieben sie stehen und schlürften genüßlich das heiße Gericht mit der herrlich scharfen Soße.

Der Kochtopf der Verkäuferin summte, ihre Sturmlaterne zischte, irgendwo spielte ein Radio, ein Radfahrer fuhr klingelnd vorüber. Rosina registrierte alle diese Laute sehr genau, so als lauschte sie auf etwas ganz anderes.

»Die Hinrichtung von Shen Zirong ...«, sagte Wang, »ich kann immer noch nicht glauben, daß mein Vater sich für so etwas hergegeben hat ...« Seine Stimme erstarb.

Rosina nahm seine Hand. »Laß uns abreisen. Wir können nach Qingdao fahren, ein billiges Hotel suchen und am Strand liegen. Ich bin sicher, Yao wird alle Papiere unterschreiben, die wir dafür brauchen.«

»Ich kann doch hier nicht einfach alles stehen und liegen lassen.« Er schaute Rosina in die Augen. »Kannst du es?«

»Nein«, antwortete sie nach einer langen Pause.

Elftes Kapitel

Am nächsten Tag machten Wang und Rosina lange Spaziergänge. Am Abend waren sie müde, fühlten sich aber schon viel besser. Der Spätsommer kann in Shandong die schönste Jahreszeit sein, und das Wetter meinte es gut mit ihnen. Sie nahmen das Abendessen auf der Terrasse ein, sahen zu, wie die Sonne über dem Dorf unterging, tranken noch ein wenig von Wangs Lieblingswein, waren entspannt und froh darüber, daß niemand ihre Zweisamkeit störte. Als das Telefon im Zimmer klingelte, wollte keiner abheben. Da es aber keine Ruhe gab, ließ sich Wang schließlich doch erweichen.

»Was treibst du dort in deiner Einöde?« fragte Räder-Zhai.

»Ich sitze mit meiner Frau auf der Terrasse und genieße den Sonnenuntergang.«

»Wie schön. Ich habe einiges für dich. Willst du es hören, oder soll ich euch vielleicht besser ein Liebeslied singen?«

»Sag mir schon, was du herausbekommen hast.«

»Also gut. Wu Weidong arbeitet bei der Provinzregierung in Jinan. Als Angestellter im Finanzressort. Kein großes Licht: Er verdient etwa 400 Yuan im Monat. Du weißt, wie weit man heutzutage damit kommt. Aber – und das ist interessant! – er fährt einen Wagen. Einen Toyota. Er hat ihn seit 1988. Außerdem haben er und seine Partnerin – sie sind übrigens nicht verheiratet – im Juni eine neue Wohnung in einem der besten Viertel der Stadt bezogen. Wu Weidong hat bei der Industriebank Shandong einen großen Kredit aufgenommen, um sie zu bezahlen.«

»Sieh mal an.«

»Seine Partnerin heißt Lei Luren. Sie arbeitet bei einem Friseur. In einem dieser neuen privaten Salons, wo die Frauen von Geschäftsleuten mehr ausgeben, als wir beide im Monat verdienen. Den Profit streicht aber das Management ein. Lei bekommt nur ein Gehalt. Da haben wir also zwei Leute, die mit fast keinem Einkommen auf großem Fuß leben. Aktenkundig sind sie bei uns beide nicht.«

»Soso ...«

»Ich dachte, das könnte dich interessieren.«

»Natürlich. Vielen Dank. Hast du bei Lian Gang Glück gehabt? Er ist nämlich verschwunden ...«

»Im Moment habe ich immer noch 253 Personen dieses Namens. Dabei sind noch nicht einmal alle Möglichkeiten geprüft. Von meinen 253 Lian Gangs hat keiner am Shandong-Feldzug teilgenommen. Das war's dann wohl. Oder soll ich weiter nachforschen?«

»Unbedingt.« Wang stockte. »Wenn du schon einmal dabei bist ...«

»Nicht noch einen Verdächtigen!«

»Nicht direkt. Aber ich müßte noch etwas über einen Mann namens Han Haotong wissen. Er war Sergeant in der Volksbefreiungsarmee und hat in Korea gekämpft. Ich brauche nur seine aktuelle Adresse.«

»Weiter nichts? Du weißt doch, wie das mit Armeearchiven ist.«

»Ich weiß aber auch, wie gut du in diesen Dingen bist.«

Wang hörte einen unterdrückten Fluch. Dann einen Stift, der etwas auf Papier kritzelte. »Han ... Haotong ... Ich glaube, ohne Champagner wird unser Abendessen zu zweit nun wohl nicht mehr abgehen.«

»Wenn du Sergeant Han für mich findest, wird er den ganzen Abend in Strömen fließen.« Wang wußte, wie sehr sein Freund das prickelnde Getränk aus dem ehemaligen Sowjetgeorgien liebte.

»Wer war's?« fragte Rosina, als Wang auf die Terrasse zurückkam.

Wang sagte es ihr.

»Und was hat er berichtet?«

Wang deutete es kurz an.

»Ich denke, wir sollten noch einen kurzen Gang machen«, sagte er.

»Wohin?«

»Zum Haus von Sekretär Wu. Wu Weidong und deine Freundin Francine sind gerade dabei, zu sortieren, was der Alte hinterlassen hat.«

Wang fragte sich einen Moment, was Polizeichef Huang wohl von dieser Aktion hielte. Aber das war nur ein flüchtiger Gedanke.

Sie begegneten Huang bereits auf halbem Wege zu ihrem Ziel. Er, der Polizist Kong und ein Mann, den Wang nicht kannte, vielleicht Verstärkung aus Wentai, standen mitten auf der Hauptstraße und rauchten. Sie blickten gelangweilt drein. Der Polizeichef war mit einem Block bewaffnet. Wang konnte sich denken, was sie da trieben, erkundigte sich aber trotzdem.

»Wir befragen die Passanten«, antwortete Huang, ob sie letzte Woche zur Tatzeit hier in der Gegend waren.«

Wang fluchte innerlich. »Und, hatten Sie Glück?«

»Noch nicht.«

»Es würde mich sehr interessieren, wenn Sie etwas herausbekommen.«

Der Polizeichef horchte auf.

»Eine der vielen Möglichkeiten für unsere Zusammenarbeit …«, fügte Wang hinzu.

»Ich bin morgen zwischen zehn und halb elf im Büro.«

Wang und Rosina gingen weiter.

»Stören Sie Wu Weidong und seine Frau heute nicht mehr«, rief Huang ihnen nach.

»Keine Sorge«, gab Wang zurück.

In der Villa waren alle Lichter an.

»Wollen wir wirklich?« flüsterte Rosina.

Wang legte einen Finger an die Lippen. Er bedeutete ihr, ihm zu folgen.

Die Gartenmauer war an einer Stelle beschädigt. Genau dort standen ein paar Büsche, von denen man das Wohnzimmer einsehen konnte. Nicht sehr gut, das Arbeitszimmer des Sekretärs war besser zu überblicken. Wang und Rosina zwängten sich durch das Loch und bezogen Stellung hinter den Sträuchern.

»Es ist feucht hier«, sagte Rosina.

»Geduld und Opferbereitschaft sind für eine erfolgreiche Observierung unerlässlich«, dozierte Wang und nahm ihre Hand.

Wu Weidong und Francine saßen vor dem Fernseher. Der ständige Wechsel der Helligkeit schuf den Eindruck, als rase ein Elektronensturm durch das Zimmer. Eine Melodie, die beide kannten, kündigte Werbung an.

»Die reden ja nicht gerade viel miteinander«, meinte Rosina. »Vielleicht haben sie sich gestritten. Sie sitzen ziemlich weit auseinander. Jeder scheint seinen Gedanken nachzuhängen.«

Wang nickte. Vor allem Wu Weidong schien besorgt zu sein. Worüber? Francine zündete sich eine Zigarette an. Weidong runzelte die Brauen. Die Zeit verging.

»Es ist wirklich sehr feucht hier«, flüsterte Rosina.

Wieder Werbung. Diese Unterbrechungen schienen in der letzten Zeit immer häufiger und länger zu werden. Wang träumte von der Zeit, da höchstens jede halbe Stunde für Regenschirme Marke Fünf Blumen, für Hemden Goldener Löwe (»ein Muß für jeden Mann!«) oder irgendeine Luxusseife geworben wurde und man den Rest der Zeit das sehen konnte, was man wollte.

Francine inzwischen war bei der nächsten Zigarette angekommen.

»Muß das sein?« zischte Weidong.

»Ist doch sonst nichts los hier!«

»Fang nicht schon wieder davon an. Wir haben uns darauf eingelassen, und jetzt ziehen wir das auch durch.«

»Sie haben gestern abend lange Zeit in der Nähe von Wu

Weidongs Haus verbracht«, sagte Polizeichef Huang. »Die Straße endet dort.«

»Es gibt noch einen Pfad, der zu einem Aussichtspunkt führt«, erläuterte Wang. »Es ist herrlich, dort zu sitzen und die Sterne zu betrachten.«

Der Polizeichef warf ihm einen finsteren Blick zu, aber es lag mehr Mißbilligung als Mißtrauen darin. »Hier ist die Liste, die Sie haben wollten. Die Leute, die ich befragt habe und was sie gesagt haben.«

Wang warf einen Blick darauf. Zwei Männer, etwas angetrunken, waren über den Paß gekommen. Ein Schuhmacher aus der anderen Richtung, zwei Getreidehändler ...

»Die Getreidehändler waren die einzigen, die zugegeben haben, daß sie diesen Weg in der vergangenen Woche gegangen sind«, sagte der Polizeichef. »Sie spielen Bridge mit einem Freund, der dort oben eine Villa hat.«

Wang nickte. Seit Deng Xiaoping Bridge spielte, war es unter den Neureichen in Mode gekommen.

»Die Beschreibung von Fahrer Gao paßt auf sie«, fuhr Huang fort. »Damit können wir sie aus unseren Ermittlungen streichen.«

»Sind die an jenem Abend jemandem begegnet?«

Nur Zhang Hong.«

»Wer ist das?«

»Der Lehrer vom Ort. Einer der Zeugen hat ein Kind in der Schule. Sie grüßten sich und redeten kurz miteinander.«

»Das ist interessant.«

Wieder dieser tadelnde Blick des Polizeichefs. »Lehrer Zhang ist ein hochgeachteter Bürger.« Als er sah, daß Wang widersprechen wollte, fügte er hinzu: »Ein Mörder wird wohl kaum herumlaufen und die Leute begrüßen, bevor er zur Tat schreitet. Oder wird das in Peking so gemacht?«

»Sie gehen davon aus, daß es ein geplanter Mord war?«

»Hm. Wir wollten ihn sowieso befragen.«

»Wann sind die Zeugen dem Lehrer begegnet?«

»Gegen acht.«

Wang nickte. »Damit gehört er zweifellos zu den Verdächtigen. Er ist etwas zu früh gekommen. So hat er abgewartet, bis Sekretär Wu und ich mit unserer ... äh ... Diskussion fertig waren. Dann ist er hineingegangen ...«

»Lehrer Zhang ist kein Mörder, Kommissar.«

»Erzählen Sie mir von ihm.«

»Er ist hier geboren und hat in Jinan studiert. Dann ist er in sein Heimatdorf zurückgekehrt. Wir sind sehr froh, daß wir ihn haben. Wissen sie, wer einmal in die Stadt geht, bleibt meistens dort.« Der Polizeichef sah Wang sehr unfreundlich an. »Er führt unsere Schule jetzt schon acht Jahre. Das macht er sehr gut, wenn es auch hie und da ideologische Probleme mit ihm gegeben hat.«

»Ist er ein Liberaler?«

»O nein. Eher ein Maoist vom alten Schrot und Korn. Wie sein Onkel.«

»Sein Onkel?«

»Der Rote Tiger. Der Mann, der in den sechziger Jahren hier die Roten Garden angeführt hat.«

»Der Rote Tiger Zhang!« rief Wang überrascht aus. Ich frage mich ... Haben Sie etwas dagegen, wenn ich selber mit ihm spreche?«

»Durchaus. Zuerst kommt die offizielle Befragung.«

»Ich will nur über die alten Zeiten mit ihm reden. Sein Onkel muß meinen Vater gekannt haben.«

Polizeichef Huang blickte seinen Gast verdrossen an.

»Von dem Mord wird keine Rede sein«, fuhr Wang fort.

»Aber Sie verdächtigen ihn doch, nicht wahr?«

»Versprochen ist versprochen.«

Huang runzelte die Brauen. Und diesen Mann hatte er im Dorf freundlich willkommen geheißen. Jetzt mischte sich der Kerl überall ein und brachte die Honoratioren des Ortes gegen ihn auf, was seiner Stellung in der Partei schaden konnte.

»Zwei Paar Augen sehen mehr als eines«, meinte Wang. »Sie wollen doch, daß wir zusammenarbeiten. Und wenn

Sie überzeugt sind, daß er nicht der Mörder ist, was soll es dann schaden? Ich möchte mich nur mit ihm treffen.«

Huang seufzte auf. »Keine Beschuldigungen. Und keine Fragen nach dem Mittwochabend. Okay?«

»Okay.«

Lehrer Zhang wohnte in einem traditionellen chinesischen Haus mit kleinem Innenhof am Rande des Dorfes. Die Schwelle war blank gescheuert, die Tür hatte eine gut geölte mechanische Glocke. Als Wang läutete, reagierte man sofort. Ein kleines Mädchen in Baumwollhose, T-Shirt und mit einem breiten roten Haarreifen kam herausgelaufen. Sie bat Wang in den Hof, wo Gemüse in exakten Reihen angepflanzt war.

»Was führt Sie zu uns?« Ein Mann Ende der Dreißig, fast kahlköpfig, aber groß und von gesundem Aussehen, stand vor ihm. Lehrer Zhang.

Wang stellte sich vor und fügte hinzu: »Sie kennen vielleicht meinen Bruder.«

»Ja …«, antwortete Zhang vorsichtig. »Treten Sie ein.« Der Kommissar folgte ihm durch eine breite Glastür in ein geräumiges Wohnzimmer. Familie Zhang hatte offenbar ihren Hof für sich behalten dürfen.

»Nehmen Sie Platz«, sagte Zhang und wies auf eine Couch mit zwei exakt ausgerichteten Kissen. »Ich hoffe, es gefällt Ihnen in Nanping. Man spricht hier immer noch mit großem Respekt von Ihrem Vater.«

»Danke.«

»Viele Leute wären froh, wenn sie ihn noch zum Parteisekretär hätten. Möchten Sie Tee?«

»Ja, gerne …«

»Ich weiß, daß man unsere örtliche Sorte nicht trinken kann. Ein typisches Produkt der sogenannten Privatunternehmen: Der Käufer wird mit der schlechtesten Qualität abgespeist. Ich habe Drachenbrunnentee hier. Das Lieblingsgetränk des Vorsitzenden Mao.«

»Den würde ich gern probieren.«

Während der Lehrer den Tee zubereitete, schaute sich Wang im Zimmer um. Überall Fotos an den Wänden, darunter mehrere Mao-Porträts. Bücher, die meisten aus der Mao-Zeit, dazu einige moderne Neomarxisten wie He Xin. Urkunden von den Jungen Pionieren bis zum Lehrerbildungsinstitut in Jinan, die letzte aus dem Jahre 1985. Die meisten stammten aus früheren Zeiten. Zhangs Eltern, Onkel und Tanten hatten sie für die Teilnahme (später für die »Führung«) bei freiwilligen Arbeitseinsätzen erhalten.

Wang mußte lächeln. Er bewunderte immer noch den Geist, den solche Dokumente atmeten. Selbstlosigkeit, harte Arbeit, Treue ... Dann fiel ihm unvermittelt Xu Yifeng ein, die Frau, die einer jener selbstlosen, hart arbeitenden, treuen Menschen ins Arbeitslager geschickt hatte, wo sie elend erfroren war.

Zhang brachte den Tee. »Was führt Sie zu mir?« fragte er wieder, und seine Stimme klang kühl.

»Die Vergangenheit«, antwortete Wang.

Der Lehrer seufzte. »Ich habe Ihren Vater nicht sehr gut gekannt, ich wünschte, ich hätte es.«

»Aber er war ein Kollege Ihres Onkels, nicht wahr?«

»Sie haben beide in der Revolution gekämpft!«

»Dann sind sie also alte Kampfgefährten«, meinte Wang, um die Atmosphäre etwas zu lockern. »Alte Genossen, die man mehr und mehr vergißt. Der Gedenkstein im Schlangental ist ja in einem erbarmungswürdigen Zustand.«

Lehrer Zhang mußte lächeln. »Es tut gut, wenn jemand so etwas sagt. Seit Jahren versuche ich das zu ändern, aber niemand hört auf mich. Es scheint offizielle Politik zu sein, diese Dinge dem Vergessen anheimzugeben.« Der Lehrer schüttelte den Kopf. »Da der Gedenkstein bald überflutet sein wird, spielt sein Zustand nun sowieso keine Rolle mehr. Aber ich finde, man sollte an einer höheren Stelle einen neuen setzen. Wissen Sie, um welche Summen es bei diesen Staudämmen geht?«

Wang wollte nicht arrogant erscheinen, deshalb stellte er sich ahnungslos.

»Um über eine Million Yuan«, sagte Zhang. »Eine Million Yuan. Stellen Sie sich vor, welche Schulden das Dorf damit auf sich lädt. Und den Profit streichen die Geldverleiher ein. Das macht mich krank.« Seine Miene hatte sich verfinstert. »Die Fischzucht müßte ein Gemeinschaftsprojekt sein. Meine Mutter hat den Kanal ›Rote Fahne‹ in Dazhai besichtigt. Sie hat uns berichtet, daß sie bei den Menschen dort einen Stolz erlebt hat, wie sie ihn bisher nicht kannte. Weshalb? Weil sie den Kanal mit ihren eigenen Händen gebaut haben.« Der Lehrer blickte seinem Besucher voll ins Gesicht. »Das ist alles verschwunden, die Freude daran, einer größeren Sache zu dienen, als nur sich selbst, jedes Pflichtgefühl, jeder Gemeinsinn. Nur noch das Geld zählt. Wer Geld hat, kann sich alles erlauben. Er kann ein Tal überfluten, Denkmäler hinwegspülen, sich Bodenrechte aneignen. Ich hasse diese Leute.« Sein Gesicht verzerrte sich, der Haß war echt und tief. »Aber was können einfache Menschen dagegen tun?«

»Zum Beispiel protestieren. Gibt es hier nicht schon eine Gruppe?«

»Ach, die! Das ist ein Haufen reaktionärer Heuchler. Die meisten besitzen Land, das jetzt bedroht ist. Sie wollen doch nur den Preis in die Höhe treiben. Das ist so ähnlich wie 1989, als man nach westlicher ›Liberalisierung‹ rief, damit der eigene Egoismus nicht sichtbar wurde.« Er stockte, denn er wußte nicht, wie sein Gast über die Tiananmen-Ereignisse dachte. Wang ließ ein ernstes, aber bedeutungsloses Nicken sehen, das jeder deuten konnte, wie er wollte.

Zhang fühlte sich bestätigt. »Noch einen Aufguß, Kommissar?«

»Ja, bitte.«

Während der Lehrer frisches kochendes Wasser holte, schaute sich Wang genauer im Raum um. Das Mädchen, das jetzt im Garten spielte, hatte wenig Spuren hinterlassen, wenn man von einer Schachtel mit Spielsachen in der Ecke und einigen Comics im Bücherregal absah (die außer Reichweite standen und ihr offenbar zugeteilt wurden).

»Der Gedenkstein«, meinte er, als Zhang zurückkam. »Sie sagten eben, daß er heute überhaupt nicht mehr erwähnt wird?«

»So ist es.«

»Und der Hinterhalt?«

»Ebensowenig.«

»Offenbar wollen die Menschen das alles vergessen. Hat man je herausgefunden, wer damals der Verräter war?«

»Ich glaube, ja«, antwortete der Lehrer. »Ist in den fünfziger Jahren nicht jemand deswegen erschossen worden?«

»Ich kann mich nicht erinnern.« Wang lächelte. »Sagt Ihnen der Name Lian Gang etwas?«

Zhang blickte ehrlich erstaunt auf. »Ich glaube, nicht. Das ist doch bestimmt ein alter Parteiname. ›Den Stahl härten.‹ Ich weiß ja nicht, was für Namen sich die Leute heute geben. ›Geld machen?‹ ›Sich die Taschen füllen?‹ ›Schmiergeld annehmen?‹« Er lachte. »Wer soll das sein?«

»Ein alter Genosse meines Vaters. Und auch Ihres Onkels. Mich hätte interessiert, ob Sie etwas über ihn wissen.«

»Nein.«

»Schade. Die alten Genossen scheinen langsam auszusterben.«

Der Lehrer nickte. Dann schaute er einen kurzen Augenblick erschreckt auf. Wang lächelte weiter freundlich, als habe er nichts bemerkt, und Zhang entspannte sich wieder. Der Kommissar nahm noch einen Schluck vom Lieblingstee des Vorsitzenden Mao.

Zwölftes Kapitel

Wang saß auf der Terrasse und schrieb in seinem Notizbuch. Für jeden Verdächtigen legte er eine Seite an. Außerdem eine für jede der Narben auf dem äußerlich so ruhigen, friedlichen Gesicht des Dorfes Nanping.

Lian Gang, ihr verschwundener Nachbar. Was hatte in jenem Brief gestanden? Eine Information über den Verräter des Schlangentals? Daß es am Ende Sekretär Wu war? Vielleicht hatte Lian den Verräter zur Rede gestellt, Vergeltung geübt und war dann aus Angst oder Abscheu geflohen.

Vielleicht – aber wo war der Beweis? Los, Räder-Zhai, finde endlich Sergeant Han!

Wu Weidong. Was war es, das er angefangen hatte und nun durchziehen mußte? Der Plan, seinen Vater umzubringen, um seine Schulden bezahlen zu können? Worin aber sollte dieser Plan bestanden haben? Sekretär Wu hatte kein Geld. Höchstens die Rollbilder. Doch selbst in Jinan waren die nur schwer zu verkaufen. Weidong brauchte Hilfe, um sie wenigstens annähernd zu ihrem wahren Wert loszuschlagen. Solche Hilfe war jedoch teuer. Er wäre allerdings sofort aller Sorgen ledig gewesen, hätte er an das Schmiergeld kommen können, das Leute wie Anming und Fei Baoren als das eigentliche Ziel seines Vater vermuteten. Aber in diesem Falle wäre ein lebender Sekretär ihm mehr von Nutzen gewesen als ein toter.

Francine. Vielleicht hatte Rosina recht. Wu Weidong kannte sicher die Finanzlage seines Vaters, Francine nicht unbedingt. Möglicherweise hatte sie geglaubt, der Alte sei reich, und bei seinem Tod werde Weidong alles erben.

Wang runzelte die Stirn und schrieb neben ihren Namen »Alibi überprüfen«.

Lehrer Zhang. Wang fiel der erschreckte Blick des Lehrers wieder ein, als er gesagt hatte, die alten Genossen seien im Aussterben begriffen. Zhang war zur Tatzeit in der Gegend gesehen worden. Er hatte ganz gewiß etwas gegen Sekretär Wus Reformpläne. Aber reichte das aus, um ihn zu töten?

Eine neue Seite ... Hatte Wang etwas übersehen? Das mit den Morddrohungen im Zusammenhang stand? Dann gab es ja auch noch die offizielle Theorie, daß es sich um einen Einbruch gehandelt habe. Hatte Polizeichef Huang vielleicht doch recht?

»Nein!« sagte Wang laut und so heftig, daß es ihn selbst überraschte.

»Was hast du? Geht es dir gut?« Rosina hatte eben noch im Zimmer telefoniert. Jetzt stand sie hinter ihm.

»Ja. Keine Sorge.«

Sie legte ihre Hand auf seine Schulter. »Ich muß dich etwas fragen.«

»Was?«

»Baoren möchte, daß ich zu einem Treffen ihrer Gruppe komme.«

»Dann gehst du eben hin.«

»Auch nach dem Auftritt mit Sekretär Wu?«

»Er ist tot. Sein Nachfolger hat bisher nichts von der Gruppe gesagt. Also gehe hin.« Wang überlegte einen Augenblick. »Wird Baorens Vater auch da sein?«

»Ich habe keine Angst vor ihm.«

»Dann ist es gut. Wann treffen sie sich?«

»Um sechs.«

Der Kommissar schaute auf die Uhr. »Ich komme mit.«

Die Versammlung fand in einer alten Scheune statt. Als erste stießen sie auf Baoren, die darauf bestand, mit ihnen zusammen zu sitzen.

»Mein Vater fühlt sich nicht wohl; er wird nicht kommen«, erklärte sie.

Sie gingen hinein und fanden eine Bank in einer dunklen Ecke. Wang wollte sehen, aber nicht unbedingt gesehen werden. Die Scheune füllte sich im Handumdrehen. Die meisten waren Bauern. Dann erschien Direktor Wei. Zu Wangs Überraschung ging er nach vorn und bat um Ruhe.

»Nach unserer letzten Zusammenkunft ist Sekretär Wu … äh … gestorben …«

»Nicht schlecht!« rief jemand.

Direktor Wei ließ sich nicht beirren. »Das hat sicher Folgen für unsere Sache. Bis ein neuer Sekretär ernannt ist, wird es mit dem Fischzuchtbetrieb kaum vorangehen.«

»Und was ist mit Yao?« warf ein anderer ein.

»Der alte Knochen«, raunte jemand im Publikum.

»Wenn ein neuer Sekretär ernannt wird, müssen wir in der Lage sein, ihm unsere Sache klar und eindeutig vorzutragen.«

»Die können niemanden zwingen!« sagte eine Stimme.

»Du hast die Taschen voller Geld. Dich juckt das doch alles nicht!« rief eine andere.

»Hier können Sie hören, wie die Leute denken«, flüsterte Baoren. »Es geht nicht gerade höflich zu, aber …«

Direktor Wei mußte sich nun gegen eine steigende Flut von Kritik verteidigen, die ständig lauter, aber davon in der Sache nicht besser wurde. Wang blickte erstaunt um sich. Er war immer stolz auf seine ländlichen Wurzeln gewesen, aber dieser Pöbel … Die Versammlung mündete in allgemeinem Aufruhr. Ein Mann sprang auf und fuchtelte wütend mit einem Papier in Richtung des Fabrikdirektors. Ein anderer brüllte Beleidigungen. Ein dritter …

Wang sah das alles erschreckt und peinlich berührt.

»Wei Shaojia!« schrie Wang Anming und sprang auf einen Stuhl. »Was hast du für uns getan? Ein Glück, daß der alte Wu tot ist. Aber wenn wir einen neuen Boß kriegen, dann kriechst du auch dem wieder in den Arsch. Wir brauchen einen neuen Vorsitzenden! Wir müssen endlich handeln!«

Lautes Zustimmungsgeheul.

Warum tust du das, Anming?

»Ich schlage vor, daß Wang Anming die Sache übernimmt!« rief ein Mann in einer grünen Mao-Jacke. »Los, stimmen wir ab! Unser neuer Vorsitzender soll Wang Anming heißen! Wer dafür ist, hebt die Hand!«

Du hast keine Ahnung, worauf du dich da einläßt.

Erst gingen einige Hände hoch, dann mehr, dann ein ganzer Wald von Händen.

»Halt!« Nur eine helle Frauenstimme konnte den Lärm noch übertönen. Sie gehörte Fei Baoren, die rasch nach vorn lief. »So kommen wir nicht weiter!«

Die Menge verstummte.

»Direktor Wei hat Einfluß«, fuhr sie fort. »Er setzt sich für unsere Sache ein. Was willst du denn tun, Anming? Gewalt anwenden? Willst du der Partei direkt in die Hände spielen?«

»Ich will mein Land!« sagte der Mann in der grünen Jacke.

»Wollen wir das nicht alle?«

Der Mann blickte sie haßerfüllt an und wandte sich dann wieder dem Publikum zu. »Wir brauchen einen neuen Führer. Direktor Wei hat uns im Stich gelassen. Wir haben viel zu viel Zeit verstreichen lassen. Ich weiß, daß die Verträge längst vorliegen. Vielleicht sind sie sogar schon genehmigt. Wir haben bisher nichts erreicht! Ich sage ...«

Anming trat zu ihm und legte ihm die Hand auf die Schulter. »Fei Baoren hat recht«, sagte er leise.

Der Mann fuhr herum. »Du ...«

»Sie hat recht«, sagte Anming noch einmal. »Ich habe mich hinreißen lassen. Ich entschuldige mich beim Vorsitzenden.«

»Nein!«

»Doch.« Anming ging zu Direktor Wei und drückte ihm die Hand.

»Entschuldigung akzeptiert«, sagte Wei.

Nun wurde es wieder ruhig. Selbst der Mann in der grünen Jacke nahm seinen Platz ein. Nach seinem Gesicht zu urteilen, hatte die Versammlung aber noch nicht das letzte Wort von ihm gehört.

»Danke«, flüsterte Wang Baoren zu, als sie sich wieder zu ihnen setzte.

Zehn Minuten später war die Versammlung zu Ende. Die Menge begann sich zu zerstreuen. Erst als die Scheune fast leer war, stand Wang auf und trat ins Licht.

»Wang Anzhuang!« sagte überrascht Direktor Wei, der gerade seine Papiere ordnete. »Ich weiß, daß sich Ihre Frau für unsere Sache interessiert, aber Sie habe ich hier nicht erwartet. Es tut mir leid, daß die Versammlung nicht sehr konstruktiv war.«

»Und mir tut es leid, daß mein Bruder da mitgemacht hat.«

»Das war nicht weiter schlimm. Die Leute denken, ich rede den Parteioberen nach dem Munde, weil ich nicht gegen sie Sturm laufe.«

»Wenn Direktor Wei nicht bei uns wäre, hätte die Polizei uns längst auseinandergejagt«, warf Baoren ein.

Der junge Direktor sagte dazu nichts. Die letzten Papiere verschwanden in seiner Tasche. »Sekretär Wu und ich waren in vielen Fragen sehr unterschiedlicher Meinung. Aber er hat meine Ansichten respektiert wie die anderer Leute. Und er wußte, wie wichtig mein Betrieb für Nanping ist.«

»Wie gut kannten Sie den Sekretär?« fragte Wang.

»Wie jeder, der nicht gerade zur Familie gehört.«

»Vielleicht sollten wir uns mal darüber unterhalten«, sagte Wang.

»Das können wir auch gleich tun, wenn Sie wollen. Ich muß in mein Büro zurück, um noch einiges zu erledigen. Kommen Sie doch mit, ich zeige Ihnen die Fabrik. Ihre Frau natürlich auch.«

Baoren, die nicht eingeladen war, wollte sich zurückziehen. Im Handumdrehen gehörte sie wieder zur Klasse der reichen Bauern. Eine ewige Außenseiterin. Da war nichts zu machen.

»Danke, sehr freundlich«, sagte Rosina, »aber Baoren und ich haben noch einiges zu besprechen.«

»Danke«, sagte Baoren, als die Männer gegangen waren.

»Schon gut. Dieser arrogante Fatzke hat kein Recht, dich so grob zu behandeln.«

»Euch gegenüber war er doch sehr höflich.«

»Und was ist mit dir?«

»Alte Gewohnheiten sterben langsam.«

»Viel zu langsam«, murmelte Rosina und schüttelte den Kopf. »Gehen wir wieder in das Teehaus? Es hat bis acht geöffnet.«

»Meinetwegen …« Baoren stockte. »Komm lieber mit zu mir nach Hause. Du hast dich für mich eingesetzt, jetzt bin ich an der Reihe.«

»Aber dein Vater …«

»Kümmere dich nicht um ihn. Es ist ein Kreuz mit ihm in der letzten Zeit. Er denkt, er sei krank. Aber der Arzt kann nichts finden.«

Sie liefen wieder durch die Felder, den Bach und den Plattenweg hinauf bis zu dem alten Haus. Im Hof angekommen, bestand Baoren darauf, daß sie die Haupttür benutzten und durch den Wohnraum in Baorens Zimmer gingen. Fei Zhaoling saß wie vor ein paar Tagen in seinem Sessel und las eine Zeitschrift. Als sie eintraten, blickte er auf.

»Guten Abend«, sagte Rosina etwas nervös.

Der alte Mann nickte nur und las weiter.

»Er sieht nicht krank aus«, sagte Rosina, als sie in Baorens Zimmer waren. »Vielleicht ist er über die ganze Situation deprimiert. Die Versammlung hat ja auch nicht gerade viel gebracht.«

Baoren zuckte die Schultern. »Das kenne ich gar nicht an mir, aber manchmal denke ich: Soll er doch zur Hölle fahren.« Sie blickte finster drein. »Einfach schrecklich, meinst du nicht?«

»Nein. Du hast so viel für ihn geopfert. Da darfst du schon mal wütend auf ihn sein.«

Baoren lächelte. »Ich glaube nicht. Ich komme mir so

undankbar vor. Schließlich hat auch er viel für mich getan. Habe ich dir schon von dem Spitzel erzählt?«

»Nein.«

»Er machte mir plötzlich den Hof. Zum Glück war er häßlich und hatte nicht den leisesten Schimmer, wie man eine Frau intelligent umwirbt. Aber er war sehr hartnäckig. Dann habe ich erfahren, daß er von der Öffentlichen Sicherheit ist und mich dazu bringen sollte, die Protestgruppe zu verraten. Vater ist eigentlich sonst sehr zurückhaltend. Aber als er das erfuhr, ging er zu diesem Mann und schlug ihm ins Gesicht. Das kam für die Behörden so unerwartet, daß sie überhaupt nicht reagierten.« Baoren mußte bei dem Gedanken lächeln, einmal Widerstand geleistet zu haben. »Möchtest du Tee?«

»Wenn er gut ist ...«

»Natürlich. Komm, wir gehen in die Küche.« Dazu mußten sie wieder den Wohnraum durchqueren. Fei Zhaoling blickte auf. Diesmal murmelte er etwas, das wie ein Gruß klang. Immerhin ein Fortschritt.

Direktor Weis Arbeitsraum sah dem des Kommissars nicht unähnlich: eng, praktisch eingerichtet und überall Berge von Papier. Die Telefone waren moderner, hatten Drucktasten und verschiedene Funktionen, in der Ecke stand ein Computer. Auch der Besucherstuhl war etwas bequemer.

»Ein Bier?« fragte der Direktor und ging an einen Schrank, in dem sich ein Kühlfach verbarg.

»Chinesisches oder importiertes?«

Ein chinesisches, dachte Wang patriotisch bei sich. »Ein importiertes«, sagte er dann. Die Männer öffneten die Dosen. Wei nahm das Wort.

»Sekretär Wu und ich wollten eigentlich das gleiche für unser Dorf. Daher waren wir Verbündete. Aber auch die können sich überwerfen.«

Wang mußte nicht an all die Ausschlüsse treuer Mitglieder aus der Partei erinnert werden, die den Weg der Volksrepublik China säumten.

»Wu verstand nichts von Wirtschaftsführung«, fuhr Wei fort. »Wie der Vorsitzende Mao glaubte er, wenn ausreichend Menschen hart genug für etwas arbeiten, könnten sie es auch erreichen. Aber heute geht das nicht mehr so. Die Fischzucht wäre ein Reinfall. Selbst wenn sie ohne Folgen für die Umwelt funktionierte, könnte sie die riesigen Investitionen niemals wieder einspielen. Das Projekt ist für uns einfach eine Nummer zu groß.«

»Warum wollte Wu es dann unbedingt durchsetzen?«

»Keine Ahnung.«

»Überhaupt keine?«

»Ich nehme an, die Dinge sind ihm einfach zu Kopf gestiegen. Das passiert in unseren Kreisen gar nicht so selten. Einige gute Geschäfte, und plötzlich glaubt man, man könne alles erreichen. Solche Leute verlieren rasch den Boden unter den Füßen, und dann bricht alles zusammen. Der Sekretär war ein sehr hartnäckiger Mann. Genau der richtige Typ dafür. Er hätte das Dorf ruiniert. Hat man Ihnen gesagt, was diese Dämme kosten sollen?«

»Ja«, sagte Wang.

»Dann wissen Sie, wovon ich rede.«

»In Finanzfragen kenne ich mich nicht aus. Aber die Zahlen kamen auch mir gewaltig vor. Wo sollte das Geld denn herkommen?«

»Von den Banken. Das ist überhaupt kein Problem. Aber die Kredite zurückzahlen ... Ich denke, Sekretär Wu hat geglaubt, die Zentralregierung wird ihm schon helfen, wenn etwas schiefgeht. Aber damit ist es vorbei.«

»Wäre Ihr Betrieb auch bankrott gegangen?«

Der Direktor lachte. »Nein. Wir haben unsere eigenen Finanzierungsquellen. Wu wollte für die Fischzucht eine Genossenschaft gründen. Wenn die Pleite gemacht hätte, dann hätte eine Menge Leute in Nanping ihr Geld verloren. Und wir hätten vielleicht unseren Arbeitern etwas weniger zahlen können. Das sollte mich eigentlich kaltlassen, aber ich lebe in diesem Dorf und weiß, wie hart die Menschen sich das bißchen Wohlstand erarbeitet haben.«

Wang schaute sich den Geschäftsmann genauer an. Er schien aufrichtig zu sein in dem, was er sagte. »Ich muß mehr über die Verträge wissen. Wu schien sich noch nicht entschieden zu haben, welchen er akzeptieren sollte.«

»Sie haben also doch schon Erkundigungen eingezogen, Kommissar. Ich hätte das von Wu nicht erwartet, denn er war ein Mann von schnellen Entschlüssen. Aber hier fühlte er sich wohl doch überfordert. Eigentlich gibt es nur einen einzigen seriösen Bieter.«

»Und wer ist das?«

»Sheng He. Yap Seeow und die anderen sind nichts als Betrüger. Sheng He macht viele Geschäfte mit Ausländern. Das bedeutet, die Firma ist für uns eigentlich zu teuer, aber das Projekt wäre wenigstens in seriösen Händen. Yap Seeow arbeitet für die örtlichen Verwaltungen. Der Laden hat einen schlechten Ruf. Wenn es nicht gerade darum geht, Schleichwege zu finden oder Wirtschaftsprüfer zu bestechen, ist er für nichts zu gebrauchen, nicht einmal zum Toilettenreinigen.«

»Warum hat Wu dann geschwankt?«

»Das weiß ich nicht. Ich kann nur Vermutungen anstellen: Möglicherweise haben ihn am Ende doch Zweifel an dem ganzen Projekt beschlichen. Es hat ihm sicher auch nicht geholfen, daß er mit seinem Sohn darüber sprach.«

»Mit seinem Sohn?«

»Durchaus. Wu Weidong war der einzige, mit dem der Sekretär über das Projekt sprechen konnte. Sein Stellvertreter Yao wollte Häftlinge für die Arbeiten einsetzen. Ich halte die ganze Sache überhaupt für ein Hirngespinst. Er hätte sie mit der nächst höheren Ebene diskutieren müssen, aber dafür war er zu stolz.« Wei seufzte. »Ich habe mehrfach an den Sekretär geschrieben und ihm auseinandergesetzt, daß er mit Sheng He abschließen soll, wenn er das Projekt unbedingt durchsetzen will. Nach einer Weile hat er meine Briefe nicht mehr beantwortet.«

Wang ließ einen Bleistift zwischen seinen Fingern wirbeln, den er auf dem Schreibtisch gefunden hatte.

»Sie schauen so merkwürdig drein«, sagte Direktor Wei. »Was halten Sie von der ganzen Sache?«

»Haben Sie Telefonnummern von den betreffenden Banken?« fragte Wang.

»Natürlich.« Wei ging an seinen Computer und hatte sie im Handumdrehen auf seinem Bildschirm. »Wollen Sie noch mehr wissen, wenn ich schon einmal in meiner Datenbank bin?«

»Die Namen und Telefonnummern aller Firmen, die 1988 am Bau der Straße nach Wentai beteiligt waren.«

Direktor Wei schaute verdutzt drein, klickte sich aber zu den gewünschten Daten durch.

»Was waren das für Firmen?« fragte Wang. »Solide? Oder korrupte?«

»Sie haben ihre Sache ordentlich gemacht«, erwiderte Wei vorsichtig.

Am nächsten Morgen telefonierte Wang dreimal und schrieb dann unter dem Stichwort »Wu Weidong« etwas in sein Notizbuch.

Dreizehntes Kapitel

»Möchte jemand etwas trinken?« Wang Anming wies auf den großen Krug mit Orangensaft, der auf seinem Bücherregal stand. »Alkohol habe ich nicht im Haus«, fügte er hinzu. »Das ist neu.«

Eigentlich war es eine alte Regel, aber sie war wohl längere Zeit nicht in Kraft gewesen.

»Ich hätte gern etwas«, sagte Rosina. Wang nickte, und der vierte Gast bei diesem Abendessen, eine entfernte Cousine namens Peng, schloß sich Rosina an.

»Sehr gut.« Anming schenkte ein, wobei seine Hand kaum noch zitterte. Dann hoben sie alle ihre Becher zum Toast. »Ganbei!« – »Ex!«

»Setzt euch. Macht es euch bequem.«

Die Gäste folgten seiner Aufforderung. Wang mußte zugeben, daß sein Bruder sich alle Mühe gegeben hatte, seiner bescheidenen Unterkunft einen gewissen Charme zu verleihen. Auf dem Tisch prangte eine Decke. Vaters alte Eßstäbchen waren hervorgeholt und gewienert worden. Neben der wackligen Drehscheibe, auf der bald das Essen stehen sollte, ein Sträußchen Papierblumen. Und aus der Küche roch es verführerisch. Anming konnte gut kochen, wenn er wollte. Für Wang war Rosina in ihrem hellroten Kleid und der auf japanische Art hoch aufgesteckten Frisur der Glanzpunkt des Abends.

»Anming hat mir erzählt, du seist dabei, unseren Mordfall aufzuklären«, sagte Cousine Peng.

»Ich gehe eurer Polizei ein wenig zur Hand.«

»Ich kann mir vorstellen, daß die mit den paar Leuten kaum etwas zustande bringt. Und plötzlich ist da ein Detektiv aus der Hauptstadt ...«

»Der seinen schwer erarbeiteten Urlaub genießen will.

Klar tue ich, was ich kann.« Wang mochte diese Verwandte nicht, deren Familie stets auf sie herabgeschaut hatte. Sie hatten Wangs Großmutter nie verziehen, daß sie einen Gelegenheitsarbeiter geheiratet hatte, obwohl sie das später davor bewahrte, im neuen China gedemütigt zu werden.

»Du hast doch bestimmt schon eine Theorie darüber, wer es war?«

»Die Polizei glaubt, es seien Einbrecher gewesen.«

»Und was denkst du?«

»Ich bin bereit, ihnen zu helfen, wenn sie mich darum bitten.«

Cousine Peng zog ein enttäuschtes Gesicht. »Der Sekretär hat sich mit seinem Lieblingsprojekt Feinde gemacht. Soviel ich weiß, hat sich sogar eine Protestgruppe gebildet. Es sollte mich nicht wundern, wenn einer von denen dahintersteckt. Um Recht und Gesetz kümmert sich doch heute kaum noch jemand.«

Wang nahm eine Handvoll Kaschunüsse. Dabei bemerkte er, wie das Gesicht seines Bruders rot anlief. »Ich sage dir, dieses Projekt lag weit über den Möglichkeiten unseres kleinen Dorfes. Wahrscheinlich wollte Wu sich damit selbst ein Denkmal setzen.«

»Kann sein«, meinte Wang zerstreut. Ihm war ein Gedanke gekommen. »Dabei hätte er aber auch ein Denkmal unter Wasser gesetzt.«

»Was für ein Denkmal?« fragte Anming.

»Den Gedenkstein für die Opfer des Überfalls im Schlangental.«

»Ach, den.«

»Dieses Denkmal bedeutet mir sehr viel«, erklärte Wang aufgebracht. »Vater hat uns ermahnt, es nie zu vergessen. Wir sind jedes Jahr mit ihm dort hinaufgestiegen, um der Gefallenen zu gedenken.«

»Damals waren wir Kinder.«

»Diese Menschen haben für uns ihr Leben gegeben!«

»Vor einem halben Jahrhundert. Das ist längst Geschichte. Davon haben wir doch nun wahrlich genug.« Anming wandte sich Rosina zu. »Wir Chinesen schauen immer nur zurück. Meinst du nicht auch?«

Rosina meinte das auch, wollte aber ihrem Mann nicht in den Rücken fallen. Zum Glück brauchte sie nichts zu sagen, denn Anming wartete ihre Antwort nicht ab.

»Die Fernsehserie ›Der Gelbe Fluß‹ hatte ganz recht. Aus China wird nie ein modernes Land werden, wenn wir nicht aufhören, all diese Kaiser, Generale, Weisen und revolutionären Helden ewig mit uns herumzuschleppen. Das ist wie eine schwere Last auf unseren Schultern, die uns ewig nach unten drückt ...«

»Wie kannst du so etwas sagen!« fiel ihm Wang erregt ins Wort. »Ohne unsere Geschichte und unsere Kultur wären wir immer noch Barbaren.«

»Sind wir denn viel besser, Anzhuang? Du weißt doch, was wir uns gegenseitig in der Kulturrevolution angetan haben.«

»Was heißt, wir?« gab Wang scharf zurück. Sofort taten ihm diese Worte leid. Aber, verdammt, er konnte sie nicht zurücknehmen und dabei sein Gesicht verlieren.

Rosina ließ ein Räuspern hören. »Wann gibt es endlich was zu essen? Es duftet so gut.«

»Müßt ihr zwei immer streiten?« sagte Rosina vorwurfsvoll, als sie durch die schmutzigen Gassen zurückgingen.

»Meist endet es so«, antwortete Wang.

»Das ist nicht in Ordnung.«

»Ich weiß. Aber er sagt so dumme Sachen. Provoziert ohne Grund. Wie auf der Versammlung. Hätte Baoren nicht eingegriffen, er wäre wegen Verschwörung noch im Knast gelandet. Und heute abend fängt er wieder an. Er macht mich wahnsinnig!«

»Er ist immer noch dein Bruder. Er braucht Hilfe, keine Vorwürfe.«

»Weißt du, was er braucht? Einen kräftigen Tritt in den Arsch!«

Inzwischen hatten sie das alte Dorf verlassen und gingen schweigend bis zum Nordplatz. Als sie an dem alten Mühlstein vorbeikamen, warf Wang seiner Frau einen Blick zu, nahm ihre Hand und sagte: »Es tut mir leid. Als ältester Sohn war für Anming das Beste immer gerade gut genug. So ist das nun mal auf dem Dorf, damit habe ich kein Problem. Aber ich kann ihm einfach nicht verzeihen, daß er das alles so vergeudet hat. Und wenn er nun tönt: ›Vergeßt die Vergangenheit!‹, dann sehe ich, daß er nichts dazugelernt hat. Schon wieder wirft er etwas weg. Weißt du, ich ärgere mich auch, wenn deine Freunde über unser Land und unsere Traditionen herziehen. Aber so etwas von meinem eigenen Bruder zu hören, den alle verhätschelt haben, der immer Zeit zum Lesen und Lernen hatte ...«

»... während du Frösche gefangen hast!«

»Ich wollte immer mehr lernen«, sagte Wang beleidigt.

»Du hattest wenigstens deinen Spaß. Anming bestimmt nicht, trotz aller dieser Vorteile.« Sie gingen weiter. Wo der Asphalt endete, stieg der Weg steil an. »Und wer ist nun der Glückliche?«

Wang wirkte nachdenklich.

»Anming muß mit seiner Vergangenheit fertig werden«, fuhr Rosina fort. »Das ist eine ernste Sache. Schafft er das nicht, wird er sich zu Tode trinken. Du willst doch auch, daß er wieder auf die Beine kommt?«

Wang grübelte vor sich hin. Wollte er das wirklich? »Natürlich will ich das«, sagte er.

Rosina gab ihm einen Kuß. »Ich wußte, daß du das sagst.«

»Wer ist da?« fragte Polizeichef Huang, und seine Stimme klang ärgerlich.

»Wang Anzhuang.«

»Oh. Treten Sie doch ein. Ich bin nur im Moment sehr beschäftigt. Was kann ich für Sie tun?«

»Ich möchte Ihnen meine Hilfe anbieten.«

»In welcher Eigenschaft?«

»Als einfacher Polizist. Nicht mehr.«

»Sie wollen die Ermittlungen in die Hand nehmen, nicht wahr?«

»Nur dann, wenn es die Lage erfordert. Aus Ihrer Sicht.«

Der Polizeichef grinste spitzbübisch. »Ich muß wirklich sagen, daß wir im Moment sehr schwach besetzt sind. Und auch aus Wentai wird man wohl nicht die Verstärkung schicken, um die ich gebeten habe. Trotzdem kommen wir endlich voran, aber wir können natürlich jede Hilfe gebrauchen. Besonders für Routineaufgaben.«

»Polizeiarbeit ist zum größten Teil Routine.«

»Genau.«

»Ich möchte Sie aber um etwas bitten.«

»Soso.« Der Polizeichef sah sich in seinem Büro um. »Was ist es?«

»Ich möchte mit Wu Weidong sprechen.«

»Wozu?«

»Ich will ein paar Dinge von ihm wissen.«

»Hm.«

»Ich werde es so machen wie bei Lehrer Zhang«, sagte Wang. »Das wird Ihre Ermittlungen in keiner Weise stören.« Innerlich schämte er sich für diese Lüge, aber er hatte keine andere Wahl.

Huang blickte besorgt drein. »Sie dürfen ihn aber nicht aufregen. Keine Vorwürfe, keine Suggestivfragen. Und ich habe nichts damit zu tun. Wenn er sich bei mir beschwert, weiß ich von nichts. Einverstanden?«

»Einverstanden.«

»Wieviel Stunden haben Sie für uns Zeit ... äh ... Polizist Wang?«

Rosina suchte ihren Weg durch das alte Dorf. Was sie sich vorgenommen hatte, war nicht leicht. Aber niemand sonst konnte es tun. Weder Anzhuang noch ein Fremder. Oder ein

Laie … Anming mußte sich endlich seiner Sucht stellen – und ihrer Ursache. Was aber war die Ursache?

Rosina hatte einige Vermutungen, aber Anming mußte es ihr sagen. Und wenn er nicht wollte? Sie seufzte tief.

Jetzt nach links? Ja. Die Kesselflickergasse.

Anming öffnete selbst. »Rosina! Das ist aber eine Überraschung. Komm rein.«

Sie gingen den Korridor entlang, dann über den Hof und in Anmings Zimmer. Das Essen vom Abend war noch nicht abgeräumt.

»Entschuldige das Durcheinander.«

»Mach dir keine Umstände. Ich helfe dir beim Aufräumen.«

»Nein. Nimm Platz und entspann dich.«

»Nur wenn du dich zu mir setzt.«

Anming nickte.

»Gestern abend hat es wunderbar geschmeckt«, sagte Rosina und ließ sich nieder.

»Ich koche gern. Aber wenn man allein ist, macht man nicht so viele Umstände.«

»Das solltest du aber.«

»Wozu?«

»Weil du es dir selbst schuldig bist.«

»Tatsächlich?«

»Ja«, sagte Rosina mit Nachdruck.

»Meine Pflicht gegenüber der Partei, dem Volk und so weiter?«

»Und gegenüber dir selbst.«

Anming antwortete nicht sofort. »Ist das nicht bürgerlicher Individualismus?«

»Ich verstehe nichts von Politik. Kann ich eine Tasse Tee haben?«

»Ja, natürlich.« Anming verschwand in der Küche. Rosina hörte Metall klappern, dann einen unterdrückten Fluch über den Wasserhahn. Etwas fiel klirrend zu Boden und zerbrach. Aber schließlich summte der Wasserkessel.

Während Anming sich um den Tee bemühte, ging Rosina die neuesten westlichen Methoden der Psychotherapie noch einmal durch, mit denen sie sich gerade beschäftigte. Vergeßt 3000 Jahre chinesische Medizin, hatte der Dozent gesagt, vergeßt Maos Warnungen vor »rechtem« Denken. Depressive Menschen leiden an Erinnerungen, die sie in Begleitung einer anderen Person annehmen und aufarbeiten müssen. (»Wie auf einer Kampfversammlung«, hatte eine ältere Schwester trocken bemerkt.) Das ist nicht leicht. Das Unterbewußtsein wehrt sich hartnäckig dagegen. Die Patienten versuchen das Thema zu wechseln, werden ausfallend oder gar gewalttätig …

»Es ist schön, daß du mich besuchen kommst«, sagte Anming, als er mit zwei großen Porzellantassen wieder auftauchte. Einer fehlte der Deckel. »Es tut mir leid, wenn ich gestern abend …«

»Geschwister streiten immer. Da ist doch nichts dabei.«

»Nein, aber …« Anming seufzte. »Sei froh, daß du so jung bist. Du siehst gut aus, aber vor allem hast du all die schlimmen Geschichten Ende der sechziger Jahre nicht erleben müssen. Auch Anzhuang sind sie erspart geblieben. Manchmal glaube ich, er weiß gar nicht, was er für ein Glück gehabt hat. Natürlich sind sie bei der Armee politisch genauso bearbeitet worden wie wir, aber sie mußten das Ganze nicht in die Tat umsetzen, noch dazu im eigenen Dorf. Wir mußten es.« Er hob die Tasse an die Nase, sog den Dampf ein und lächelte. »Doch ich will nicht schon wieder von der Vergangenheit anfangen. Nach dem, was ich gestern abend dahergeredet habe.«

»Warum nicht? Ich möchte dich gern besser kennenlernen. Du bist mein Schwager. Und wir sind nur noch acht Tage in Nanping.«

»Ich weiß. Ich hätte euch eher einladen sollen …«

»Hör auf, dich zu entschuldigen. Es war ein schönes Essen. Und jetzt bin ich hier.«

»Ja.« Anming lächelte. »Es ist schön, mit jemandem reden zu können, wieder Familie zu haben. Man sagt doch: ›Familienprobleme trägt man nicht über die Schwelle.‹ Aber ich will dich nicht langweilen!«

»Du langweilst mich nicht.«

»Doch, doch. Erzähl mir lieber, was ihr in Peking so treibt.«

Rosina schaute verstohlen auf die Uhr. Viel Zeit. Sie begann zu erzählen – von verstopften Straßen voller Autos und Fahrräder, von den Sandstürmen, von der schlechten Luft, vom Einkaufen in der Wangfujing, der Hauptgeschäftsstraße der Stadt, von den Ausländern, die ihre Nasen in alle Ecken steckten, von den Restaurants im westlichen Stil, von Künstlern und Geistesgrößen. Von den Büchern, die man in der Hauptstadt bekommen konnte. Von den Filmen, die Leute wie Chen Kaige und Zhang Yimou machten, die im Ausland Preise gewannen, aber die in China nur höhere Chargen zu sehen bekamen. Schließlich über Dialekt und Mode. Es gab sogar schon Leute, die mit Handy-Attrappen herumliefen, um Eindruck zu schinden.

Anming lauschte ihren Geschichten wie ein Kind. Schließlich sagte er: »Ich war nur einmal in Peking. 1967 bei einer riesigen Kundgebung der Roten Garden auf dem Tiananmen-Platz. Zusammen mit einer Million anderer Schafe. Bääh! Bääh!«

»Erzähl mir, wie es damals war«, sagte Rosina.

»Weshalb?«

»Weil du es selber willst. Das sehe ich dir an.«

Anming sagte eine Weile nichts. Rosina schlürfte ihren Tee. Dann lachte er nervös auf.

»Anzhuang hat schon recht, wenn er mich kritisiert«, begann er. »Ich bin den Roten Garden beigetreten, lange bevor man es mußte, um zu überleben. Ich war begeistert vom Vorsitzenden Mao. Ich lief freiwillig herum und rief seine Losungen. *Alle Imperialisten sind Papiertiger! Kritisiert Konfuzius! Tod den Machthabern, die den kapitalisti-*

schen Weg gehen! Und natürlich: *Nieder mit den vier Alten!* Du weißt doch: die alten Ideen, die alte Kultur, die alten Sitten und Gebräuche. Das war die Losung, die wir brüllten, wenn wir das Eigentum anderer Leute zerstörten oder die Pagode der hundert Buddhas. Ich habe wirklich geglaubt, daß Mao ein neues China aufbauen will. Ein besseres, gerechteres, stärkeres Land. Und ich habe jeden nach Maos Kriterien beurteilt – mich, meine Freunde, meine Familie, mein Zuhause, mein ganzes Leben.«

»Und die Liebe?«

Anming wurde rot. »Auch sie. Besonders sie. Liebe hatte man nur für die Partei, für den Vorsitzenden Mao und für das Volk zu empfinden. Nicht für Personen – das war bürgerlich, westlich, dekadent. Wollten wir die ›Zügellosigkeit‹ bekämpfen, mußten wir selbst rein und stark sein. Vor allem aber hatten wir immer an den Klassenkampf zu denken. Wenn ein Mann sich zum Beispiel zu einer Frau hingezogen fühlte und dann erfuhr, daß sie einer schlechten Klasse angehörte.«

»Schwierig«, sagte Rosina leise.

»Sehr schwierig vor allem für die, denen das passiert ist ...« Anming verstummte.

Rosina verfluchte sich selbst, daß sie zu sehr gedrängt hatte.

»Hat mein Bruder dich geschickt?« fragte Anming nach einer Pause.

»Nein.«

»Wirklich nicht? Will er nichts von mir?«

»Ich bin gekommen, weil ich kommen wollte. Du hast es doch selbst gesagt. Ich gehöre zur Familie. Das sind entweder Menschen, die man am meisten belügt oder denen man am meisten vertraut. Du hast die Wahl.«

Anming nickte. »Entschuldige. Wo war ich stehengeblieben?«

»Bei der Liebe.«

»Ja, richtig.« Die Augen des Rebellen von einst huschten

unruhig durch den Raum. Seine Füße zuckten, als wollte er aufspringen und weglaufen.

»Heute glaube ich natürlich nicht mehr an diesen Unsinn. Du etwa?«

»Freud hat gesagt, zu lieben und zu arbeiten ist das Wichtigste, was wir in unserem Leben tun können.«

Anming schaute sich wieder in seiner Behausung um. »Ich frage mich, worin ich schlechter war, in der Arbeit oder in der Liebe.«

»Sag doch nicht so was. Das siehst du zu schwarz.«

»Ich sage nur die Wahrheit.«

»Jeder Mensch kann sich ändern.«

»Reißt alles Unkraut aus! Es lebe die Volkskommune!«

»Auch du kannst dich ändern. Wenn du deine Vergangenheit annimmst.«

Anming schüttelte den Kopf. »Die Last ist zu schwer!«

»Wirf sie ab.«

»Das kann ich nicht.«

»Doch, du kannst. Du hast den Mut dazu. Du hast auf die Führung eurer Gruppe verzichtet. Einen solchen Entschluß konnte kein schwacher Mann fassen.«

»Ich hätte mich vor allem nicht in diese Lage bringen sollen«, sagte Anming. Aber Rosina hatte etwas in ihm angestoßen. »Du wirst mich nicht mehr mögen, wenn ich dir alles erzähle.«

»Ich werde dich nicht mehr mögen, wenn du mir Lügen auftischst. Deiner eigenen Schwägerin.«

Anming sah sie lange zweifelnd an, ließ dann wieder dieses nervöse Lachen hören und begann zu berichten.

»Sie war die Tochter des Großgrundbesitzers in unserem Dorf …«

Vierzehntes Kapitel

Wang Anming erzählte seine Geschichte, fast ohne Luft zu holen.

»Xu Yifeng und ich sind zusammen aufgewachsen. Aber als Kinder waren wir nicht miteinander befreundet. Das war wegen unserer Herkunft unmöglich. Auch vor der Kulturrevolution gab es Kampagnen, die uns regelmäßig daran erinnerten, wie wichtig die Klassenwurzeln waren – der Kampf gegen die Rechten, die sozialistische Erziehungsbewegung und andere. Aber Yifeng hat mir immer gefallen. Sie war quicklebendig, während ich eher als ruhiger Typ galt. Ein Bücherwurm, weißt du?« Mit einer ausladenden Geste umfing er sein Zimmer, an dessen Wänden sich die ernsten, pastellfarbenen Taschenbücher vom Verlag Neues China bis zur Decke stapelten.

»Natürlich war auch sie zuweilen deprimiert. Besonders wenn wieder einmal eine Kampagne lief. Aber das war gegen ihre Natur. Der Himmel hatte ihr ein fröhliches Temperament geschenkt; der Sohn des Himmels hat es ihr geraubt. Doch selbst wenn sie traurig war, gefiel sie mir. Ich haßte Mädchen, die immerzu vergnügt waren. Yifeng fand ich einfach vollkommen.« Anming errötete. »Ich schrieb Gedichte und schickte sie ihr. Natürlich anonym. Ich hatte sie nicht selbst verfaßt, sondern lediglich aus dem *Traum der roten Kammer* abgeschrieben. Du kennst doch die Stelle, wo sie alle im Garten sitzen und füreinander Reime schmieden …«

Rosina mußte ein Lächeln unterdrücken: Dieselben hatte Anmings Bruder auch ihr geschickt.

»Heute hasse ich dieses Buch«, fuhr Anming fort. »Sentimentaler Kitsch. Eines Tages nahm ich dann all meinen Mut zusammen und sprach Yifeng an. Nun waren wir miteinander bekannt. Einige Wochen später machten wir zusammen einen Spaziergang. Wir stiegen den Berg hinauf. Damals war dort nur Wald, nicht diese abscheulichen Villen der Neureichen. Sie sagte, sie habe Angst vor mir wegen der Politik. Ich erwiderte irgend etwas Dummes von der Art wie »Politik zählt nicht, wenn man liebt«. Sie sagte, ich solle sie in Ruhe lassen und lieber Marx lesen. Ausgerechnet sie hieß mich Marx lesen! Ich wurde wütend, und wir gingen im Bösen auseinander.« Anming schüttelte den Kopf. »Danach verbrachte ich Stunden damit, diesen Spaziergang wieder und wieder in meinem Kopf durchzuspielen. Stets sagte ich etwas anderes, und der Ausgang war verschieden, aber immer positiv. Bald darauf wurde ich in eine andere Klasse versetzt, und wir sahen uns nicht mehr. Dann starb Vater. Anzhuang ging zur Armee. Danach fing alles an: Die Kulturrevolution ...«

Anming rang die Hände. »Andere Generationen haben so etwas nicht durchmachen müssen. Vater und seine Genossen durften mutig sein und kämpfen. Ihr jungen Leute von heute habt eure Karriere, eure Wohnung und alles, was dazu gehört. Wir sind benutzt worden. Man hat uns belogen, uns böse und zerstörerisch, haßerfüllt und gedankenlos gemacht. Dann hat man uns weggeworfen, weil wir zu nichts mehr zu gebrauchen waren, was ja auch stimmt. Zu überhaupt nichts mehr. Keine Ausbildung, keine Überzeugung, kein Geist – nur diese hohlen Losungen, die in unseren Köpfen kreisen. Und die Erinnerung an all die schlimmen Dinge, die wir getan haben. Und wie toll wir uns dabei fühlten ...

Eines Tages kam Yifeng zu mir. Kurz nachdem alles begonnen hatte, nach der bewußten Fernsehrede von Lin Biao. Sie fiel vor mir auf die Knie und flehte mich an, mit dem neuen Sekretär Zhang, mit seinem Stellvertreter Wu oder irgend jemand zu sprechen, der etwas zu sagen hatte. Sie wollte alles tun, um ihrer Familie zu helfen. Aber ich war schon bei den Roten Garden. So sagte ich ihr, ohne zu zögern, ich könne überhaupt nichts machen. Sie stamme aus einer schwarzen Klasse und müsse für die Verbrechen ihrer Vorfahren büßen. Sie begann zu weinen. Ich sagte, wenn sie nicht gehe, müsse ich es melden. Sie erinnerte mich an unseren Spaziergang und was ich damals von Liebe und Politik gesagt hatte. Da bin ich richtig ausgeflippt.« Anming seufzte. »Sie ließ es eine Weile über sich ergehen, dann drehte sie sich einfach um und war fort. Ich wollte ihr nachlaufen. Statt dessen schaute ich zu dem Bild des Vorsitzenden Mao an der Wand und beglückwünschte mich dazu, daß ich fest geblieben war.« Anming ließ den Kopf hängen. »Kannst du dir das vorstellen? Erst habe ich die einzige Frau verraten, die ich je geliebt habe, und dann wollte ich mir bei dem Bild eines Massenmörders Unterstützung holen. Was bin ich nur für ein Schweinehund gewesen!«

»Millionen Menschen haben ähnlich geirrt.«

»Sie sind nur zu bedauern. Aber das ist noch nicht alles. Familie Xu hatte ihr Anwesen im östlichen Teil des Dorfes. Das ist seine schöne Seite, wenn du das noch nicht gemerkt hast. Eines Abends marschierte eine große Menschenmenge vor ihrem Tor auf. Wir zwangen sie, herauszukommen und sich kritisieren zu lassen. Ihren Vater, ihren Bruder und sie ... Dann verbrannten wir eine Menge Bilderrollen und andere Sachen. Das taten wir bei allen, die solche Überreste der vier Alten, wie wir es nannten, in ihren Häusern hatten. Einige Tage später wurden ihnen fremde Leute ins Haus gesetzt. Schließlich vertrieben wir sie ganz und gar und wiesen ihnen eine Behausung zu, die bei allen nur der Kuhstall hieß. Sie mußten tagaus, tagein auf dem Feld arbeiten. Abends gab es Kritikversammlungen. Sie mußten alles gestehen. Der alte Xu war ein harter Brocken, es hat lange gedauert, bis wir etwas aus ihm herausprügeln konnten. Ich denke, das hat ihn schließlich auch das Leben gekostet ...«

Anming starrte zu Boden, dann hob er den Blick und schaute Rosina voll ins Gesicht. »Mit ihrer Ermordung hatte ich nichts zu tun, das schwöre ich. Ich war dabei, als wir ihr Haus stürmten. Alle waren dabei. Und ich half auch mit, sie in den Kuhstall zu jagen. Wir waren ein riesiger Haufen Leute. Wer nie in einer solchen Menge war und von diesem Wahnsinn mitgerissen wurde, hat kein Recht, uns zu kritisieren.«

»Ich kritisiere dich nicht.«

»Nein ...« Anming seufzte tief auf. »Eines Tages wurden der Alte und sein Sohn beim Fischteich erschlagen aufgefunden. Wahrscheinlich mit Eisenstangen. Ewig verfolgt mich die Frage, wie es wohl klingt, wenn Eisen auf einen Schädel niederkracht. Manchmal stelle ich mir vor, daß mir das geschieht. Warum auch nicht? Wenn es keine Gerechtigkeit gibt, wenn ein Mob tun kann, was er will, vorausgesetzt, er brüllt die richtigen Losungen, wer ist dann noch sicher? Das Schlimmste war, daß man Yifeng wegen der Morde festnahm. Yifeng! Die Beschuldigung war so grotesk, daß selbst der Rote Tiger Zhang sie schließlich fallenlassen mußte. Aber sie kam trotzdem nicht frei, man erfand einfach ein anderes Verbrechen. Sie war ein schwarzes Element, eine potentielle Saboteurin, eine Verbündete des Imperialismus, eine bürgerliche Revisionistin – so konnte es immer weitergehen ... Schließlich schickte man sie in ein Lager für Umerziehung durch Arbeit nach Heilongjiang.« Er sprach die einzelnen Silben von Chinas nordöstlichster Provinz an der Grenze Sibiriens einzeln aus, als wolle er ihre ursprüngliche Bedeutung auskosten: Schwarzdrachenfluß. »Ich habe hier irgendwo ein Buch über diese Gegend. Im Winter sinkt die Temperatur dort auf minus 40 Grad. Die Haut friert auf dem Gesicht zusammen, als sei sie verbrannt. Wenn man nur 50 Meter von einer Behausung entfernt in einen Schneesturm gerät, kann das das Ende sein. Hier in Shandong können wir uns gar nicht vorstellen, wie es dort ist. Ich glaube, sie hat kaum fünf Monate überlebt.« Anming krümmte sich bei diesem Gedanken. »Und ich habe sie dorthin geschickt.«

»So kannst du das nicht sagen.«

»Wieso nicht? Ich hätte doch etwas tun können, um ihr zu helfen.«

»Du hättest nur großes Leid über deine eigene Familie gebracht.«

»Vielleicht. Vielleicht auch nicht. Andere haben gegen die Regeln verstoßen und überlebt.«

»Du warst noch so jung.«

»Ich war alt genug, um zu zerstören. Sachen und Menschen. Warum nicht, um Menschen zu helfen, sie zu retten?« Wang Anming vergrub sein Gesicht in den Händen. »Es gibt Gerechtigkeit auf der Welt, Rosina. Nicht menschliche, aber göttliche. Ich habe bekommen, was ich verdiene; es ist sogar ein wenig Gnade dabei. Liebe und Arbeit kann ich vergessen, für mich gibt es nur noch Trinken und Überleben. Aber immerhin lebe ich, habe ein Dach über dem Kopf und bin in Shandong. Kein erfrorener Leichnam in der Uniform eines namenlosen Gefangenen Tausende Kilometer nördlich von hier. Kein Wunder, daß die Geister zurückgekehrt sind!«

»Geister?« Rosina war bemüht, das nicht von oben herab zu sagen. Es mißlang.

»Du glaubst nicht an Geister?«

»Nein. Die moderne Wissenschaft sagt …«

»Hier glauben alle daran.«

Rosina fiel ein, daß Alkoholiker nach der Behandlung oft von Halluzinationen geplagt werden.

Anming stand auf. »Ich danke dir, Rosina, daß du mir zugehört hast. Ich schätze das. Sehr.« Er lächelte. »Familien sind etwas Merkwürdiges. Hin und wieder brauchen sie frisches Blut, jemanden, der kommt und die Dinge in einem anderen Licht sieht. Wir können von Glück reden, daß wir dich haben.« Er hielt inne. »Aber deinem Mann sagst du nichts davon, was ich dir heute erzählt habe?«

»Das weißt du doch.«

»Lieber soll er mich als Schwächling verachten, aber

nicht als Verräter.« Anming lächelte wieder dieses freudlose Lächeln, mit dem ein Chinese seine wahren Gefühle zu verbergen sucht.

»Ich kann es dir nicht erzählen«, sagte Rosina.

»Er ist mein Bruder.«

»Er hat sich mir anvertraut.«

Wang blickte finster drein. Aber er wußte, daß sie recht hatte.

»Er ist krank, sagst du?«

»Ja ... Du mußt mir schwören, gegenüber Anming zu schweigen wie ein Grab, daß ich dir das gesagt habe. Bei unserer Ehe.«

»Ich schwöre.«

»Er glaubt, er sieht Geister.«

»So ist das auf dem Lande. Jeder sieht Geister. Nicht nur überdrehte alte Männer.«

»Halluzinationen können ein frühes Symptom für einen drohenden Nervenzusammenbruch sein. Als Folge von Alkoholmißbrauch. Er ist gefährdet, Anzhuang.«

Wang seufzte. »Aber was sollen wir tun? Wir können doch nicht die ganze Zeit bei ihm sitzen und Händchen halten. Nicht einmal ihn öfter besuchen. Von Peking ist das eine Tagesreise.«

»Laß ihn behandeln, und dann bezahle jemanden hier, der nach ihm schaut.«

»Die ganze Zeit?«

»Nein. Aber regelmäßig.«

»Was könnte das kosten?«

»Nicht allzuviel. Jedenfalls nicht für eure Schwester.«

»Oh! Der weibliche Verstand!«

»Manchmal denke ich, das ist der einzige, der noch funktioniert. Anchun verdient doch ein Vermögen bei der Bank. Du mußt sie überzeugen, daß sie etwas beisteuert.«

Wang seufzte. »Das wird nicht leicht. Sie kann sehr ... kleinlich sein.« Er schüttelte den Kopf. Dann nahm er noch einen Schluck von dem Aperitif, bei dem sie gerade saßen. »Er sieht Geister, sagt Anming?«

An diesem Nachmittag meldete sich Polizist Wang zum Dienst.

»Wir haben etwas zu tun für Sie«, sagte der Polizeichef.

Wang nickte. Ihm war alles recht.

»Lehrer Zhang kommt jetzt gleich zum Verhör. Sie sollten besser verschwinden.«

»Ja ...« Wang stockte. Dieses Verhör interessierte ihn sehr. »Nehmen Sie die Verhöre auf?«

Der Polizeichef wollte schon verneinen, weil es die Wahrheit war, aber eine innere Stimme warnte ihn, dies sei vielleicht nur eine Testfrage. Wangs Arbeitseifer war ihm sowieso sehr verdächtig.

»Selbstverständlich«, sagte er.

Eine Tür ging knarrend auf. Dann die Stimme des Polizeichefs. »Nehmen Sie bitte Platz. Ich mache es so kurz, wie ich nur kann. Wie Sie wissen, verfolgen wir in der Sache des vorzeitigen Todes von Sekretär Wu verschiedene Spuren.«

»Ja.«

»Wir haben Grund anzunehmen, daß Sie an jenem Abend in der Nähe seines Hauses waren.«

»Ja.«

»Was taten Sie dort?«

»Ich bin ... äh ... spazierengegangen.«

»Ein ziemlich langer Spaziergang von Ihrer Wohnung aus.«

»Ich habe Zeit gebraucht, um über ein Problem nachzudenken. Eines der Kinder in meiner Schule ist ...«

»Welches Kind?«

»Der Junge der Familie Fu. Er ist sehr aufgeweckt, aber seine Eltern streiten sich viel. Er stört zunehmend den Unterricht. Ich möchte nicht, daß er es in fünf Jahren mit Ihnen zu tun bekommt.«

Lachen. »Kehren wir zu dem Abend des Mordes zurück. Was haben Sie gesehen, als Sie dort den Berg hinaufgingen?«

»Nichts.«

»Nichts?«

»Doch, Herrn Bo und einen seiner Bekannten. Wir sind stehen geblieben und haben kurz miteinander gesprochen. Wissen Sie von ihm, daß ich dort war?«

»Das spielt hier keine Rolle.«

»Er muß es gewesen sein, denn ich habe mit niemand anderem gesprochen.«

»Haben Sie sonst noch jemanden gesehen?«

»Nein. Es ist ziemlich still dort oben.«

»Um welche Zeit sind Sie dort spazierengegangen?«

»Von kurz vor acht bis etwa Viertel nach neun.«

»Eine lange Zeit.«

»Der Abend war schön.«

»Und Ihnen ist nichts aufgefallen?«

»Das habe ich doch schon gesagt, nein. Ich wünschte, es wäre anders.«

»Vielleicht ein Auto auf der Straße?«

Ein erschrecktes Einatmen. »Ich erinnere mich nicht.«

»Denken Sie nach.«

»Äh ... Nein.«

»Sind Sie sicher?«

»Ich habe doch gesagt, ich erinnere mich nicht.« Selbst auf dem Tonband konnte Wang den panischen Unterton in Zhangs Stimme hören. Dann entfuhr es dem Lehrer plötzlich: »Was wollen Sie eigentlich von mir?«

Der Polizeichef schien so schockiert wie sein Gegenüber. »Wie wäre es mit der Wahrheit?«

Pause. Dann zögernd: »Von acht bis neun war ich im Haus von Zhuo Song.«

»Zu Besuch?«

»Ich habe Nachhilfe gegeben. In Mathematik. Sein Sohn kommt in der Klasse nicht mit.«

»Eine Privatstunde? Für Geld?« fragte der Polizeichef, um zu beweisen, daß er durchaus auch respektable Bürger in die Zange zu nehmen vermochte, solange die sich nicht wehren konnten.

»Ja.«

Schweigen. »Danke für Ihre Mitarbeit, Lehrer Zhang. Sollte Ihnen noch etwas einfallen, was Sie auf dem Weg zu oder von Zhuo Songs Haus gesehen haben, dann lassen Sie es mich wissen.«

»Ganz bestimmt ...« Dann eilige Schritte zur Tür. Die Tür fiel ins Schloß. Darauf die Stimme des Polizeichefs. »Privatstunden! Am Ende erwischt es sie alle!«

Fünfzehntes Kapitel

Wang schaute auf die Uhr. Noch eine Stunde bis Dienstschluß. Dieser Patrouillengang war ganz angenehm gewesen, so etwas hatte er ewig nicht mehr getan. Er hatte ihn die Dorfstraße von Nanping hinauf und die Gasse der Messerschmiede wieder hinabgeführt. Alte Frauen in Schwarz, Kinder, die Himmel und Hölle spielten, fliegende Händler, Flaschensammler, ein Schuhmacher und der Kohlenhändler mit seinem Handwagen und seinem staubgeschwärzten Gesicht waren ihm begegnet. Zum ersten Mal hatte er erlebt, wie die Nacht hereinbrach und die alten, kaum beleuchteten Gassen sich in dunkle, geheimnisvolle Schatten hüllten.

Die Tür von Nr. 7 war die ganze Zeit geschlossen geblieben. Über die hohen Mauern drang kein Lebenszeichen nach außen.

Familie Ma, die in dem Hof hauste, stand seit langer Zeit mit dem Gesetz auf Kriegsfuß. Die meisten ihrer Männer hatten einmal gesessen. Der mittlere Sohn war gegenwärtig in einem Umerziehungslager in der Provinz Guangxi. Man vermutete, daß diese Sippe viel mehr auf dem Kerbholz hatte, als die Ortspolizei ihr je nachweisen konnte. Natürlich hatte der älteste Sohn, Ma Kai, immer ein Alibi, wenn irgendwo ein Einbruch stattfand und wenn es auch nur von einem anderen kleinen Gauner stammte. Das zuständige Straßenkomitee hatte Weisung, ihn besonders scharf zu beobachten. Aber es konnte nichts Auffälliges berichten.

Wang, dem jede Zeitverschwendung ein Greuel war, hatte unterwegs über das bevorstehende Gespräch mit Wu Weidong nachgedacht. Über seine Fragen, die zu erwartenden Antworten und die Gegenfragen. Er hatte sie alle im Kopf, war immer einige Züge voraus wie ein Meister des chinesischen Schachspiels. Er mußte den Sohn des Toten nur erst einmal für sich allein haben …

Wang stand vor dem Tor der Villa des Sekretärs, rauchte und versuchte seiner Enttäuschung Herr zu werden. Nach Dienstschluß war er mit all seinen Schachzügen und Tricks im Kopf hierhergekommen, aber sein Gegenspieler war nicht da. Von dem Toyota keine Spur. Das Haus machte einen verlassenen Eindruck. Hatte Wu Weidong das Weite gesucht?

Vielleicht war er gewarnt worden. Aber von wem?

Mach die Sache nicht komplizierter, als sie ist, sagte sich der Kommissar. Ein Meisterspieler übersieht keine Möglichkeit und belastet sich nicht mit unwahrscheinlichen Wendungen, es sei denn, sie sind nicht mehr unwahrscheinlich. Sicher ist er nach Jinan gefahren, um seine Finanzen zu ordnen. Sollte er wirklich abgehauen sein, habe ich genügend Beweise, um ihm die Öffentliche Sicherheit auf den Hals zu hetzen. Also – locker bleiben …

Wie beim letzten Mal, als er hier gestanden hatte, rauchte der Kommissar seine Zigarette bis zum Filter auf. Zeit. Wenn er nur etwas mehr Zeit hätte.

Der Mann in der grünen Jacke hatte seine Rede gut geübt.

»Mitkämpfer«, tönte er. »Ich danke euch, daß ihr so rasch gekommen seid. Das zeigt, wie ernst es euch ist.«

Die große Menge, die sich in der Scheune versammelt hatte, ließ kollektive Zustimmung hören.

»Ihr könnt euch denken, was ich euch sagen will«, fuhr der Redner fort. »Unsere Proteste sind bislang ignoriert worden. Weshalb? Weil wir unsere Forderungen nicht mit dem nötigen Nachdruck gestellt haben. Fürchten wir uns? Wollen wir einfach zusehen, wie uns das Land weggenommen wird?«

»Nein!« antwortete ihm der vielstimmige Chor.

»Das wird geschehen, wenn wir alles so laufenlassen wie

bisher. Beim letzten Mal habe ich vorgeschlagen, einen neuen Vorsitzenden zu wählen. Dieser Mann, wenn man ihn überhaupt so nennen kann, hat sich nicht getraut ...«

Fei Baoren, die ganz hinten neben Rosina saß, ballte die Fäuste. »Wie kann er so etwas sagen!« murmelte sie.

Rosina stimmte ihr zu. Die Worte ihres Mannes fielen ihr ein: »Anming war immer ein Schwächling.« Der arme Kerl hatte nie eine Chance.

»Ich schlage vor, daß ich bei unserem nächsten Treffen offiziell als Vorsitzender kandidiere«, fuhr der Redner fort. »Ich will mich mit euch beraten, wie wir weiter vorgehen.«

Baoren schüttelte den Kopf. »Der spinnt«, entfuhr es ihr, etwas lauter, als beabsichtigt.

»Höre ich von dort hinten Widerspruch?«

In der Scheune wurde es totenstill.

»Die Frau neben dem Ohr der Partei. Fei Baoren: Wir alle wollen hören, was du zu sagen hast.«

Baoren erstarrte zur Salzsäule. Sie wollte weglaufen, im Boden versinken oder sich in Luft auflösen ...

Dann aber stieg es in ihr hoch. Die Jahre der Verfolgung wegen ihrer Klassenherkunft. All die Kreuzverhöre, Kritik- und Kampfversammlungen.

»Meine Freundin ist nicht das Ohr der Partei«, sagte sie langsam und völlig ruhig. »Und meine Bemerkung war an sie gerichtet, nicht an dich.«

Daß es ihm nicht gelang, sie zu demütigen, brachte den Mann in Rage. Ein Weib wagte es ... »Wenn du zu feige bist, offen zu sprechen ...«, stieß er hervor.

»Ich sage, was ich will, zu wem ich will und wann ich will.«

Sieh mal an. Dieser Punkt ging an sie. Aber der Mann konnte jetzt nicht zurückstecken, er mußte zum Angriff übergehen. »Warum ist übrigens dein Vater heute nicht hier, Fei Baoren?«

»Er fühlt sich nicht wohl.«

»Als ich ihn gestern gesehen habe, ging es ihm noch

prächtig. Ich frage mich, ob er sich von unserer Sache zurückziehen will. Früher war er doch so dafür. Vielleicht bist du nicht die einzige aus eurer Familie, die sich mit Parteimitgliedern abgibt.«

»Wie kannst du es wagen!« gab Baoren wütend zurück und verlor nun endgültig die Beherrschung. »Mein Vater hat mehr für diese Gruppe getan als so ein kleiner Trittbrettfahrer wie du. Er hat sich dabei aufgerieben und muß erst wieder zu Kräften kommen!«

»Erholt er sich auf Kosten der Partei? Zufällig habe ich erfahren, daß jemand aus unserer Gruppe mit dem Gegner liebäugelt. Das riecht nach Verrat!«

Baoren wirkte plötzlich hilflos. Niemals würde ihr Vater die Gruppe verraten. Aber sie wußte, wenn eine solche Beschuldigung einmal ausgesprochen war ... Sie stammelte ein paar Verteidigungsworte.

»Warum plötzlich so kleinlaut?« hub der Redner wieder an, aber bevor er weitersprechen konnte, mischte sich eine neue Stimme in die Debatte. Sie war männlich und bebte vor Zorn. Sie gehörte Wang Anming. »Fei Zhaoling hat von Anfang an fest zu unserer Sache gestanden«, sagte er und schraubte sich von seinem Sitz hoch. »Woher nimmst du das Recht, ihn derart zu beleidigen? Hinter seinem Rücken und ohne den geringsten Beweis?« Er wandte sich den Leuten zu. »Wollt ihr so einen zum Vorsitzenden haben?«

»Ja!« rief jemand.

»Zumindest wehrt er sich und kämpft!« sagte ein zweiter.

Anming ließ sich wieder auf seinen Sitz fallen, aber andere Stimmen sprangen ihm bei. Bald zeigte sich, daß die Meinungen in der Scheune geteilt waren.

»Du mußt dich entschuldigen«, sagte Anming, als es wieder ruhiger wurde. Der Redner, der kalkulierte, die Hälfte der Zuhörer werde sich gegen ihn stellen, wenn er es nicht tat, und die andere Hälfte unterstütze ihn ohnehin, wandte sich Baoren zu und sagte: »Es tut mir leid.«

»Nimmst du alles zurück? Jedes Wort?«

»Ja«, sagte der Redner zähneknirschend. »Bis ich Beweise habe«, fügte er leise hinzu.

Die Versammlung ging weiter.

Als sie zu Ende war, wollte sich Baoren bei Anming bedanken.

»Das war ich dir einfach schuldig, nach dem, was du beim letzten Mal für mich getan hast«, sagte der Sohn des früheren Parteisekretärs. »Außerdem kann ich Ungerechtigkeit nicht ausstehen.«

»Das stimmt ...«, sagte Baoren.

Vielleicht waren die beiden Brüder im Grunde gar nicht so verschieden, ging es Rosina durch den Kopf. Aber wie sollte sie das ihrem Mann beibringen?

Es war die einzige gute Idee, die Wang den ganzen Tag hatte. Polizeichef Huang hatte ihm die Adresse gesagt, wo Lehrer Zhang seine Privatstunden gab. Wenn er auch nur fünf Minuten mit dem Vater des Schülers sprach, bestätigte sich die Aussage des Lehrers, oder er war hochgradig verdächtig. Das konnte er noch erledigen, bis Rosina von ihrer Versammlung kam.

Selbst bei Nacht war die Villa leicht zu finden. Wang öffnete das Tor, ging den gepflasterten Weg hinauf und drückte auf die Klingel.

»Wer ist da?« fragte jemand mechanisch.

»Polizei.«

»Können Sie nicht morgen wiederkommen?«

»Nein.«

Pause.

»Na, schön.«

Zhuo Songs Diele war mit pinkfarbenem Linoleum ausgelegt. An einer Wand prangte ein riesiges Relief, das den Westsee von Hangzhou in Elfenbein und Perlmutt darstellen sollte, aber wahrscheinlich aus Plastik war. Ein Junge lugte um die Ecke.

»Ein Bulle!« sagte er und zog dann seine Spielzeugpistole gegen Wang.

»Peng! Peng!«

»Hör auf damit, Hu«, sagte eine Stimme. »Geh und mach deine Hausaufgaben. Entschuldigen Sie. Kommen Sie doch weiter ...«

»Ich fasse mich kurz«, sagte Wang. »Wie Sie wissen, ermitteln wir in dem Mord an Sekretär Wu. Ich überprüfe gegenwärtig die Aussagen aller Leute, die an jenem Abend, Mittwoch, dem 24., hier in der Gegend waren.«

Zhuo Song dachte einen Augenblick nach. »Ich war den ganzen Abend zu Hause. Bei meiner Familie.«

»Wir wissen, daß Lehrer Zhang Hong Ihrem Jungen Nachhilfestunden in Mathematik gibt.«

»Ja, das stimmt. Das war sein Abend. Er kann bestätigen, daß ich hier war.«

»Um welche Zeit ist er gekommen?«

»Er war hier von acht bis neun. Das ist für den Jungen eigentlich zu spät, aber Lehrer Zhang ist sehr beschäftigt.« Zhuo lächelte. »Er ist sehr gut, wissen Sie? Hu war der Klassenletzte, aber jetzt mischt er ganz vorn mit. Ich habe Zhang an mehrere Freunde in Nanping weiterempfohlen. Und auch in Weipowan. Er hat sich in der Gegend einen Namen gemacht. Ich kenne seine Familie und seine Vergangenheit. Aber wir meinen alle, das hat er hinter sich gelassen. Und die Kinder müssen doch heutzutage vorwärtskommen ...«

Polizist Kong hatte Spätdienst. Es machte ihm gar keinen Spaß, in der Gasse der Messerschmiede immer wieder denselben Leuten zu begegnen. Wer so spätabends noch draußen herumstreunte, führte nichts Gutes im Schilde, auch wenn er alt und grau war. Und erst diese Jungen ... Bei Nacht wirkte das alte Dorf düster und bedrohlich, ein Ort, wo unschuldige Menschen überfallen und ausgeraubt wurden. Familie Ma allerdings war unter ständiger Beobachtung.

In diesem Augenblick öffnete sich die Tür von Nummer 7 gerade weit genug, um eine schmale Gestalt durchzulassen. Mann oder Frau? Kong konnte es nicht erkennen. Er fummelte an seinem Funkgerät herum, das ein schrilles Pfeifen hören ließ. Erschrocken schaltete er es wieder ab. Da blieb ihm nichts weiter als persönliche Observierung.

Die Gestalt hielt auf die Hauptstraße zu. Sie schleppte etwas mit sich. Dann bog sie nach rechts zu den Feldern ab. Kongs Puls schlug schneller, fluchend versuchte er Schritt zu halten. Durch die Felder führten schmale, holprige Pfade, auf die man sich nachts besser nicht ohne Beleuchtung wagen sollte. Aber er durfte sich nicht abschütteln lassen.

Das Dorf hatten sie bereits hinter sich gelassen. Und kaum ein Lichtstrahl. Der Himmel von dicken Wolken bedeckt, kein Stern zu sehen, nur ab und zu die bleiche Silhouette des Mondes.

Dran bleiben.

Aber nicht zu dicht, um sich nicht zu verraten. Plötzlich gab ein Stein unter seinem Fuß nach, und er stürzte mitten in die Weizenstoppeln. Aber er ließ keinen Mucks hören. Nicht auch noch das Gesicht verlieren.

»Hier also ist ihm der Mann entwischt?« fragte Wang, als er mit Polizeichef Huang am nächsten Morgen durch die Felder ging.

»Ja.«

Der Kommissar war aufrichtig froh, daß nicht er in der Nacht über dieses Gewirr von Gräben und Pfaden hatte stolpern müssen, und zeigte Mitgefühl. »Kein leichter Job«, meinte er.

Vor ihnen noch mehrere hundert Meter Felder, dann stieg das Gelände an. Zuerst über von Menschenhand geschaffene Terrassen, die jeden Berghang im ländlichen China zu säumen scheinen. Dann aber kamen nur noch Felsen. Ein verfallenes Gemäuer am Fuße des Berghangs schien das Ziel des Mannes gewesen zu sein.

»Ist das nicht der alte Tempel der Familie Li?« fragte Wang.

»Ja.«

»Was ist dort jetzt drin?« Vor 1949 besaß jede größere Familie einen eigenen Ahnentempel. Nach der Revolution hatte Mao befohlen, diese für praktischere Zwecke der Allgemeinheit zu nutzen.

»Dort wird jetzt Mais gelagert«, antwortete der Polizeichef. »Wir haben schon nachgesehen. Dort ist er nicht.«

»Er war nicht dort, als Sie gesucht haben. Vielleicht tun Sie es noch einmal.«

Der Polizeichef knurrte. Wang wußte nicht, ob das Zustimmung oder Ablehnung bedeutete. Zielstrebig ging er auf den Bau zu.

Der alte Tempel zeigte nur noch wenige Spuren früheren Glanzes. Von dem geschnitzten Dachgebälk war alle Farbe abgeblättert, und das Holz verrottete. Die Dachziegel, die einmal teures Steinzeug gewesen sein mußten, waren gestohlen und durch Plastikplanen ersetzt. Ein einziges gehörntes Fabeltier war von der Gruppe zurückgeblieben, die einst den Tempel behütet hatte, ein einsamer Posten, von der fliehenden Armee verlassen. Die Tür, früher eine schöne Schnitzarbeit, bestand nur noch aus rohen, billigen Brettern. Sie war mit einem Vorhängeschloß gesichert.

»Wir haben keinen Schlüssel«, sagte der Polizeichef mit einer Spur von Schadenfreude in der Stimme.

»Wer hat ihn?«

»Cui Shaobing.«

»Der Chef der Landwirtschaft«, wußte Wang. »Wer noch?«

»Einige Bauern im Ort. Ich weiß aber nicht genau, welche.«

Wang tastete nach dem Dietrich in seiner Tasche. Dann aber sagte er: »Stemmen Sie sich gegen die Tür, ich werde sie eintreten.«

»Aber das ist Vandalismus!«

»Wir ermitteln in einem Mordfall.«

Polizeichef Huang lehnte sich mit seinem ganzen Gewicht gegen die Tür. Sein Kollege aus der Stadt, geübt in der chinesischen Kampfkunst Wushu, setzte einen kräftigen Tritt genau neben das Schloß, der doppelte Druck riß die Schrauben aus dem Holz, und das Schloß baumelte hilflos herab. Die Tür war offen.

Schweigen. Der Polizeichef lugte vorsichtig um die Ecke.

»Er ist nicht hier«, sagte Huang.

»Wir schauen trotzdem mal rein«, kam die Antwort.

In dem Lagerhaus roch es nach Staub. Maiskolben hingen von den Wänden oder waren auf Holzregalen aufgeschichtet wie Granaten. Monatelang schien hier niemand etwas angerührt zu haben.

»Wofür sind die?« fragte Wang und zeigte auf einige Eisenringe, die in die Wände eingelassen waren.

»Die sind aus der Kulturrevolution. Das hier war ein Kuhstall.«

Wang verzog das Gesicht. »Haben sie dort Menschen angebunden oder Kühe?«

»Beides. Aber nicht zur gleichen Zeit.«

Wang suchte nach losen Mauersteinen. Er fand keine. Er ließ seine Taschenlampe über die einst farbenfroh bemalten Dachsparren gleiten, die jetzt grau von Spinnweben waren. Er kroch unter die niedrigsten Maisregale. Er klopfte an die Wandbretter, eines gab nach.

»Was gefunden?«

»Ja. Schauen Sie sich das an.«

Der Polizeichef mußte auf dem Bauch kriechen.

»Oh! Ich hänge fest ... Nein, es geht doch. Was soll das sein?«

»Hinter diesem Brett ist eine Höhle. Schauen Sie mal.«

»Ja? Aber sie ist leer.«

»Eine schlanke Person kann da leicht durchkriechen. Sie scheint die ganze Außenwand entlangzuführen. Vielleicht geht sie auch weiter.«

»Vielleicht. Aber vielleicht auch nicht. Sie glauben doch nicht im Ernst, daß Ma Kai sich hier versteckt hat?«

»Ich weiß nicht«, antwortete Wang. Als einer, den die Ortspolizei immer als ersten verdächtigte, mußte Ma Kai jetzt sehr verängstigt sein. Würde er die Ermittlungen leiten, er hätte als erstes einen Hund in das Versteck geschickt und auf die Uhr geschaut, bis er wieder herauskam. Aber er leitete die Ermittlungen nicht, er glaubte auch nicht an Ma Kais Schuld. Und er hatte ein Interesse daran, daß der junge Mann so lange wie möglich in Freiheit blieb, bis er Wu Weidong etwas Greifbares entlockt hatte, Lian Gang zurückgekehrt war und sich alle anderen Verdachtsmomente in Luft auflösten.

»Ich kann nicht alles selber machen«, sagte der Polizeichef. »Wir haben die Beobachtung des Hauses schon verstärkt. Das nächste Mal kriegen wir den kleinen Bastard.« Abrupt drehte er sich um und setzte seinem Kollegen aus der Hauptstadt beinahe den Fuß ins Gesicht. »Schluß mit der Zeitverschwendung! In Peking habt ihr genügend Leute. Wir hier draußen stehen allein auf weiter Flur. Und das hat seinen Grund. Keiner der großen Leute aus der Stadt will aufs Dorf kommen. Es ist ein Skandal. Oje! Können Sie mal ein bißchen schieben? Ich stecke wieder fest!«

Sechzehntes Kapitel

Ma Kai schaute aus dem Busfenster, als der Wagen hielt. Sofort war er von einer Schar der Verkäufer umringt. Sie hänselten denjenigen, über dem die Langnase neulich ihren Magen entleert hatte.

So wird es auch mir eines Tages gehen, sagte er sich, wenn ich hier blöde Souvenirs verkaufe und vor den Leuten katzbuckele wie der letzte Dreck.

Er schüttelte den Kopf. Wenn er doch nur den Kerl erwischen könnte, der ihn angezeigt hatte.

Aber das war ihm nicht gelungen. So hatte er einen Kumpel gebeten, ihn mit dem Motorrad nach Wentai zu fahren. Und jetzt saß er in diesem Bus nach Jinan.

Ein Händler schrie ihm etwas entgegen. Ma Kai schickte ihn zum Teufel. Der Kerl reagierte nicht einmal. Nein, sagte sich der junge Mann, so wollte er niemals werden. Er war von der harten Sorte. Einer Triade wollte er sich anschließen. Das waren echte Männer. Ein Lächeln huschte über sein Gesicht. Dann hatte er die richtigen Brüder, nicht diese Jammerlappen in Nanping, von denen keiner einen Bruch wagte. Reich wollte er werden. Und eine tolle Frau finden – intelligent und mit guter Figur. Wie er das blöde Gewäsch der Weiber satt hatte, die in der Billardkneipe von Nanping herumhingen. Eines Tages würde er in sein Dorf zurückkehren und eine jener Villen kaufen …

Die Villen brachten ihn wieder auf den Mord, den man ihm anhängen wollte. Seine Familie fiel ihm ein, die er in Nanping zurückgelassen hatte. Sie würde ihm fehlen, sein kleiner Bruder, Mutter und Vater …

Nein, sagte sich Ma Kai. Er würde sie wohl nicht wiedersehen, denn die Polizisten, diese Hunde, erschossen ihn sicher sofort, wenn er auftauchte. Am besten, er fand sich damit ab. In der Provinzhauptstadt wartete eine neue Familie auf ihn. Eine, die er sich selbst aussuchen konnte. Er bekam schon heraus, wer die härtesten Kerle waren. Ihnen wollte er sich anschließen. Sicher stellten sie ihn auf die Probe, aber die bestand er natürlich. Kein Problem.

Die plötzliche Stille im Bus riß Ma Kai aus seinen Gedanken. Er blickte auf. Ein Polizist stieg ein.

Vor Schreck drehte es Ma Kai fast den Magen um.

Ruhig Blut, sagt er sich. Das war die erste Prüfung.

Der Polizist ging langsam durch den Bus und schaute sich jeden Fahrgast genau an. Suchte er … Das war doch offensichtlich!

Ma Kai fühlte sich am ganzen Körper wie gelähmt. Diese Angst war stärker, mächtiger als jede Droge, die er bisher ausprobiert hatte. Der Kerl kam immer näher, Reihe um Reihe blickte er in gleichmütige, unschuldige Gesichter.

Ruhe bewahren.

Nein, wenn ich sitzen bleibe, bin ich tot.

Mit einem Sprung war der junge Mann durch das Fenster geflogen und landete im Staub neben dem Bus. Geschrei erhob sich, aber schon war er auf den Füßen und rannte davon. Jemand versuchte sich ihm in den Weg zu stellen. Er fegte ihn beiseite. Wenn er erst bei der Mauer war …

Ein Schuß krachte. Ma Kai fuhr ein stechender Schmerz ins Bein, und er verlor das Gleichgewicht. Als er zu Boden stürzte, waren auch schon mehrere Leute über ihm.

»Ihr Schweine!« schrie er, dann drückte einer sein Gesicht in den Staub.

Der Weg zur Villa des Sekretärs war Wang nun fast schon zur Gewohnheit geworden. Und daß er dort keine Menschenseele vorfand.

Er fluchte, als er wieder vor dem Tor stand. Seit man Ma Kai verhaftet hatte, lief ihm die Zeit noch schneller davon. Er wühlte in seinen Taschen nach einer Zigarette, aber die letzte Packung war leer. Er lief den Weg bis zum Ende hinauf, dann wieder zurück, in tiefes Nachdenken versunken. Als er erneut am Tor war, öffnete er es kurz entschlossen und ging hinein.

Das Schloß war kein Problem. Einen Augenblick später stand er im Haus.

Alles kam ihm so bekannt vor. Wu Weidong und seine Partnerin hatten nichts verändert. Nur den Teppich, auf dem der tote Sekretär gelegen hatte, hatte man weggeräumt. Wang ging nach oben und öffnete noch einmal den Schreibtisch. Die Papiere waren fort. Ohne Zweifel der Polizeichef. Die offiziellen Dokumente hatte er sicher dem stellvertretenden Sekretär Yao gegeben.

Das Schlafzimmer wirkte öde und leer. Im Schrank hingen einige Sachen, darunter die, die Wu Weidong und Francine bei der Trauerfeier getragen hatten. Bei dieser Entdeckung atmete er erleichtert auf. Offenbar waren sie doch nicht für immer verschwunden.

Wang fiel ein, daß in Sekretär Wus Wohnzimmer ein Telefon stand. Er ging hinunter und rief in Peking an. Räder-Zhai war an seinem Platz.

»Hallo, Anzhuang«, sagte er. Seine Stimme klang nicht sehr erfreut.

»Nichts Neues, nehme ich an?«

»So ist es. Ich habe jetzt 584 Lian Gangs auf der Liste. Keiner von ihnen hat in Shandong gekämpft. Und den Sergeanten Han Haotong gibt es vielleicht gar nicht.«

»Möglich ...«, sagte Wang.

»Du klingst nicht sehr überrascht.«

»Ich weiß doch, daß du alles versuchst. Kannst du mir noch ein paar Telefonnummern besorgen? Die von Wu Weidong in Jinan. Du sagtest doch, er sei in eine neue Wohnung gezogen. Dort hat er bestimmt Telefon. Und dann noch die Nummer seiner Arbeitsstelle.«

»Telefonnummern? Ist das alles, was du willst? Heute scheint ja mein Glückstag zu sein.« Wang hörte im Hintergrund das Keyboard klappern. »Übrigens«, fuhr Zhai schon viel munterer fort, »hätte dein Assistent am Freitag beinahe das ganze System abstürzen lassen.«

»Lu?«

»Genau der. Er kann es nicht erklären. Er sagt, er hätte eine ganz normale Suchaktion gestartet und dabei ›den falschen Knopf gedrückt‹.«

»Das sieht ihm ähnlich. Aber kämpfen kann er.«

»Wenn du ihm sagst, auf wen er eindreschen soll. So, da haben wir's. Telefonnummern sind eine meiner leichtesten Übungen ...«

Wang rief zuerst bei der Provinzverwaltung in Jinan an. Nein, Wu Weidong war nicht da. Er hat wegen eines Trauerfalls um Urlaub gebeten. Schlimme Sache, sein Vater ist ermordet worden, wissen Sie. Wahrscheinlich von einem Einbrecher. Wozu haben wir eigentlich die Polizei? Als der Vorsitzende Mao noch lebte, konnten brave Bürger nachts ruhig in ihren Betten schlafen ...

In der Wohnung nahm keiner ab.

Wang ging wieder in Wus Arbeitszimmer hinauf und suchte weiter nach Spuren. Nichts. Auch unten zog er noch einmal alle Schubladen auf. Nichts. Er kontrollierte das Schlafzimmer, alle Taschen in den Sachen, die ...

Plötzlich hörte er draußen einen Motor brummen. Dann Reifen quietschen. Der Wagen hielt. Wang trat vorsichtig ans Fenster und spähte hinaus. Es war der blaue Toyota.

Zwar hätte er sich das Gespräch unter anderen Umständen gewünscht, aber die Freude über Wu Weidongs Rückkehr überwog alles andere. Sie wurde noch größer, als Wang feststellte, daß der junge Mann allein gekommen war. Er verließ das Arbeitszimmer und schlich auf Zehenspitzen in den Schlafraum hinüber, wo ein großes Fenster auf den Rasen hinausging. Die Höhe betrug etwa drei Meter, kein Problem für einen Mann wie Wang. Als er den Fensterknauf drehte, hörte er, wie sich ein Schlüssel im Schloß drehte. Als das Fenster quietschend aufging, öffnete Wu Weidong die Tür. Als er auf das Fensterbrett kletterte ...

Wu Weidong stieß einen lauten Fluch aus.

Einen Augenblick wollte Wang seine Absicht aufgeben und hinunterlaufen, um zu sehen, worum es ging. Aber er überlegte es sich, kletterte hinaus und sprang.

Fünf Minuten später hörte Wu Weidong es an der Tür läuten.

»Wang Anzhuang?« fragte der junge Mann erstaunt in die Sprechanlage und wischte sich mit einem Taschentuch über die Augen. »Der Sohn von Onkel Wang? Ja, kommen Sie doch herein. Entschuldigen Sie, ich bin selber gerade erst eingetroffen. Treten Sie näher. Nehmen Sie Platz.«

Wang tat, wie ihm geheißen. Auch der Gastgeber setzte sich. »Was für ein schrecklicher Verlust«, begann Wang. Das war nicht die beabsichtigte Eröffnung, aber der wahre Meister des Schachspiels läßt nach dem ersten Zug alle vorgefaßten Pläne fallen. Und gewinnt doch.

»Ja«, sagte Wu Weidong mit tieftrauriger Stimme. Wenn Wang nicht gewußt hätte …

»Man braucht Zeit, um über so etwas hinwegzukommen«, sagte Wang. »Mein Vater ist vor 30 Jahren gestorben, und ich muß immer noch an ihn denken. Besonders wenn ich hier in Nanping bin.«

»Ja …«, antwortete Wu Weidong langsam und starrte mit leerem Blick vor sich hin. Wang betrachtete die hellen Flächen an den Wänden, wo die Bilder gehangen hatten. Wenn dieser Mann schuldig war, wo mochten die Rollen jetzt sein? Er wollte es schon herausbekommen.

»Unsere Väter haben viel für das Dorf getan«, fuhr Wu Weidong fort. »Sie sind nach Peking gegangen und haben dort bei der Polizei Ihren Weg gemacht. Aber ich habe in meinem Leben rein gar nichts erreicht.«

»Etwas schon«, entgegnete Wang. »Sie haben einen schönen Wagen! Jetzt liegt mir meine Frau ständig in den Ohren und will auch einen haben.«

Auf Wu Weidongs Gesicht erschien ein verlegenes Lächeln.

»Ich weiß, wie Sie dazu gekommen sind«, fuhr Wang fort.

Wu Weidong blickte erstaunt auf, doch nur für einen Augenblick. Dann wirkte er beschämt, aber auch erleichtert. Es war diese merkwürdige, passive, gottergebene Art von Erleichterung, die Wang schon oft bei Delinquenten erlebt hatte, wenn die Wahrheit endlich heraus war.

»Sie haben ihn von Ihrem Vater, nicht wahr, Weidong? Und der hat ihn als Geschenk von der Baugesellschaft bekommen, die 1988 die Straße nach Wentai baute, richtig?«

»Ja ...«

»Sie haben ihn darum gebeten, stimmt's? Den gehorsamen Sohn gespielt, um dafür belohnt zu werden. Obwohl Sie wußten, daß er damit gegen seine Grundsätze verstieß.«

Weidong nickte. Wang hielt sich zurück, denn er spürte, daß der Sohn des Sekretärs ihm etwas sagen wollte. Er irrte sich nicht.

»Es war nicht leicht mit meinem Vater. Er ging schnell in die Luft, und wenn er sich einmal eine Meinung von einem Menschen gebildet hatte, dann war nichts mehr zu machen. Meine Mutter und meine Schwester hat er regelrecht vertrieben. Ich glaubte, ich hätte eine Gegenleistung verdient, weil ich bei ihm geblieben war. Ich brauchte sie auch. Der verdammte Job, den er mir in Jinan besorgte, hat mir gar nichts gebracht.«

»Immerhin haben Sie damit Francine beeindruckt.«

»Erinnern Sie mich nicht an die. Vater hatte recht. Sie war nur hinter meinen Beziehungen und meinem Geld her.«

»Für mich sind Huren genauso respektabel wir die, die sie aushalten.«

Wu Weidong schüttelte nur den Kopf.

»Sie haben vor kurzem einen großen Kredit aufgenommen?« fuhr Wang fort.

»Ja.«

»In Erwartung einer weiteren Schmiergeldzahlung an Ihren Vater, die er dann an seinen einzigen, aber geldgierigen Sohn weitergeben sollte?«

»Ja.«

»Von der Baufirma Yap Seeow in Shanghai. Ich habe mit dem Direktor, Herrn Yip, gesprochen.«

Wu Weidong ließ den Kopf hängen, dann warf er Wang einen angsterfüllten Blick zu.

»Keine Sorge«, fuhr der Kommissar fort. »Ich habe ihn nicht bedroht. Er ist ein praktisch eingestellter Geschäftsmann, kein Gangster.« Wang lachte leise. »So praktisch, daß er mir sofort ein Angebot für Peking machte. Sehr verlockend. Ich weiß, was es heißt, eine Frau mit Ansprüchen zu haben. Aber ich fürchte, Rosina und ich werden in absehbarer Zeit weiter mit dem Bus an die Große Mauer fahren müssen.«

»Und mich wird man ins Gefängnis stecken, vermute ich.«

»Das kommt darauf an. Wir sind mit unserer Geschichte noch nicht fertig. Herr Yip wußte noch nicht, daß Ihr Vater tot ist. Er machte sich Sorgen um seinen Vertrag. Er hat längere Zeit nichts von Ihrem Vater gehört. Sein Konkurrent, Herr Li von Sheng He, wußte auch nichts von den Vorgängen hier, war aber wesentlich besserer Stimmung. Ihr Vater hat in der letzten Zeit ausführlich mit ihm gesprochen. Von seiner Seite war der Vertrag so gut wie unterzeichnet. Er hat mir aber kein Schmiergeld angeboten. Ebensowenig Ihrem Vater. So hatten Sie wohl nicht gewettet.«

Auf Wu Weidongs Gesicht malte sich Entsetzen. Wang schwieg und ließ seine Worte wirken.

»Sie denken doch nicht …«, stöhnte Wu Weidong schließlich auf. »Du glaubst doch nicht … Doch, du glaubst es! Du Schweinehund!« In heller Wut stürzte er sich auf den Kommissar.

Handgreiflichkeiten zwischen Polizisten, die mehrere Kampfkünste beherrschen, und untrainierten Schreibtischhockern sind in der Regel eher kurz. Auch diese war keine Ausnahme. Im Handumdrehen saß Wu Weidong wieder in seinem Sessel. Er schluchzte wie ein Kind – geplagt von

Furcht und Scham, nicht von körperlichen Schmerzen, die ihm zuzufügen nicht nötig gewesen war.

»Gerade wird ein junger Mann wegen des Mordes verhört«, sagte Wang, als Wu Weidong sich wieder so weit unter Kontrolle hatte, daß er ihm zuhören konnte. »Polizeichef Huang wird ganz andere Methoden anwenden als ich. Und dann wird man einen Unschuldigen erschießen. Ich will wissen, wie es wirklich war.«

»Ich habe meinen Vater nicht umgebracht.«

»Beweisen Sie es.«

»Ich war an jenem Abend mit Francine zu Hause.«

»Nur Sie beide?«

»Ja.«

»Sie könnte Ihre Komplizin sein. Kein besonders gutes Alibi.«

Wu Weidong dachte nach. »Und wenn ich bei meiner Ehre schwöre ...«

»Nicht viel wert, nach einer gelungenen und einer versuchten Gaunerei.«

»Stimmt.« Weidong seufzte tief. »Wenn es so steht, dann können Sie mich auch gleich festnehmen. Ich bin zwar unschuldig, aber wofür soll ich jetzt noch leben? Das Auto muß ich verkaufen, um den Kredit für die Wohnung zu bezahlen. Meine Arbeit ist futsch. Und was immer Sie von Francine halten, ich habe sie geliebt ...« Er hielt Wang die Hände hin, als wollte dieser ihm bereits Handschellen anlegen.

Wang sah seinen geschlagenen Schachpartner lange an, bevor er sprach. »Ich kann Sie nicht verhaften«, sagte er schließlich. »Ich bin nur ein Urlauber, der sich hier eingemischt hat. Und Sie werden Ihren Job nicht verlieren, wenn Sie einfach am Montag wieder im Büro auftauchen. Francine werden Sie verwinden, denke ich. Sie haben sie nicht gerade feurig verteidigt, als ich ihre Ehre in Frage stellte. Wenn Sie ein ehrliches Leben anfangen, werden Sie sicher eine bessere Frau finden.«

Siebzehntes Kapitel

Wang saß wieder auf der Terrasse, sah zu, wie die Sonne unterging und notierte etwas in seinem Buch.

»Wu Weidong war es also nicht«, meinte Rosina, die ihm über die Schulter lugte.

»Nein, wenn ich auch nur die geringste Menschenkenntnis habe.«

»Und Francine kommt ebenfalls nicht in Frage«, fügte sie mit Enttäuschung in der Stimme hinzu.

»Kaum. Sie hat doch jetzt ein Alibi.«

»Bleibt nur noch unser Herr Lian.«

»Einer von 584 Personen dieses Namens.«

»Wen hast du noch in deinem Buch?«

»Auf der nächsten Seite steht Lehrer Zhang. Er hat so merkwürdig reagiert, als ich ihn das erste Mal aufsuchte. Aber ich glaube nicht, daß er der Mörder ist.« Wang berichtete auch von dem Verhör durch Polizeichef Huang.

Sie hörte aufmerksam zu. »Er mochte Sekretär Wu nicht gerade, stimmt's?«

»Stimmt. Aber ich sehe keinen Grund ...« Wang verstummte plötzlich.

»Gib es endlich zu!« brüllte Polizeichef Huang.

»Ich kann nicht«, antwortete Ma Kai.

»Du kannst. Und du wirst es auch.«

Der Junge verstummte. Einen ganzen Tag und eine Nacht hatte er durchgehalten. Wie lange noch?

»Ich glaube, du hast bis jetzt nicht ganz begriffen, worum es hier geht, Ma Kai. Deine Diebstähle sind schlimm genug, aber ein Mord ... Wenn du der Kugel entgehen willst, kann nur ein volles Geständnis dir noch helfen.«

»Ich habe niemanden umgebracht.«

»Aber die Bilder hast du doch gestohlen!«

»Nein.«

»Du lügst.«

»Ich habe gesagt, nein.« Ma Kai spürte, wie verzweifelt seine Stimme klang. Vielleicht sollte er den Diebstahl besser auf sich nehmen. In seinem Alter erhielt er dafür sicher nur einige Jahre Umerziehungslager, vor allem wenn sie ihm nichts weiter anhängen konnten. Aber die andere Sache ...

»Lüg mich nicht an«, sagte Huang. »Es nützt dir nichts. Du spielst mit deinem Leben.«

»Ich bin unschuldig«, wiederholte Ma Kai niedergeschlagen. Aber es klang schwächer als zuvor.

Polizeichef Huang lehnte sich zurück. Der Fisch zappelte am Haken. Jetzt brauchte er nur noch vorsichtig die Schnur einzuziehen.

Der Mann von der Schädlingsbekämpfung kam durch die Felder zum Haus der Zhangs und klingelte am Tor.

»Niemand zu Hause«, sagte ein Nachbar im Vorübergehen.

Weiß ich doch, dachte Wang bei sich. »Oh«, sagte er laut, »das ist aber schade. Bei uns ist eine Beschwerde eingegangen, daß die Ratten wieder überhandnehmen. Wir müssen alle Häuser in der Umgebung kontrollieren.«

»Lehrer Zhang ist den ganzen Tag in der Schule, und seine Frau kommt nicht vor Mittag zurück.«

Wang reagierte verstimmt. Der Nachbar ging weiter.

Als er verschwunden war, holte Wang seine Dietriche hervor, wählte den passenden aus und steckte ihn ins Schloß. Es klickte, und er brauchte nur noch die Klinke niederzudrücken.

Der Stapel Comics lag immer noch auf dem Wandbord im Wohnzimmer. Wang nahm ihn herunter. Auf dem obersten befand sich kein Staub, aber das mußte nichts bedeuten, denn der ganze Raum war peinlich sauber. Er begann zu lesen.

Auftrag erhalten handelte von Vietnam, von dem Krieg, an dem Wang selbst teilgenommen hatte. Diesen Krieg hatte nicht Amerika gegen Vietnam geführt, sondern China – im Jahre 1979 um das Grenzland in den Provinzen Guangxi und Yunnan. Wang traute den Vietnamesen nach wie vor nicht über den Weg. Sie hatten es auf die Spratly-Inseln abgesehen, die selbstverständlich zu China gehörten.

»Die Männer traten zum Angriff an, ihre Herzen erfüllt von patriotischen Gefühlen und Liebe zur Partei ...«

Solche Sachen hatte Wang als Junge gelesen und dabei von großen Kämpfen geträumt. Die Realität des Krieges war allerdings ganz anders, das hatte er erfahren müssen. Und doch konnte er auch jetzt nicht verhindern, daß sein Herz schneller schlug, als er in dem Heftchen blätterte. War es Ärger über das falsche Pathos oder heimliche Sehnsucht nach der Welt, wie sie hier gezeichnet war? Aus dem Text hatte man jedenfalls kein einziges Schriftzeichen ausgeschnitten.

Als nächstes nahm sich Wang *Ruhm oder Tod* vor. Wer in der Zhang-Familie las wohl solches Zeug? Sicher niemand. Wahrscheinlich hatte der Lehrer die Heftchen Bauernjungen abgenommen, die sie interessanter fanden als seinen Unterricht. Aber warum hatte er sie mit nach Hause gebracht?

Er sah eines nach dem anderen durch. Kein einziges Schriftzeichen fehlte. Wang öffnete den Schreibtisch des Lehrers.

»Sieh mal an! Schere und Klebstoff.« Er nahm einige Papiere heraus. »Eine Schreibunterlage.« Wang drückte ein wenig von dem Klebstoff auf ein Stück Papier. Mit der Schere schnitt er in ein Blatt, faltete es dann sorgfältig und steckte es in die Tasche. Er wollte dem Polizeichef einen der Drohbriefe abschwatzen und zur Kriminaltechnik nach Peking schicken. Das Ergebnis konnte in wenigen Tagen da sein, wenn er seine Beziehungen spielen ließ.

Wang schaute auf die Uhr. Ein Viertel vor zwölf. Zeit zu gehen.

Rosina kannte sich in den Gassen des alten Dorfes inzwischen aus. Die Kesselflickergasse fand sie diesmal ohne Probleme und klopfte zuversichtlich an die Tür von Nr. 4. Sogleich erschien Anming persönlich mit einem breiten Lächeln.

»Komm rein«, sagte er und geleitete sie in den Hof. »Ich habe gekocht. Nur Teigtaschen, aber mit ganz verschiedenen Füllungen.«

Er ließ sie bei sich eintreten. »Ich mache noch schnell einen Tee.« Rosina schaute sich um. Es sah richtig ordentlich aus – hatte Anming ihretwegen aufgeräumt oder war seine Selbstachtung endlich zurückgekehrt?

»Du hast dich auf der Versammlung sehr anständig verhalten«, sagte Rosina.

»Das war das mindeste, was ich tun konnte«, antwortete Anming aus der Küche. Seine Behausung war so klein, daß man sich von einem Zimmer zum anderen unterhalten konnte, ohne die Stimme zu heben. »Außerdem hasse ich Ungerechtigkeit, das sagte ich schon. Ich mag Fei Zhaoling nicht, und er findet mich auch nicht gerade sympathisch. Aber er ist kein Verräter an unserer Sache.«

»Du magst ihn nicht?« fragte Rosina mit einer Spur von Enttäuschung in der Stimme.

»Nein. Er ist so verbittert über die Vergangenheit, von all den Dingen, die ich dir neulich erzählt habe.«

Anming erschien mit einem Tablett, auf dem ein Teller halbmondförmiger Jiaozi, ein Schüsselchen mit Essig zum Dippen und zwei Tassen Tee standen, von denen eine nun einen Blechdeckel hatte. »Diese Dinge sind vor einer ganzen Generation geschehen. Aber die Menschen können nicht vergessen ...« Er setzte das Tablett ab. »Ich kann ihnen das nicht verdenken. Wir müßten ein Beispiel geben, denn wir haben Schlimmes angerichtet. Warum sollte Fei

Zhaoling vergessen, was ihm und seiner Familie geschehen ist? Ich finde, man sollte den Obelisken abreißen und einen neuen errichten – für all die Menschen, die in der Kulturrevolution, beim Großen Sprung und in den anderen politischen Kampagnen umgekommen sind, die die Menschen in all den Jahren über sich ergehen lassen mußten.«

Anming hielt inne, über sich selbst erschrocken.

»Du mußt es ja nicht gerade Anzhuang sagen, aber ich kann dich durchaus verstehen«, stimmte ihm Rosina zu.

Anming lächelte erleichtert. »Nimm von den Teigtaschen«, sagte er und sah zu, wie sie aß. »Schmecken sie dir?«

»Ja.«

»Schön.« Anming runzelte erneut die Brauen. »Aber ich nehme an, du bist gekommen, um wieder in meiner Vergangenheit herumzustochern. Wo waren wir stehengeblieben?«

»Du hast von einem Geist gesprochen.«

»Ach ja. Du mußt mich für einen richtigen Dorftrottel halten.«

»Durchaus nicht.«

»Mistkäfer nennen sie uns in der Stadt, stimmt's?«

»Ich nicht.« Rosina nahm noch einmal von den Jiaozi.

»Es war nur eine Art Geist.«

»Was für eine Art?«

»Ein lebender. Ein weibliches Wesen aus Fleisch und Blut. Aber etwas muß sie mir gesandt haben. Etwas Böses, Rachsüchtiges, etwas Mächtiges und Allgegenwärtiges. Entweder die Kommunistische Partei oder Yama, der Höllenfürst!« Anming mußte über seinen Witz lachen. Rosina nickte.

»Es handelt sich also um eine weibliche Erscheinung?« vergewisserte sie sich.

»Ja. Und sie ist Xu Yifeng wie aus dem Gesicht geschnitten.«

»Aha. Und was hat sie dir getan?«

»Sie hat mir Fragen gestellt. Über die Kulturrevolution. Immer und immer wieder. Woran ich mich erinnern kann. Was ich getan habe, mit wem und gegen wen.« Er machte eine hilflose Geste. »Kannst du dir vorstellen, wie mir zumute war? All diese Dinge wieder aufzuwühlen, und das in ihrer Gegenwart? Es war wie ein Urteil, dem ich nicht entfliehen konnte. Ein Höllenurteil.«

Rosina erschauerte. Die buddhistische Hölle war ein Ort, wo man die Folter als Kunst zelebrierte. Sie spukte immer noch in der Vorstellungswelt der meisten Chinesen herum, selbst der gebildeten und versnobten Städter. »Warum hast du sie gewähren lassen?« fragte sie.

»Ich weiß nicht. Es war eine Chance, Yifeng wiederzusehen. Sie noch einmal zu begehren. Und ich glaube, ich habe den Schmerz verdient. Außerdem arbeitete sie an einer wichtigen Sache.«

»Was für eine Sache?«

»Ein wissenschaftliches Projekt. Sie untersucht irgendwelche ökonomischen Probleme. An der Fudan-Universität. Ich habe das nach ihrem ersten Besuch von der Polizei nachprüfen lassen, und es stimmt. Sie heißt Ping Li und arbeitet an ihrer Dissertation, in der sie die wirtschaftliche Entwicklung zweier Dörfer in Shandong vergleicht.«

»Warum hat sie sich gerade dich ausgesucht?«

»Das hat der Computer für sie getan. Sie wollte einen typischen Querschnitt der Bevölkerung von Nanping, und ich war eine der Personen, die er aus Gruppe vier auswählte. Gruppe eins sind die Reichen und Gruppe fünf die völlig Mittellosen.«

Rosina runzelte die Brauen. »Und sie hat mit Familie Xu nichts zu tun?«

»Ich habe sie gefragt, wo sie herkommt. Aus Schanghai, sagte sie. Man konnte es an ihrer glatten, geschliffenen Aussprache hören. Ich habe sogar den Mädchennamen ihrer Mutter herausgefunden. Sie heißt Cong, nicht Xu. Aber wenn man sie anschaut ...«

»Ein merkwürdiger Zufall«, sagte Rosina.

Anming schüttelte den Kopf. »Kein Zufall. Höhere Gerechtigkeit. Eine Warnung.« Er schaute seiner gebildeten Besucherin aus der Hauptstadt offen ins Gesicht und sagte ohne eine Spur von Ironie: »Der Höllenfürst Yama hat sie mir geschickt, um mir zu sagen, daß er mich auf seiner Liste hat, wenn ich nicht bald ein besseres Leben anfange.«

Wang und Rosina saßen wieder auf der Terrasse und genossen die Aussicht.

»Was weißt du über die Identifizierung von Personen?« fragte sie unvermittelt.

»Eine Menge«, antwortete Wang.

»Gut. Dann kannst du mir sicher auch sagen, wie exakt sie ist.«

»Durch geübte oder ungeübte Zeugen?«

»Ungeübte.«

»Sehr unexakt. Meistens sehen die Menschen, was sie erwarten oder was sie sehen wollen.«

»Welches von beiden?«

»Das kommt darauf an. In der klassischen Lage des Augenzeugen, der zufällig in eine Sache hineingerät, spielt die Erwartung die Hauptrolle. Wenn er persönlich betroffen ist, kommen Emotionen dazu. Natürlich kann man beides nicht genau voneinander trennen. Das Vorurteil ist zum Beispiel eine Mischung aus Erwartung und Gefühl. Die Zahl der Verbrechen, die angeblich von hochgewachsenen Mandschuren begangen wurden, die sich dann als mittelgroße Pekinger herausstellen ...«

»Wie ist es, wenn man eine ganz bestimmte Person wiedererkennen soll?«

»Genauso. Wenn der Täter in ein, zwei Dingen dem ähnelt, was man sich so vorstellt, dann fügt man den Rest von sich aus hinzu. Besonders, wenn längere Zeit vergangen ist und man den Hergang aus dem Gedächtnis rekonstruieren muß. Warum fragst du?«

»Aus keinem besonderen Grund.«

»Das heißt, aus einem bestimmten. Geht es um den Geist, den Anming gesehen haben will?«

»Nein!«

»Er ist es also. Und er glich aufs Haar ...« Wangs Stimme erstarb.

Rosina sagte nichts, und das Gespräch schien zu versanden. Wang starrte wieder in seine *Räuber vom Liang Shang Moor*, Rosina in ihre Raubkopie von *Die Hälfte des Mannes ist Frau.* Dann sagte Wang: »Der Geist war jung und weiblich, nicht wahr?«

»O je! Meine Mutter hat mir zu Recht geraten, keinen Polizisten zu heiraten.«

»Du mußt mir die Wahrheit sagen, Rosina. Jetzt wirst du gleich wieder von ›Vertrauensbruch‹ reden, und vielleicht hast du sogar recht. Aber er ist mein Bruder. Wir beide müssen ihm helfen. Außerdem kann es da auch noch andere Zusammenhänge geben.«

»Welche anderen Zusammenhänge?«

Wang zog sein kleines schwarzes Notizbuch aus der Tasche. »Der Rote Tiger Zhang ist tot, Sekretär Wu war also der höchste noch lebende Funktionär aus der Zeit der Kulturrevolution. Wenn ich daran denke, was Xu Yifengs Familie damals leiden mußte, dann kocht mir das Blut. Wie mag es da einer Verwandten ergehen?«

»Aber sie ist keine Verwandte.«

»Woher willst du das wissen?«

»Anming hat es nachprüfen lassen.«

»Er hat es nachprüfen lassen?«

»Na gut. Ich sehe schon, ich muß von vorn beginnen.«

Als Rosina mit ihrer Geschichte zu Ende war – Wang kritzelte noch etwas in sein Notizbuch –, ließ sie ihren Blick über die Dächer von Nanping schweifen. Sie begann diesen Ort zu hassen – so gewalttätig und engherzig, wie er war.

Achtzehntes Kapitel

Polizeichef Huang strahlte übers ganze Gesicht. »Wir kommen gut voran. Ma Kai hat die vier Einbrüche vor dem Mord zugegeben.«

Wang mußte sich beherrschen, um keine Reaktion zu zeigen.

»Gegen das letzte Geständnis wehrt er sich noch, aber keine Sorge. Hat er erst eine Tat zugegeben ...«

... dann gesteht er auch Dinge, die er nie begangen hat, dachte Wang bei sich. »Man wird ihn erschießen, nicht wahr?« fragte er.

Der Polizeichef blickte verdutzt auf. »Natürlich! Bei uns geht es zivilisiert zu, wir foltern niemanden zu Tode. Nicht einmal den Mörder eines Parteifunktionärs. Genickschuß, und der Fall ist erledigt. Die Gesellschaft ist wieder ein gefährliches Individuum los.«

»Und wenn er nur ein Einbrecher ist?«

»Er ist nicht nur ein Einbrecher. Und wenn, dann käme Umerziehungslager in Frage.«

Wang nickte. »Ich möchte Sie um einige kleine Gefallen bitten.«

»Nur heraus damit«, sagte der zufriedene Polizeichef.

Der erste, einen der Drohbriefe zu bekommen, die Sekretär Wu erhalten hatte, erwies sich als einfach. Ebenso der zweite.

»Ping Li, Doktorandin, Fudan-Universität Schanghai«, las Huang von einer Karteikarte ab. »Alter: 25. Familienstand: ledig.« Er grinste. »Sieht bestimmt aus wie ein Pferdearsch. So sind diese Intellektuellen. War im Mai hier, blieb ungefähr vier Wochen.«

»Gibt es ein Foto von ihr?«

»Leider nicht.«

»Wo hat sie gewohnt?«

»Bei Yang, wie alle. Außer den wichtigen Persönlichkeiten, natürlich.«

Yangs Pension war nur für Chinesen zugelassen. Die wenigen Ausländer, die sich nach Nanping verirrten, mußten zu Frau Ming den Berg hinaufsteigen und in US-Dollar zahlen. Das Haus war nicht gerade luxuriös, aber Familie Yang achtete auf Sauberkeit, was für Unterkünfte auf dem Lande schon ein Fortschritt war. Als Wang bei der Pension ankam, saß Herr Yang am Empfangstisch und schrieb in seinem Gästebuch, einen Zahnstocher zwischen den Zähnen.

»Fräulein Ping? Ein nettes Mädchen. Ruhig. Hat immer pünktlich bezahlt. War hier mit einer Art Stipendium. Ich weiß zwar nicht, was es in Nanping zu erforschen gibt, aber sie meinte, die Zeitungen hätten über uns berichtet.«

»Sah sie jemandem ähnlich?« fragte Wang.

»Eigentlich nicht.«

»Jemandem aus dem Ort?«

»Nein.«

Wang fluchte innerlich. »Können Sie sich an Familie Xu erinnern?« fragte er schließlich. Diese Art Fragen mochte er überhaupt nicht. Sie kamen jetzt bei Anwälten in Mode, wenn sie einen Zeugen in die Enge treiben wollten. Aber er hatte keine andere Wahl.

»An wen?«

»Die Grundbesitzerfamilie von damals.«

»Keine Ahnung.«

»Fräulein Ping hat Sie also nicht an jemanden von früher erinnert?«

»Nein«, erwiderte Yang. »Ich kann mir Gesichter schlecht merken. Namen schon besser. Einmal hatten wir einen hier, der hieß Zhuang Zhuangzhuang ...«

»Fudan-Universität, Personalabteilung. Was kann ich für Sie tun?«

»Ich möchte mich nach einer Ihrer Doktorandinnen erkundigen.«

»Unsere Akten sind vertraulich.«

Wang überlegte. Ping Li durfte nicht erfahren, daß die Polizei nach ihr gefragt hatte. »Mein Name ist Guo Lingyang. Ich bin Professor an der Universität Chengdu, Kriminologie. Ich habe nur eine kleine Bitte. Sie ist Doktorandin bei Ihnen, weiblich, Name: Ping Li. Ich benötige ihre Heimat- und ihre aktuelle Adresse.«

»Solche Informationen geben wir nicht am Telefon. Welche Fakultät?«

»Wirtschaftswissenschaften.«

»Dort können Sie jederzeit zu ihr Kontakt aufnehmen.«

»Haben Sie den Namen ihres Mentors?«

Die Tasten eines Keyboards klapperten. »Professor Xiao.«

»Das hilft mir sehr ... Es ist doch Ping Li aus Heilongjiang, nicht wahr?«

»Das ist hier nicht vermerkt. Aber ihre Adresse kann ich Ihnen nicht geben. Tut mir leid.«

»Wirtschaftswissenschaftliche Fakultät.«

»Ich möchte gern Professor Xiao sprechen.«

»Er ist in einem Seminar.«

»Wann ist das zu Ende?«

»Um zwölf.« Seiten raschelten. »Aber danach hat er eine Vorlesung.«

»Kann ich ihn vielleicht in der Mittagspause erreichen?«

»Von zwölf bis zwei ist er in der Vorlesung, dann kommt eine Delegation aus der Inneren Mongolei. Er ist ein sehr gefragter Mann ...«, fügte die Assistentin stolz hinzu.

»Das kann ich mir vorstellen«, meinte Wang in bewunderndem Ton. »Kennen Sie eine Ping Li? Eine Doktorandin des Professors?«

»Nein. Sie soll von unserem Professor betreut werden? Ich kenne sie noch nicht alle. Ich bin neu in diesem Job.«

»Kann ich vielleicht mit einem ihrer Kommilitonen sprechen?«

»Ich weiß nicht, wer ihre Kommilitonen sind. Vielleicht kommt sie auch nicht regelmäßig. Das ist bei vielen Doktoranden so.«

»Führen Sie keine Namensliste?«

»Nein. Haben Sie es schon bei der Personalabteilung versucht?«

»Ja«, sagte Wang niedergeschlagen.

Wenn er dieser Sache auf den Grund gehen wollte, dann gab es nur eine Möglichkeit.

Er brauchte fast einen ganzen Tag, um nach Schanghai zu kommen. Mit dem Jeep bis Wentai, dann mit dem Bus nach Jinan und schließlich mit der Eisenbahn nach Schanghai. Die letzten 150 Kilometer sah die Gegend aus wie eine einzige Baustelle. Wenn Nanping glaubte, gerade einen Boom zu erleben ... Nach einer Nacht in einem Hotelzimmer voller Mücken, in der er sich nach seiner Unterkunft bei Frau Ming sehnte, drängte sich Wang mit 150 Studenten in einem Gelenkbus. Einige hielten Händchen, und alle redeten. Nicht, wie Wang erwartet hatte, von der Liebe und dem Sinn des Lebens, sondern von Stundenplänen, die nicht zusammenpaßten, und einem neueröffneten Café. Vielleicht war Schanghais Eliteuniversität doch kein so schlechter Ort.

Eigentlich wollte er niemandem sagen, daß er Polizist ist, aber anders kam er nicht an die richtigen Leute heran. Wir machen das alles erst möglich, dachte der Kommissar bei sich, als ein junger Mann mit rebellisch langer Haartolle, ein Bücherpaket schwingend, vor ihm herlief. Eine Gesellschaft ohne Recht und Gesetz war auch eine Gesellschaft ohne Bildung. Schließlich hatten in der Kulturrevolution die Hochschulen und Universitäten geschlossen.

Nach diesen Gedanken hielt das Universitätsgelände für Wang eine um so größere Überraschung bereit: Mitten drin eine riesige Statue des Vorsitzenden Mao. Solche Denkmäler hatten einst überall in China herumgestanden, waren jetzt aber äußerst selten. Warum hatte man gerade die stehenlassen? Mao hatte nichts von Intellektuellen gehalten. Sollte das eine Warnung an die neue Intelligenz sein, nicht abzuheben? Oder war das Ding nur einfach so massiv gebaut, daß die Schule nicht das Geld hatte, es abreißen zu lassen? Eines war sicher: Der Junge, der gerade am Sockel der Statue mit einem Tennisball übte, wäre vor zwanzig Jahren wohl seines Lebens nicht mehr froh geworden. Heute konnte dieser gedankenlose Frevel Wang nur noch ein Lächeln entlocken.

»Professor Xiao ist beschäftigt«, sagte die Frau am Empfang spitz.

»Ich möchte ihn nur einige Minuten sprechen«, antwortete Wang höflich.

»Das wollten heute schon ein Dutzend Leute.«

Aufseufzend zückte Wang seinen Polizeiausweis.

»Ich hole ihn sofort, Kommissar.«

»Ping Li. Eine unserer besten Doktorandinnen. Sie hat doch nicht etwa Probleme?«

»Nein, aber ich muß sie dringend sprechen. Möglicherweise brauchen wir sie als Zeugin in einem schwerwiegenden Fall.« Der alte Trick funktionierte noch immer. Selbst bei einem Professor der Wirtschaftswissenschaften.

»Im Moment ist sie in Shandong, im Dorf Wushui.« Den Namen hatte Wang noch nie gehört. Er bat den Professor, ihm das Dorf auf der Karte zu zeigen. Es lag noch tiefer in den Bergen als Nanping, aber mit einem Motorrad oder Moped war Wangs Heimatort von dort durchaus zu erreichen. Die Zufahrt war von Norden über den Paß, nicht über die neue Straße. So hätte sie niemand im Dorf sehen müssen, wenn sie tatsächlich zur Villa des Sekretärs gefahren war.

Wang ermahnte sich, keine voreiligen Schlüsse zu ziehen. Statt dessen erkundigte er sich ausführlich nach Ping Lis Forschungsprojekt.

»Die Auswirkungen der Kulturrevolution auf das wirtschaftliche Wachstum«, antwortete der Professor. »Li ist der Meinung, je wilder die Roten Garden in einer Gegend gehaust haben, desto besser habe sich danach die Wirtschaft entwickelt.«

»Ach ja?« meinte Wang erstaunt.

»Es ist eine kühne Theorie, wenn auch etwas taktlos gegenüber uns Älteren. Sie ist der Meinung, Mao habe dadurch viel abgestorbenes Unterholz beseitigt und damit für junge, dynamische Unternehmer in den folgenden Jahrzehnten den Weg frei gemacht. Es ist ein bißchen wie nach dem zweiten Weltkrieg: Vergleichen Sie einmal die Wirtschaftsentwicklung Deutschlands und Japans mit der Großbritanniens. Leider habe ich mich noch nicht selbst gründlich damit befassen können ...«, fügte der Professor hinzu. Und dieser Mann, der angeblich keine Sekunde Zeit übrig hatte, erging sich nun des langen und des breiten über verschiedene Untersuchungen, die man in den letzten Jahren angestellt hatte, über ihre Methodologie, über Fehler bei der Auswahl repräsentativer Beispiele, über die Verläßlichkeit von Informationen und etwas, das stochastische Variation hieß und endlose Probleme zu schaffen schien.

»Haben Sie ihre Adresse?« war alles, was Wang am Ende wissen wollte.

»Natürlich.« Der Professor tippte etwas in seinen Computer. »Wushui, Hauptstraße. Wird wohl die einzige Straße in dem Nest sein.«

»Und ihre Anschrift hier in Schanghai?«

Noch einmal wurde der Computer befragt. »Hong Kou Park Nr. 12, Wohnung 49. Gute Wohngegend.«

»Hat sie dort Telefon?«

»Ich habe die Dienst- und Privatnummern beider Eltern«, sagte der Professor und las sie vor. »Wenn Sie sie in Wushui erreichen wollen, dann müssen Sie beim Parteikomitee anrufen. Das ist das einzige Telefon am Ort.«

In der Ecke sprang ein Apparat an. »Oh, das ist das Fax,

das ich aus London erwarte. Jetzt muß ich mich leider entschuldigen, Kommissar.«

Im brandneuen Viertel am Hong Kou Park war Wang etwas zu früh. Er hatte dort angerufen und sich mit Ping Lis Mutter verabredet. So schaute er sich in Ruhe den Gedenkstein für den Schriftsteller Lu Xun an, der hier stand. Eine Büste und auf dem Sockel eine Kalligraphie in der gebieterischen Handschrift des Vorsitzenden Mao. Der Kommissar mußte an Ah Q denken, die absurde, traurige Gestalt, die Lu Xun geschaffen hatte – ein Mann, der alles glaubte, was man ihm sagte. Den folgenden Gedanken verscheuchte er sofort wieder. Nein, Anming war kein Ah Q.

Dann wurde es Zeit. Nummer 12 lag in einer Seitenstraße und war nicht ganz so elegant wie die Häuser an der Parkanlage, aber zweifellos immer noch teuer. Es gab eine Wechselsprechanlage, einen Fahrstuhl und Läufer auf den Treppen, zumindest bis zur dritten Etage.

Frau Ping erwartete ihn an der Wohnungstür – klein, mit flachem Gesicht. Eine Südchinesin, der hochgewachsenen Xu Yifeng kein bißchen ähnlich.

»Ist mit Li alles in Ordnung?« fragte sie aufgeregt.

»Natürlich«, sagte Wang. Wieder griff er zu dem Trick von der »Zeugin in einem schwerwiegenden Fall« und beobachtete Frau Pings Reaktion.

»Ist sie in Gefahr?«

»Nein, auf keinen Fall«, antwortete Wang.

»Ein Glück. Wollen Sie nicht hereinkommen?«

»Danke, gern.«

Durch eine Diele ging es in ein großes Wohnzimmer. Es war modern im westlichen Stil eingerichtet. Gar nicht nach Wangs Geschmack: Bilder in Rahmen, nicht auf Rollen, Möbel aus leichtem Holz oder Metall, anstelle von Büchern Bildbände.

»Ich mache mir Sorgen um sie – ganz allein an einem so ... äh ... abgelegenen Ort«, sagte Frau Ping.

Wang schüttelte den Kopf. »In Shandong ist sie viel sicherer als in einer Großstadt wie dieser.«

»Das ist möglich. Möchten Sie etwas trinken? Ein Bier? Oder Tee?«

»Professor Xiao sagt, Ihre Tochter hat ganz eigene Ideen«, stellte der Kommissar fest, als er es sich auf dem Sofa bequem gemacht hatte und an einer Tasse Fünf-Drachen-Tee nippte. Geschmack hatte man hier immerhin.

Frau Ping lächelte. »Wir sind sehr stolz auf sie. Sie wissen ja, welch hohes Ansehen die Fudan-Universität genießt. Und daß sie auch noch als Doktorandin dort bleiben kann ... Dabei haben wir überhaupt keine Beziehungen spielen lassen, wissen Sie?«

»Soso ...«, meinte Wang beiläufig.

»Sie war immer die Beste, schon im Kindergarten, dann in der Grund- und Mittelschule. Möchten Sie ein paar Bilder sehen?«

»Ja, gern«, sagte Wang. Die stolze Mutter holte ein Album aus dem Bücherschrank. Wang nahm es und schlug es auf.

Keine Aufnahmen von Li als Kleinkind. Die erste zeigte sie in der weißen Bluse und dem roten Halstuch der Jungen Pioniere.

Vor ihm stand Xu Yifeng in Kindersachen.

Wang mußte ewig auf das Foto gestarrt haben, bevor er wieder Frau Ping ansah.

»Ist sie ... Ihre ...«, fragte er ungläubig.

Frau Ping ließ ein bitteres Lächeln sehen. »Nein«, antwortete sie. »Li ist nicht meine leibliche Tochter. Aber wir lieben sie, als ob sie es wäre.« Sie hielt einen Moment inne. »Mein Mann und ich haben keine eigenen Kinder. Wir haben die kleine Li adoptiert. Damals, am Schwarzdrachenfluß.«

Neunzehntes Kapitel

Ein ohrenbetäubendes Dröhnen riß den Kommissar aus dem Schlaf. Der Nachtzug Schanghai-Jinan rollte über den Jangtse.

Brücke und Fluß schienen kein Ende zu nehmen. Dann war plötzlich alles vorbei, und die Stille kehrte zurück. Für einen Augenblick die reine Glückseligkeit. Aber Wangs Gedanken waren bald wieder bei der Geschichte, die ihm Frau Ping in ihrer eleganten Schanghaier Wohnung am Abend zuvor erzählt hatte. Sie tat so weh wie beim ersten Mal.

»Mitte der fünfziger Jahre waren mein Mann und ich Studenten«, hatte sie berichtet. »Wir waren Intellektuelle und treue Parteimitglieder. Dann startete der Vorsitzende Mao seine Kampagne ›Laßt hundert Blumen blühen, laßt hundert Schulen miteinander streiten‹. Sie werden sich nicht daran erinnern, Kommissar, Sie sind zu jung. Wir sollten Kritik an der Partei und ihrer Führung üben, weil sie neue Ideen brauchten. Jeder gute Vorschlag sollte belohnt werden. Wir glaubten, es sei unsere Pflicht, das zu tun – je schärfer die Kritik, desto besser. Dabei waren wir in Wirklichkeit sehr zurückhaltend, denn wir fühlten uns eng mit der Partei verbunden. Wir schrieben unsere Kritik nieder, schickten sie ab und warteten auf Antwort. Plötzlich war alles ganz anders. Über Nacht. Wer die Partei kritisiert hatte, galt nun als rechtes Element. Mao erklärte, dies seien fünf Prozent der Bevölkerung. Er bestand darauf, daß in jeder Institution eine Liste solcher Elemente angelegt wurde. Dafür gab es Quoten wie in einer Fabrik. Es mußten exakt fünf Prozent sein.

Wir waren unbedeutende Figuren, aber am Ende mußte die Zahl zusammenkommen, und so bekamen auch wir dieses Etikett angehängt. Von nun an waren wir Rechte, Staatsfeinde, Konterrevolutionäre. Wir wurden verhaftet, verhört, festgehalten, später in einen Viehwagen gesteckt und abtransportiert. Wir wußten nicht, wohin es ging, aber wir konnten es uns denken, denn es wurde kälter und kälter. Den letzten Teil der Reise machten wir auf einem Lastwagen der Armee. Durch endlose Kiefernwälder und über Schneefelder fuhren wir zu unserem neuen Aufenthaltsort. Der bestand aus Reihen von Baracken, umgeben von Stacheldraht und Wachtürmen. Natürlich wurden mein Mann und ich sofort getrennt. Schließlich hatten wir in der Vergangenheit miteinander konspiriert. Nur beim Antreten oder wenn wir uns in der Speisebaracke nach dem furchtbaren Fraß anstellen mußten, sah ich ihn manchmal aus der Ferne.

Wir arbeiteten im Wald. Wir fällten Bäume, schlugen die Äste ab, zersägten die Stämme. Bei solcher Kälte stumpft man ab: Manche mußten auf die Bäume klettern, um dort Seile zu befestigen, und fielen dabei herunter. Manche wurden von Bäumen erschlagen, die in die falsche Richtung fielen. Manche stürzten in die große Säge, die meisten wahrscheinlich mit Absicht. Ja, ja, Kommissar, das hat es viel gegeben. Das Leben dort trieb sie dazu: gnadenlose Selbstkritik – in kleinen Gruppen und auf großen Versammlungen. Wer sich oder andere zu verteidigen suchte, wurde herausgeholt, geschlagen, auf Hungerration gesetzt. Man mußte sich selbst total verleugnen, sich von eigenen Gedanken, Träumen, Werten, allem Menschlichen verabschieden. Und dann der Winter ... Die Arbeit mußte weitergehen, aber es war unmöglich. Einmal verschwand eine ganze Brigade im Schneesturm. Wir fanden sie erst im Frühjahr, zusammengekauert, nur wenige hundert Meter vom Lagertor entfernt. Monatelang froren wir in den Baracken, diskutierten Leitartikel der Volkszeitung und hielten Kritikversammlungen ab. *Gestehe deine Verbrechen! Gib deine Fehler zu! Gehorche den Vorgesetzten! Unterwirf dich dem Gesetz!*«

Frau Ping seufzte. »Später erfuhr ich, daß es in anderen Lagern noch schlimmer zuging. Unser Kommandant war kein grausamer Mann. Er bekam Schwierigkeiten, weil wir die geforderten Produktionsquoten nicht brachten. Aber einige der Aufseher waren Sadisten. Das gab es bei Frauen und Männern. Ihre Vertrauenspersonen unter den Gefangenen waren Kriminelle, die uns Intellektuelle haßten. Doch man lernte es, ihnen aus dem Weg zu gehen. Wir überlebten. Das Frühjahr brachte Wärme, aber auch knietiefen Matsch, als der Schnee schmolz. Im Sommer kamen die Mücken. Riesengroße, die wie wild stachen.« Sie rollte ihren Ärmel hoch und zeigte ihm ihren fleckigen Arm. »Man sehnte sich nach der Kälte, die sie umbrachte. Bis die Kälte wieder da war. Allerdings wurde der zweite Winter nicht mehr so schlimm wie der erste. Die Schwächsten waren inzwischen gestorben, und man hatte nicht ständig den Tod vor Augen. Außerdem lernten wir, wie man überleben konnte – körperlich und seelisch. Wir hatten mit unserem ersten Leben abgeschlossen, und es tat nicht mehr so weh. Wir gewöhnten uns daran, von einem Tag zum anderen zu leben.

Die Jahre vergingen. Man verlor jedes Zeitgefühl. Während der großen Hungersnot wurde die Verpflegung noch schlechter, aber wir hatten immer zu essen. Der Winter 1962 war der schrecklichste. Wir konnten jedoch nicht zur Arbeit ausrücken, so kamen wir durch. Eines Tages wurde eine kleine Gruppe, darunter auch mein Mann und ich, in das Büro des Kommandanten bestellt. Wir erwarteten wieder einmal eine kleinliche Strafe, aber er erklärte uns, wir seien frei. Ohne Begründung, ohne Untersuchung. Wir wollten es nicht glauben! Dann fügte er hinzu, wir bekämen kein Geld, um nach Hause zu fahren. Dort gäbe es auch keine Arbeit oder Unterkunft für uns. Wenn wir aber bleiben wollten, könnten wir in kleinere Häuschen mit besserer Heizung umziehen, Verpflegung erhalten und einige Yuan in der Woche verdienen. Ich weiß nicht, ob wir wirklich die Wahl hatten, aber wir entschieden uns zu bleiben.« Frau Ping lächelte. »Sie denken sicher, wir müssen verrückt gewesen sein, aber wir taten das Richtige. Einige Jahre später begann die Kulturrevolution, und neue politische Gefangene kamen an. Viele waren sogenannte alte Rechte, die man schon zum zweiten Mal hierherbrachte. Wir wären sicher unter ihnen gewesen, statt dessen hatten wir nun unser Häuschen, unser Essen, ein bißchen Freiheit und etwas Geld. Viele der Neuankömmlinge der Jahre 66, 67 und 68 gaben auf und starben schon im ersten Winter.

Ich weiß nicht, wann Lis Mutter kam. Ich weiß nur, daß sie sehr schön war. Der Kommandant sah sie eines Tages auf dem Appellplatz, ließ sie wegtreten und bestellte sie in sein Büro. Dort machte er ihr ein unzweideutiges Angebot. Sie werden sicher denken, sie hätte es empört zurückweisen müssen, aber Sie wissen nicht, was es bedeutete, dort zu leben. Ich mache ihr keinen Vorwurf. Er behandelte sie gut. Die anderen Neuankömmlinge haßten sie natürlich, doch die Hälfte starb sowieso bald, was also machte es aus? Das klingt zynisch, doch ich glaube, mein Vorrat an Idealismus war schon nach drei Wochen in Heilongjiang aufgebraucht. Später, das war 1969, glaube ich, kam eine Gruppe der Roten Garden ins Lager und berief eine Versammlung ein, auf der sie den Kommandanten kritisierten. Ich weiß nicht mehr, weshalb, vielleicht wegen der Nichterfüllung der Produktionsquoten. Möglicherweise hegte auch jemand einen persönlichen Groll gegen ihn. Jedenfalls wurde er nicht kritisiert, weil er sich eine Geliebte hielt. Danach war er ein gebrochener Mann, erzählte uns Yifeng. Einige Tage später tauchte eine weitere Gruppe auf, die ihn aus seinem Büro jagte. Man arrangierte es so, daß gerade ein Trupp Häftlinge vorüberkam. Die rissen den Mann förmlich in Stücke.

Yifeng konnte fliehen und versteckte sich in unserem Haus. Sie war schwanger. Sie habe keine Angst vor dem Tod, sagte sie uns, aber sie wollte, daß ihr Kind lebte. Wir erklärten, wir könnten sie nicht schützen. Aber etwas in mir lehnte sich dagegen auf. Vielleicht, weil ich wußte, was das Lagerleben mir selber angetan hatte. Ich sagte, wir könnten sie aufnehmen, bis das Kind geboren sei. Dem neuen Kommandanten wollten wir erklären, sie gehöre zu unserer Familie. Unter den Häftlingen streuten wir das Gerücht aus, sie sei tot.« Frau Ping lächelte. »Unser Plan ging auf. Niemand kümmerte sich um uns, denn wir waren bezahlte Arbeitskräfte. Vielleicht lag es auch daran, daß die Gefangenen, die den Kommandanten getötet hatten, gleich auch noch alle Akten vernichteten. Yifeng jedenfalls brachte ihr Kind zur Welt.

Einmal aber mußte alles herauskommen. Sie ging nur nachts vor das Haus, um etwas frische Luft zu schöpfen und sich Bewegung zu verschaffen. Jedoch einer der Häftlinge aus der Zeit der Kulturrevolution bemerkte sie und meldete es, zweifellos, um ein Stück Brot zu bekommen oder die Erlaubnis, einen Brief nach Hause zu schreiben. Am nächsten Morgen erschienen die Roten Garden und kontrollierten sämtliche Hütten der ›freien‹ Arbeiter. Wir konnten sie noch einmal verstecken, aber wir wußten, daß sie mit Verstärkung zurückkehren würden. Yifeng war uns inzwischen allen ans Herz gewachsen. So heckten wir für sie einen Fluchtplan aus. Wir legten sogar unsere kümmerlichen Ersparnisse zusammen. Aber sie weigerte sich. Sie sagte, wir sollten unser Geld behalten oder es ihrer Tochter zugute kommen lassen. Sie wollte aus eigener Kraft fliehen und ihr Kind später holen. Wir erklärten ihr, daß sie ohne Hilfe nicht weit kommen werde. Sie aber blieb bei ihrer Absicht. Eines Nachts stand sie einfach auf und ging in den Schnee hinaus.

Ich folgte ihr. Sie wußte, daß sie in südlicher Richtung gehen mußte, um in die Provinzhauptstadt Harbin zu gelangen, aber sie wandte sich nach der entgegengesetzten Seite in Richtung Schwarzdrachenfluß. Sie erreichte das Ufer und ging immer weiter. Das Frühjahr hatte schon begonnen. Der Fluß war noch mit Eis bedeckt, aber es taute bereits. Und das Wasser war unsagbar kalt. Ich rief ihr nach, doch sie achtete nicht darauf. Ich mußte stehenbleiben, wartete und horchte in die Nacht hinaus. Dieses Horchen war das Schlimmste. Ich höre noch genau, wie es klang, als das Eis zersprang. Mit einem dumpfen Knall brach es, dann ein Klatschen, als Yifeng in dem Spalt verschwand. Sie gab keinen Laut von sich. Sie versank wie eine Statue.«

Der Nachtzug Schanghai-Jinan ließ seine Sirene hören. Der Ton klang unaussprechlich traurig, so einsam wie eine junge Frau tausend Kilometer von ihrem Zuhause nur sein konnte – in einer Hölle, die wohl Yama selbst ersonnen hatte. Wang stand auf und ging zur Toilette, wo er voll Scham und Zorn mit der Faust gegen die Wand schlug.

»Schon lange habe ich mich nicht mehr so gut gefühlt«, sagte Wang Anming.

»Das freut mich«, erwiderte Rosina.

»Es heißt doch immer, wir sollen die Errungenschaften des Westens für China nutzbar machen. Das ist gar nicht so schwer. Man muß einfach die Wahrheit sagen!«

»So einfach ist das nicht«, antwortete Rosina. »Es ist nur der erste Schritt auf einem langen Weg.«

»Aber was für ein Schritt!« Er lächelte. »In der Küche sind noch mehr von den Jiaozi. Möchtest du den Rest?«

»Natürlich.«

»Und das sagst du nicht nur mir zu Gefallen?«

»Wirklich nicht.«

»Manchmal denke ich, ich könnte daraus ein Geschäft machen. Wenn ich das Geld für meine Felder bekomme, kann ich mir die Gerätschaften kaufen, die ich dafür brauche, und vielleicht sogar einen Helfer anstellen. Auch einen Namen habe ich mir schon ausgedacht: ›Teigtaschen-Restaurant der hundert Variationen.‹ Unser Werbespruch könnte sein: ›Laßt hundert Düfte aufsteigen und hundert Teigtaschen miteinander wetteifern!‹«

Rosina nahm eine von Anmings hundert Variationen,

tauchte sie in das Schälchen mit Essig und aß. Sehr delikat, da gab es nichts zu mäkeln.

»Das heißt, du willst dich nicht mehr gegen die Fischzucht zur Wehr setzen?« fragte sie.

»Für mein neues Projekt brauche ich Geld. Mir gefallen auch einige Leute nicht, die sich inzwischen an unsere Protestgruppe gehängt haben.«

»Fei Baoren wird dich vermissen.«

Anming wurde rot. »Ich bin sicher, sie wird auch weiter ... So gut kenne ich sie doch gar nicht.«

»Sie war sehr beeindruckt, wie du dich neulich für sie eingesetzt hast.«

Das Rot wurde tiefer. »Das war eine Frage des Prinzips.«

»Sie mag Prinzipien. Du solltest mit ihr in Kontakt bleiben.«

»Ja, vielleicht.« Dann schüttelte er den Kopf. »Das Problem ist ihr Vater ...«

»Du bist 44 Jahre alt!«

»Einem Menschen, der so verbittert ist wie er, bin ich bisher noch nicht begegnet. Wenn ich von der Last spreche, die ich mit mir herumschleppe, dann meine ich auch ihn. Geschichte hat nicht nur eine gesellschaftliche, sondern immer auch eine persönliche Seite.«

Rosina wurde nachdenklich. »Vielleicht sollte ich ihn einmal mit etwas westlicher Psychologie behandeln.«

»Unbedingt«, sagte Anming aufgeregt. »Ein bißchen Frieden an seinem Lebensabend hätte der arme Alte schon verdient.« Er spießte eine Teigtasche auf ein Eßstäbchen und bot sie seinem Gast an. »Die ist nach meinem ganz besonderen Rezept gemacht. Ich nenne es Drachenschwanz.«

Sie nahm die Jiaozi und aß. Köstlich.

Mit dem Bus kam Wang vom Bahnhof in Jinan zurück nach Wentai. Von dort schlug er sich per Anhalter nach Nanping durch. Der Fahrer des letzten Wagens, mit dem er das längste Stück fuhr, war ein mürrischer Kerl, der während der vierzig Kilometer kaum drei Worte sprach. Der Kommissar war's zufrieden, denn er hatte über vieles nachzudenken.

Nachdem Frau Ping ihre Geschichte beendet hatte, war sie mit Wang in Lis Zimmer gegangen, wo die Wände voller Bilderrollen hingen. Nach Frau Pings Bericht war Lis leibliche Mutter eine große Kunstliebhaberin gewesen. Die Tochter wußte das aus hinterlassenen Tagebüchern und entwickelte nun ihrerseits ein starkes Interesse an der Kunst. Frau Ping störte das zunächst ein wenig, aber dann fand sie sich damit ab. Wie die meisten ehemaligen Lagerhäftlinge hatte sie gelernt, sich in ihr Schicksal zu fügen und aus jeder Situation das Beste zu machen. So beiläufig wie möglich fragte Wang, wo die Tagebücher geblieben seien. Frau Ping antwortete, Li habe sie mitgenommen. Er fragte, ob sie sie gelesen habe. Sie meinte: »Nur teilweise. Sie sind sehr ausführlich und deprimierend. Wessen Häuser die Roten Garden überfallen, was sie gestohlen oder zerstört hatten, wer von ihnen geschlagen oder im Kuhstall eingesperrt wurde ...« Frau Ping schüttelte traurig den Kopf. »Li nimmt sie überallhin mit. Das ist bestimmt nicht gut für sie, aber was kann ich dagegen tun?«

»Nichts«, hatte Wang geantwortet.

Der Lastwagen hielt, wie gefordert, vor der Polizeistation, wo Wang ausstieg. Er wollte sich erkundigen, ob ein Untersuchungsergebnis zu den Proben eingegangen sei, die er nach Peking geschickt hatte. Es war nichts da. Außerdem bat er um ein Exemplar der Anschuldigungen gegen Ma Kai, die Polizist Kong gerade mit dem für ihn charakteristischen gemessenen Tempo tippte. Auf dem Weg zurück ins Gästehaus bog Wang noch einmal zum Kuhstall ab.

Das Schloß war repariert, aber er hatte es im Handumdrehen geöffnet. Wang legte sein Jackett ab, kniete nieder und zwängte sich noch einmal unter die Regale mit den Maiskolben ... Das Versteck war genau dort, wo er es erwartet hatte. Es enthielt sogar die Kalligraphie, die Herrn Chu gestohlen worden war. Natürlich nichts von Sekretär

Wus Sachen. Das war aber kein Beweis für Polizeichef Huang, der nun sicher behaupten würde, Ma Kai habe diesen Teil der Beute eben anderswo versteckt.

Rosina war nicht da. Wahrscheinlich saß sie wieder bei Anming. Wang war es recht, denn er wollte allein sein. Lange Zeit starrte er ins Leere, sah endlose Züge von Männern und Frauen durch den Schnee stapfen. Männer und Frauen, die nichts Schlimmes verbrochen hatten, die in diese Einöde geraten waren, weil das Hirn eines Mannes eine Quote, eine sinnlose Zahl in die Welt gesetzt hatte. Das Hirn eines einzigen Mannes ... Erst als die letzte Reihe der Gefangenen vor seinem inneren Auge verschwunden war, konnte er sich wieder der Gegenwart zuwenden.

Dieser Mord. Ein weiteres Mal stellte er sich die Hauptfragen des Falles. Wen hatte der Sekretär an jenem Abend erwartet? Jemanden, auf den er sich freute und der dann zu seinem Mörder wurde? Wenn ja, wer konnte das sein? Welche Rolle spielten die Bilder bei der ganzen Sache? Waren sie nur eine Finte oder mehr? Hatten sie einst Familie Xu gehört? War es Zufall, daß Xu Yifengs Tochter wenige Monate vor dem Tod des Sekretärs in Nanping auftauchte? Wie immer in solchen Fällen nahm sich Wang Papier und Bleistift und begann Diagramme zu zeichnen. Im Zentrum Sekretär Wu, um ihn herum Verdächtige, Fakten, Uhrzeiten, Taten, Verbindungen ... Der Papierkorb, den sich Wang herangezogen hatte, füllte sich zusehends mit zerknüllten Blättern. Einige seiner Diagramme (wenn auch nicht alle) liefen auf Ping Li zu.

Wang ließ die Blätter sinken und schaute aus dem Fenster. Es war schon Nachmittag. Hatte er wirklich die ganze Zeit gearbeitet? Ja, und das war bei ihm nichts Neues. Wenn es in einem Fall auf die Lösung zuging ... Zum Handeln war es für heute allerdings zu spät. Darüber war er froh. Denn im Grunde stand ihm überhaupt nicht der Sinn danach.

Unvergessen: die Helden der Revolution.

Wang las die Inschrift im Licht des scheidenden Tages. Der Militärdienst fiel ihm ein, die Kameraden, die im Kampf gefallen waren, manche direkt an seiner Seite. Das höchste Opfer, das ein Mensch bringen kann. Wieder mußte er an die Häftlinge denken, hörte das Trappeln ihrer Schuhe, dann die Schritte einer einzelnen Frau, die aufs Eis hinausging, das Knacken der Schollen unter ihren Füßen, die warnten: Geh zurück aufs feste Land! Vor deinen Füßen wartet der Tod! Wang holte eine billige Zigarette örtlicher Produktion aus der Tasche und entzündete sie mit einem Streichholz, das aufflammte wie eine Fackel. Er sog gierig den Rauch ein wie ein Kind die Muttermilch. Auch Xu Yifeng hatte sich geopfert. Für einen anderen Menschen, nicht für ein abstraktes Ziel.

Wenn das Mädchen Sekretär Wu umgebracht hat, dann muß sie dafür bestraft werden, dachte Wang bei sich. Er wiederholte den Satz mehrere Male, um zu sehen, ob er sich seines Sinnes entleerte, wie es bei Losungen passiert. Das geschah nicht. Es hob seine Stimmung aber auch nicht, wie es bei großen Wahrheiten geschieht. Es war einfach etwas, woran man als guter Polizist zu glauben hatte. Es war genug.

Er rauchte die widerwärtige Zigarette zu Ende und trat sie auf dem Beton aus.

Zwanzigstes Kapitel

Am nächsten Morgen lieh Polizeichef Huang Wang bereitwillig eines seiner Mopeds. Den Verbrecher Ma Kai hatte er fast so weit. Wenn er kapitulierte, während der Polizist aus Peking sich irgendwo in der Provinz herumtrieb, um so besser. Damit wäre nur noch eindeutiger, daß er, Huang Guo, den Fall ganz allein gelöst hatte.

Rosina war von Wangs Ausflug nicht begeistert. Immerhin erwartete ihn das fünfundzwanzigjährige Ebenbild von Xu Yifeng. Wer weiß, welche Tricks eine solche Frau anwandte, wenn sie sich in die Enge getrieben fühlte? Daher war sie nachts im Bett besonders zärtlich zu ihrem Mann gewesen, so daß er am Morgen mit ehrlich bedauerndem Blick von ihr schied. Aber ihre Unruhe blieb. Am besten, sie beschäftigte sich mit etwas, das sie forderte und ordentlich ablenkte. Also machte sie sich auf zum Krankenhaus, wo sie Fei Baoren zu treffen hoffte.

Den Kommissar bewegten zwiespältige Gefühle. Das Moped lief gut und bewältigte die holprigen Wege mit Leichtigkeit. Die Aufgabe, die ihn am Ziel erwartete ... mußte erledigt werden.

Das Moped rumpelte die Hauptstraße des Dorfes Wushui hinauf und hielt vor dem Parteikomitee. Man sah sofort, daß man in ein armes Nest geraten war. Der Boden trocken und steinig. Die Häuser Katen aus Holz oder bröckelnden Ziegeln. Die Kinder, die zusammenliefen, um den Neuankömmling zu bestaunen, wären mit ihren schäbigen Sachen selbst im alten Dorf von Nanping aufgefallen. Das Parteikomitee war das einzige solide Bauwerk im Dorf. Wang stieg ab und klopfte an die blechbeschlagene Eingangstür.

»Treten Sie ein, Genosse Wang«, sagte eine alte Frau im Mao-Anzug. »Wir haben Ihre Nachricht erhalten. Sekretär Fang ist leider gerade auf den Feldern unterwegs, aber ich kann Sie zu der jungen Frau bringen.«

»Wir wissen gar nicht recht, was die bei uns will«, sagte die Frau (wie sich herausstellte, Sekretär Fangs Mutter), als sie die ausgefahrene Straße entlanggingen, gefolgt von einer Horde zerlumpter Dorfkinder.

»Ich denke, sie forscht.«

»Was soll es denn hier zu forschen geben?«

»Sie ist Ökonomin.«

»Da geht es doch nur ums Geld, nicht wahr? Vielleicht sollten Sie ihr sagen, daß sie sich den falschen Ort ausgesucht hat. Wir haben keins. Da ist das Haus.«

Wang bemerkte mit Interesse, daß vor der Tür ein Moped parkte. Er konnte sich bessere Dinge vorstellen, als mit so einem Vehikel nachts über die holprigen Wege zu fahren, aber sicher war das möglich. Er klopfte an die Tür.

»Hallo«, sagte eine Stimme mit Schanghaier Akzent.

»Wer ist da?«

»Jemand will Sie besuchen«, sagte Frau Fang, »von – woher kommen Sie?«

»Von der Polizei«, sagte Wang.

Drinnen wurde es still. Nach einer langen Weile ging die Tür auf.

Zwar hatte man Wang Fotos gezeigt, aber Xu Yifengs Tochter in voller Lebensgröße wirkte auf den Kommissar wie ein Schock. Er brachte kein Wort heraus.

»Kommen Sie doch herein«, sagte der Geist.

Frau Fang war die Enttäuschung anzusehen, daß sie von dieser Begegnung nun nichts mehr mitbekommen sollte, ebenso den Kindern, die im Halbkreis um sie herumstanden. Aber Wang dankte ihr und folgte Ping Li in ihr zeitweiliges Domizil.

Die junge Doktorandin bewohnte, wie wahrscheinlich fast alle Familien des Dorfes, nur ein einziges Zimmer.

Darin standen ein Tisch, zwei Stühle, ein Ofen und der Kang, das gemauerte und heizbare chinesische Bett. An der Wand hing ein Rollbild mit einer klassischen Landschaft.

»Ist alles in Ordnung?« fragte Ping Li, als Wang die Tür hinter sich geschlossen hatte. »Ist meinen Eltern etwas passiert?«

»Nein.«

»Uff, da ist mir gleich wohler. Nehmen Sie doch Platz. Entschuldigen Sie das Durcheinander. Was führt Sie zu mir?«

»Ich komme aus Nanping«, sagte Wang.

Ping Lis Gelassenheit war wie weggeblasen. »Ist dort etwas geschehen?«

Wang zeigte ihr seinen Polizeiausweis. »Sagt Ihnen mein Name etwas?«

»Ach so.« Sie schien sich wieder etwas zu entspannen. »Sie sind Wang Anmings Bruder.«

«Stimmt. Er trinkt immer noch, wissen Sie?«

»Das tut mir leid.«

»Tatsächlich?«

Ping Li lächelte. »Sie kennen also die Geschichte?«

»Ja. Der Tod Ihrer Mutter. Das Tagebuch, das sie Ihnen hinterlassen hat.«

»Dann können Sie sich vielleicht vorstellen, was ich fühle.«

»In gewisser Hinsicht, schon. Ihre Mutter war eine ehrenhafte Frau.«

Ping Li sah ihn durchdringend an. »Das denke ich auch«, sagte sie nach einer Weile. »Aber ich bin überrascht, so etwas von einem Beamten der Öffentlichen Sicherheit zu hören.«

»Das Leben ist voller Überraschungen«, sagte Wang mit einem Lächeln.

Ping Li, die sicher gelernt hatte, lächelnden Polizisten zu mißtrauen, sah skeptisch drein. »Was wollen Sie von mir?«

»Ich möchte Ihnen ein paar Fragen stellen. Sagen Sie mir, wen Sie noch ›gejagt‹ haben.«

Die junge Wissenschaftlerin nannte bereitwillig ein paar Namen. »Lehrer Zhang war nicht dabei?« fragte Wang schließlich. »Immerhin war sein Onkel der Anführer der Roten Garden.«

»Es leben noch genug Leute, die selber mitgemacht haben, da muß ich mich nicht an die nächste Generation halten. Ich weiß, das ist nicht sehr chinesisch. Der Vorsitzende Mao gab keine Ruhe, bis nicht die ganze Familie eines Gegners bestraft war. Aber ich möchte nicht sein wie er.«

»Und ein Bauer namens Chu? Chu Youming.«

Ping Li schaute betreten drein. »Ach ja. Der. Mit ihm hatte ich nicht viel im Sinn. Kein Grund dafür.« Sie war ganz rot geworden.

»Und der Parteisekretär des Dorfes, Wu Changyan?«

Auf diesen Namen reagierte sie kaum. »Natürlich habe ich ihn aufgesucht. Er hat mich nicht einmal erkannt. Es hatte also keinen Zweck, vor ihm Xu Yifengs Geist zu spielen.« Ping Li schüttelte den Kopf. »Außerdem war er an der Verfolgung meiner Familie wohl nicht beteiligt. Zwar hatte er auch während der Kulturrevolution Funktionen inne, blieb aber meist hinter seinem Schreibtisch hocken. Manche wenden sich selbst gegen solche Menschen, aber mir geht es um die, die direkt an den Untaten beteiligt waren.«

»Er hat die Kulturrevolution genutzt, um seine Kunstsammlung aufzubauen«, sagte Wang vorsichtig. »Indirekt war er also ...«

»Das stimmt zweifellos«, meinte Ping Li beiläufig. »Er besaß einige schöne Sachen.«

»Die ursprünglich Ihrer Familie gehörten?«

»Leider nicht.« Ping Li schüttelte den Kopf. »Sie haben recht, ich hatte so etwas erwartet. Aber ich fand bei ihm nichts dergleichen. Auch bei anderen nicht. Offenbar haben der Rote Tiger Zhang, der Vorsitzende Mao und Ihr Bruder ganze Arbeit geleistet, als sie das Eigentum meiner Familie zerstörten. Wie sie selbst.«

Wangs Miene verdüsterte sich, aber so leicht ließ er sich nicht ablenken. »Ich glaube Ihnen nicht. Ich denke, Wu besaß acht Stücke aus Ihrer Familiensammlung.«

»Nein! Er hatte nicht ein einziges. Mutter hat jedes Bild in ihrem Tagebuch in allen Einzelheiten beschrieben. Sekretär Wu besaß keines davon.« Das klang aufrichtig.

»Und Herr Chu?« fragte Wang. Ping Li verneinte verlegen und wurde dabei wieder rot. Daraus schloß Wang, daß sie wohl eine schlechte Lügnerin, aber keine Mörderin war. Ihm wurde etwas leichter. Nur etwas.

»Erzählen Sie mir von Ma Kai«, sagte er.

Nun bekam Ping Li große Augen; sie rang nach Luft und schüttelte heftig den Kopf. »Ich weiß nicht, von wem Sie sprechen!«

»Wenn es Ihnen die Sache erleichtert: Die Einbrüche hat er bereits zugegeben«, sagte Wang.

»W-welche Einbrüche?«

Wang mußte jetzt nur den Mund halten und sie lange genug anstarren. Als sich ihre Miene schließlich lockerte, sagte er: »Erzählen Sie mir, wie Sie ihm begegnet sind.«

»Beim Billard. Eines Abends saß ich in meinem Zimmer in dieser lausigen Pension und las irgendeine akademische Arbeit über ... Ich weiß nicht mehr, was es war ... Und mir wurde langweilig. Ich zog also das einzige sexy Outfit an, das ich dabei hatte, und schlenderte durch das Dorf, bis ich einen Ort fand, der mich interessierte. Ich ging hinein. Alle Jungs starrten mich an. Kai traute sich als einziger, mich anzusprechen. Ein Wort gab das andere ... Schauen Sie nicht so schockiert, Herr Wang. Studenten sind langweilig, das Uni-Leben ist langweilig – schließlich haben wir nicht mehr den Pekinger Frühling. Ja, ich habe mit Ma Kai geschlafen, und es hat mir sogar Spaß gemacht!«

Wang, der weniger schockiert war, als es vielleicht den Eindruck machte, sagte darauf nur: »Und dann haben Sie mit ihm die Einbrüche geplant.«

»Nein! Hat er das behauptet?«

»Ich habe nicht mit ihm gesprochen.«

»Woher wissen Sie dann das von ihm und mir?«

»Ich habe es mir gedacht. Das ist mein Job. Sagen Sie, welche Rolle Sie bei den Einbrüchen gespielt haben.«

»Und dann nehmen Sie mich fest?«

»Nein.«

Li war ehrlich verblüfft. »Ich habe dabei keine Rolle gespielt. Mein einziger Tip für ihn war Herr Chu.«

»Nur der?«

»Ja.«

»Sie lügen schon wieder.«

»Okay, ich habe ihn gebeten, die Kalligraphie zu stehlen. Sie hat uns gehört. Es war das einzige Stück, das ich im ganzen Dorf gefunden habe. Ist es denn ein Verbrechen, sich Diebesgut zurückzuholen? Für diese Ratte Chu war es doch nichts anderes. Er hatte es sich über Tiger Zhang und diesen Niemand Ting besorgt. Dem hätte ich auch gern einen Schrecken eingejagt! Aber der war leider schon tot.«

»Erzählen Sie mir von Ihrem Besuch bei Sekretär Wu.«

Wieder Erstaunen. »Das war langweilig. Wir saßen und redeten. Über Dinge, die man bei solcher Gelegenheit diskutiert – Politik, Geschichte, Wirtschaft ... Für einen Mann ohne Ausbildung kannte er sich ziemlich gut aus.«

»Das war in seiner Wohnung?«

»Ja. Ein schönes Haus.«

»Er ließ Fremde nicht gern ein.«

»Das hatte ich gehört. Deshalb habe ich noch einmal die Sachen von dem Billardabend angezogen, als ich ihn in seinem Büro aufsuchte und um einen Termin bat. Als ich ihn dann in seinem Haus besuchte, kam ich in einem uralten Mao-Anzug.« Sie lächelte. »Er war bestimmt enttäuscht, aber er gewährte mir das Gespräch. Als Mann nehmen Sie mir das sicher übel.«

Wang schüttelte den Kopf. »Wir alle müssen das nutzen, was wir haben. Erzählen Sie mir von Wus Bildern.«

»Da gibt es nicht viel zu erzählen. Es waren keine von uns. Mehr kann ich dazu nicht sagen.«

Wieder errötete Ping Li. Waren es nun doch ihre Bilder? Nein: Die Lüge betraf offenbar ihren zweiten Satz.

»Sie sind aber gestohlen worden«, sagte Wang.

»Nicht von mir. Oder Kai.«

»Aber Sie wissen, wer es gewesen sein könnte.« Wang bemühte sich, seine Stimme nicht triumphierend klingen zu lassen.

»Nein. Wieso?«

»Vielleicht, weil Sekretär Wu von dem Dieb getötet wurde und weil man Ma Kai im Moment den Mord anhängen will. Die Polizei wird in Kürze ein falsches Geständnis aus ihm herausgeholt haben, wenn ich nicht bald den wahren Mörder finde.«

Ping Li sagte lange nichts. Dann plötzlich: »Sie lügen.«

»Warum sollte ich?«

»Weil Sie Polizist sind. Was wollen Sie wirklich?«

»Die Wahrheit. Und daß Ma Kai nicht für ein Verbrechen hingerichtet wird, das er nicht begangen hat.«

»Was kann Ihnen das schon bedeuten?«

»Vielleicht mag ich keine Ungerechtigkeit.«

»Pah! Ausgerechnet ein Polizist!« Ping Li warf ihm einen verächtlichen Blick zu, schaute dann weg und verstummte. Auch Wang sagte nichts. Er dachte darüber nach, wie schlecht die Beziehungen zwischen intelligenten jungen Leuten und den Kräften von Recht und Ordnung doch waren. Dann trat ihm wieder vor Augen, welches Ende die Mutter dieser Frau genommen hatte. Er zog das Blatt mit den Anschuldigungen gegen Ma Kai hervor und gab es ihr.

»Wenn Sie mir nicht die ganze Wahrheit sagen, wird dieser junge Mann sterben. Wie ein Tier, auf den Knien zusammengekauert, die Hände auf dem Rücken gefesselt. Seine Familie bekommt sogar eine Rechnung für die Kugel.«

Ping Li starrte lange auf das Blatt. Dann begann sie zu

weinen. Nach einer langen Weile sagte sie – nicht zu Wang, sondern in den Raum hinein, zu jemandem, den nur sie kannte: »Vergib mir.« Unter Schluchzen berichtete sie: »Er war so gut zu meiner Mutter. Sie saßen zusammen in dem Kuhstall. Er half ihr bei der Arbeit, gab ihr zu essen, war immer für sie da. Seine eigene Frau war gestorben …« Sie blickte den Polizisten mit flehendem Kinderblick an. »Es waren die Bilder seiner Familie. Ich habe ihm davon erzählt. Dieser Schweinehund Wu, der so ehrenhaft tat, hat sie die ganzen Jahre besessen, und er wußte nichts davon …«

»Wie kamen Sie darauf, daß sie ihm gehörten?« fragte Wang langsam. Jeder Triumph war aus seiner Stimme gewichen, obwohl er nun den Mörder kannte.

»Aus den Tagebüchern. Meine Mutter hat mehrere Sammlungen beschrieben, nicht nur unsere. Sie wußte, was damit geschehen würde. Sie hoffte, später möge jemand wie ich kommen und der Gerechtigkeit zum Durchbruch verhelfen. Statt dessen …«

Das junge Mädchen war völlig in Tränen aufgelöst. Wang mußte an Rosina denken, dann streckte er seine Hand nach ihr aus, zum Zeichen, daß er mit ihr fühlte.

Einundzwanzigstes Kapitel

»Du bist also bereit, ein Geständnis abzulegen, Ma Kai?«

»Ja.«

»Gut. Ich wußte, daß du zur Vernunft kommen wirst.« Polizeichef Huang warf dem jungen Gefangenen einen Blick zu und gestattete sich ein kleines Lächeln. »Du wirst staunen, wie viel besser du dich fühlst, wenn du uns alles gesagt hast.«

»Werde ich dann glücklich sterben?«

»Ich könnte für mildernde Umstände plädieren. Erzähl mir jetzt deine Geschichte.«

»Sie wissen doch, daß es keine gibt.«

»Fang nicht wieder damit an. Nicht jetzt, da du dich endlich entschlossen hast. Du hast einen Einbruch im Haus von Sekretär Wu geplant.«

Ma Kai senkte den Kopf. »Ja.«

»Du bist dort eingebrochen.«

»Ja.«

»Aber du hast nicht gefunden, was du suchtest. Nur Bilder.«

»Ja.«

»Und dann ... Los, Ma Kai. Das ist für dich selber wichtig. Du weißt doch, wie die Dinge stehen. Wie ging die Geschichte weiter?«

Der junge Mann blickte sich um. Durch ein winziges Gitter in einer Ecke fiel Tageslicht in den Vernehmungsraum. Wenn er jemals die Sonne wiedersehen wollte, wußte er, was er zu tun hatte.

»Okay. Ich hatte mich gerade im Wohnzimmer umgeschaut, als ich ein Geräusch hörte. Von oben. Das Haus hat doch zwei Stockwerke?«

»Das weißt du ganz genau.«

»Gut, der Alte hatte offenbar oben geschlafen. Ich dagegen glaubte, er sei ausgegangen. Bei meinen Einbrüchen schaue ich immer erst nach, ob der Besitzer auch nicht zu Hause ist. Diesmal war ich wohl etwas zu sicher gewesen. Jedenfalls ist er aufgewacht. Und die Treppe heruntergekommen, um nachzusehen. Was habe ich gemacht? Ich habe versucht, mich zu verstecken. Hinter dem Sofa? Ja. Er kam ins Zimmer. Die Bilder hatte ich schon abgenommen. Er wußte also, daß ich sie klauen wollte. Er sagte: ›Ich weiß, daß du noch hier bist. Ich bring dich um.‹ Er holte eine Pistole aus der Tasche und sah überall nach. Das Sofa war zuletzt an der Reihe. Er kam näher, in der einen Hand die Pistole, mit der anderen zog er das Sofa von der Wand fort ...«

»Dann hast du ihm einen Schlag versetzt, Ma Kai.«

»Ja, ich habe ihm einen Schlag versetzt. Mit ...«

Huang seufzte. »Einem schweren, stumpfen Gegenstand.«

»Aha. Auf den Kopf?«

»Du weißt es doch, Ma Kai. Dieser Blödsinn bringt dir gar nichts ein.«

Jetzt war es an dem jungen Mann zu seufzen. »Ich schlug ihn auf den Kopf«, fuhr er mechanisch fort. »Für mich war das Selbstverteidigung. Dann merkte ich, daß ich ihn getötet hatte. Ich bekam einen furchtbaren Schreck und rannte weg. Die Bilder nahm ich mit, obwohl ich wußte, daß ich keine Chance hatte, sie zu verkaufen.«

Die letzte Bemerkung ignorierte Huang. Er schrieb das Geständnis zu Ende. »Unterschreib hier. Das kann dir das Leben retten.«

»Kann ...?«

Der Chef rief nach dem Polizisten Kong. »Schaffen Sie das Stück Dreck hier raus.«

Bis er wieder in Nanping war, hatte Wang den Hergang klar im Kopf. Er überquerte den Schlangenpaß und hielt noch einmal kurz an, wo der Weg zum Gästehaus abzweigte. Dann fuhr er ins Dorf hinunter. Nur keine Zeit verlieren.

Er rollte auf den Hof der Polizeistation, parkte das Moped vor der Tür und ging hinein. Polizeichef Huang war im Büro. Er sah richtig glücklich aus.

»Ich habe es!« verkündete er.

»Was?«

»Das Geständnis dieses kleinen Wichsers.« Er reichte ihm ein maschinengeschriebenes Blatt. Es war mit »Ma Kai« unterzeichnet. »Lesen Sie, Wang.«

Wang nahm und las. Einen Augenblick zitterte seine Hand, dann aber erschien auf seinem Gesicht ein breites Grinsen. »Es ist falsch«, sagte er.

»Falsch? Was meinen Sie damit? Er hat unterschrieben. Er hat es mir vor einer halben Stunde diktiert!«

»Und was ist mit dem Licht im Arbeitszimmer?«

»Scheiß doch auf das Licht. Hier heißt es, daß er den Sekretär getötet hat.«

»Das Licht war an. Jeder Dieb hätte das bemerkt. Der Raum ist einzusehen, man sieht, ob jemand drin ist. Und was soll das hier: ›... dem Sekretär mit einem schweren, stumpfen Gegenstand einen Schlag versetzt?‹«

»Das ist ein Geständnis, verdammt noch mal. Wenn Sie so schlau sind, Wang, dann sagen Sie mir doch, wie es wirklich war.«

Das tat der Kommissar in aller Ausführlichkeit.

Als er zu Ende war, schüttelte Polizeichef Huang den Kopf. »Dafür haben Sie kaum einen Beweis«, sagte er dumpf. »Es ist lediglich eine Version. Eine interessante zwar, aber nicht mehr. Das Mädchen kann doch gelogen haben. Sie ist eine Intellektuelle, auf die ist sowieso kein Verlaß.«

»Wollen Sie mitkommen und es nachprüfen? Schließlich haben Sie sich bei Ma Kai ja voll verausgabt.«

»Mehr als das!«

»Wenn Sie mitkommen, und meine Geschichte stimmt,

dann ist das gut für Sie«, sagte Wang. »Ich will Ihnen nicht die Show stehlen.«

Der Polizeichef überlegte. Nach einer Weile sagte er: »Also, gut.«

Polizeichef Huang schritt voran zum Haus des Mörders – einen langen morastigen Weg entlang, der erst zwischen hohen Mauern und dann durch Felder führte. Sie überquerten einen Bach und gingen dann einen mit Steinplatten belegten Pfad hinauf. Als Huang gebieterisch ans Tor schlug, legte Wang seinen Finger an die Lippen und sagte: »Vorsichtig.«

Von drinnen fragte eine Stimme, wer da sei.

»Wang Anzhuang«, antwortete Wang.

»Oh.« Die Tür ging auf. Wang hatte Fei Zhaoling noch nie zuvor von Angesicht gesehen, nur Rosina und gerade erst Ping Li hatten ihn beschrieben. Ihre Schilderung schien zu stimmen. »Fei Zhaoling?« fragte er, um sicherzugehen. Der Mann nickte.

»Sie sind verhaftet!« Es war der Polizeichef, der diese Worte hervorstieß. Er hatte bisher, für den Hausherrn unsichtbar, an der Mauer gelehnt, jetzt aber trat er ins Licht. Die Tür schlug augenblicklich zu.

»Sind Sie verrückt geworden?« rief Wang.

»Sie sagten doch, er sei des Mordes verdächtig. Da ist es meine Verantwortung, ihn festzunehmen.«

»Erst hätten wir ihm ein paar Fragen stellen müssen!«

»Das können wir auch auf dem Revier tun. Auf alle Fälle hat er sich der Verhaftung entzogen, was für sich genommen bereits ein Verbrechen ist. Den hole ich mir!«

Nein, das ist genau das Falsche, wollte Wang einwenden, aber der Polizeichef trat schon mit seinem schweren Schuh gegen das Schloß. »Hören Sie auf damit!«

Huang trat weiter. Wang packte ihn am Arm und zerrte ihn weg. Der Polizeichef wandte sich zu seinem Kollegen um und holte gegen ihn aus. Aber mitten in der Bewegung hielt er plötzlich inne und grinste verlegen.

»Entschuldigung. Ma Kai hat mich völlig geschafft ...«

»Helfen Sie mir über die Mauer«, sagte der Kommissar. »Dann schauen Sie hinten nach, ob er flüchten will.«

Der Polizeichef verschränkte die Hände, Wang setzte seinen Fuß hinein und zog sich an der Mauer hoch, die den Hof der Familie Fei umgab.

»Passen Sie hinten auf«, ermahnte der Kommissar seinen Kollegen noch einmal und war verschwunden.

Wang landete im vorderen Gang des Hofes. Er wußte, wie der Hof angeordnet war, denn die meisten Anwesen in China folgten diesem Schema – ein rechtwinkliger Gang führte vom Tor um die Geistermauer herum in das Rechteck des Hofes, an allen drei Seiten des Vierecks (in der Regel nach Norden, Osten und Westen) befanden sich Zimmer. Er wußte, daß er rasch handeln mußte. So hatte er es sich nicht vorgestellt, aber nun mußte er Fei Zhaoling ergreifen, so lange der Schock noch wirkte. Er hielt nur inne, um nach der Qigong-Regel einmal tief durchzuatmen, dann bog er um die Ecke. Was er da erblickte, erschreckte ihn tief.

Fei Zhaoling war bewaffnet. Er hielt einen alten Browning in der Hand. Dessen Mündung ruhte am Kopf einer Geisel. Einer Frau. Es war Rosina.

Wang erstarrte zur Salzsäule. »Wie bist du ...?« stammelte er.

Fei Zhaoling lächelte. »Das haben Sie nicht erwartet, was, Genosse Goldkokarde?«

Wang rang immer noch nach Worten.

»Ihre gute Frau ist gekommen, um mit mir zu reden. Sie wollte mir Hilfe anbieten für mein – wie haben Sie es genannt?« Fei Zhaoling hielt Rosina den Mund zu, war also nicht unbedingt an einer Antwort interessiert.

»Lassen Sie sie los«, sagte Wang.

»Weshalb?«

»Sie hat mit der ganzen Sache nichts zu tun.«

»Sie hat damit zu tun. Sie ist Ihre Frau. Und sie ist Parteimitglied wie Sie. Sie hat zu tun mit der Partei und damit, was die unschuldigen Menschen antut.«

»Hier geht es um die Vergangenheit. In Ihrer Vergangenheit hat Rosina keine Rolle gespielt.«

Fei Zhaoling lachte wieder. »Dafür spielt sie eine Schlüsselrolle in meiner Gegenwart.«

Rosina wollte sich ihm entwinden, aber er nahm sie nur noch fester in den Griff. Wang bereitete es große Mühe, sich nicht auf ihn zu stürzen, doch der Alte hatte die Waffe.

Wie war das in der Ausbildung gewesen? Regel Nummer eins: Nicht aufhören zu sprechen.

»Was wollen Sie?«

»Meine Freiheit. Freies Geleit nach Taiwan. Aber Ihre Leute stehen ja sowieso nicht zu ihrem Wort, oder?«

Regel Nummer zwei: Keine Zusicherungen geben.

»Nein«, fuhr Fei Zhaoling fort, »ich sehe Ihnen an, daß sie nicht dazu stehen werden. Das heißt also, Tod zu meinen Bedingungen. Was bedeutet, ich nehme zwei Parteimitglieder mit.«

Wangs Hirn arbeitete wie besessen. »Ich halte meine Versprechen«, sagte er.

»Was soll das bedeuten?«

»Damit meine ich, daß es zu dieser absurden Szene niemals gekommen wäre …«

»Ihr Kumpel Huang sieht uns sicher schon durchs Fenster zu.«

»Dazu ist er nicht schlau genug. Lassen Sie sie los!«

Rosina ließ einen unterdrückten Schrei hören. Sie versuchte etwas zu sagen, wieder und wieder. Zwei Silben …

Natürlich! »Denken Sie an Ihre Tochter«, sagte Wang. »Denken Sie daran, was Baoren bevorsteht, wenn Sie uns umbringen.«

Fei Zhaoling überlegte einen Augenblick, dann sprach er. »Sie sind doch schon sicher, daß ich einen Parteifunktionär ermordet habe. Die arme Baoren wird sowieso leiden. Wie bisher. Für euch Mistkerle von der Partei ist sie doch keinen Pfifferling wert.«

»Das stimmt nicht. Warum wäre dann meine Frau hergekommen, um mit Ihnen zu reden?«

»Sie wollte mich aushorchen.«

»Für wie dumm halten Sie mich! Glauben Sie, ich schicke erst eine Spionin, und dann folgt ein solcher Auftritt? Lassen Sie sie los, und wir reden wie vernünftige Menschen miteinander. Um Baorens willen.«

Fei Zhaoling schüttelte wieder den Kopf. Dann schaute er zum Ostzimmer hin, wo seine Tochter diese farbenfrohen Gardinen aufgehängt hatte. Rosina spürte, wie sich der Griff um ihren Kopf ganz langsam lockerte.

Sie riß sich los und rannte zu ihrem Mann, der die Arme weit öffnete, um sie aufzunehmen und zugleich Fei Zhaoling zu zeigen, daß er nicht die Waffe zog. Der beobachtete die ganze Szene mit kalter Verachtung und hielt weiter den Browning auf sie gerichtet, damit sie nicht vergaßen, wer hier das Sagen hatte.

»Setzen Sie sich. Getrennt. Mindestens einen Meter.«

Wang und Rosina folgten seiner Anordnung.

»Strecken Sie die Hände nach vorn. Gut.« Fei Zhaoling schaute auf die Pistole, dann auf seine beiden Gefangenen und wieder zurück. Die Szene gefiel ihm offenbar. »Ihr Vater hat mich zum reichen Bauern gestempelt«, sagte er schließlich. »Er hat mir das Land weggenommen, mich gezwungen, auf den Feldern meiner Familie wie ein Sklave zu arbeiten, hat mich Tag und Nacht bespitzeln lassen.«

»Er hat sie geschützt«, erwiderte Wang. »Andere Funktionäre hätten Ihre Familie als Großgrundbesitzer eingestuft und weggesehen, wenn der Mob kam, um zu rauben und zu töten.«

»Später ist er sowieso gekommen.«

»In der Kulturrevolution? Da war mein Vater schon tot. Das hätte er nie zugelassen.«

»Er war mein erster Peiniger. Es waren seine Partei und

ihr Führer, die die Kulturrevolution vom Zaune brachen. Wissen Sie überhaupt, wie das war?«

Regel eins. »Erzählen Sie es mir«, sagte Wang.

Der ehemalige »reiche Bauer« schaute wieder auf seine Waffe. »Na schön. Stellen Sie sich dieses Haus vor 28 Jahren vor. Ich war damals ein junger Mann, Baoren ein kleines Mädchen und ihr Großvater noch am Leben. Es ist Abend. Auf dem Nordplatz hat soeben eine Großkundgebung stattgefunden, wo unser ›Fall‹ auf der Tagesordnung stand. Wir wissen, was uns erwartet, und so kommt es auch. Wir hören Stimmen Losungen rufen, die ich heute noch hersagen kann: *Es lebe der Vorsitzende Mao! Es lebe die Große Proletarische Kulturrevolution! Tod allen Machthabern, die den kapitalistischen Weg gehen!* Bald haben sie das Haus umstellt. Sie verlangen, daß wir ›herauskommen und für unsere Verbrechen bezahlen‹. Sie schreien, daß sie Benzin dabei haben und das Haus in Brand stecken werden. Dann folgen keine politischen Losungen mehr. Sie schreien nur noch ›Tötet sie! Tötet sie! Tötet sie!‹ Was meinen Sie, wie man sich dabei fühlt?«

Als ehemaliger Soldat hatte Wang durchaus eine Vorstellung, wie man sich dabei fühlte, aber er dachte, wenn er den Kopf schüttelte, werde das den Alten zum Weitersprechen bewegen.

Es funktionierte. »Großvater hat uns gerettet. Er hat uns befohlen, alle Bilder zu holen und damit hinauszulaufen. Stellen Sie sich vor, wie er, ich und selbst die kleine Baoren unsere geliebte Sammlung von den Wänden rissen und, die Arme voller Bildrollen, hinausliefen. Dann öffneten wir die Tür, dieselbe, die ich vor einigen Minuten Ihnen und diesem Schwein Huang geöffnet habe. Damals war es eine riesige Menge von Huangs, alle von blindem Haß erfüllt. Haben Sie jemals hundert Leute gesehen, die Sie umbringen wollen? Diesen Anblick vergißt man nicht.«

Wang schüttelte wieder verneinend den Kopf.

»Großvater wollte dem Anführer die Bilder anbieten«,

fuhr Fei Zhaoling fort. »Er hatte gehört, daß der Parteiboß Kang Sheng ein Kunstsammler sei. Vielleicht sammelte ja auch der Rote Tiger Zhang, oder er wollte sich bei Kang Sheng lieb Kind machen. Statt dessen befahl uns Zhang, die Bilder zu einem Scheiterhaufen aufzuschichten.« Von seinen Erinnerungen überwältigt, schloß der alte Mann für einen Augenblick die Augen. Wang wollte schon handeln, aber Fei Zhaoling hatte ihn bereits wieder voll im Visier. »Sie denken sicher, es sei sentimental, so an Kunstwerken zu hängen. Bürgerlich, reaktionär, dekadent und so weiter. Vielleicht haben Sie recht, aber ich habe diese Bilder geliebt. Ich bin mit ihnen aufgewachsen. In meiner Phantasie bin ich durch diese Landschaften gegangen. Ich habe davon geträumt, wenn ich einer Frau begegnete, die ich wirklich liebte – nicht meiner Ehefrau, die Heirat wurde von den Eltern arrangiert –, dann an einem solchen Flußufer im Sonnenschein. Mit Booten auf dem Wasser.

Der Rote Tiger Zhang meinte, unsere Bilder seien alte, verrottete Kultur und verdienten nur, verbrannt zu werden. Als er schon Benzin darüber gießen wollte, hinderte einer seiner Mitläufer ihn daran und versuchte sie zu retten, wie Großvater gehofft hatte. Zhang erlaubte ihm, einige wegzunehmen – insgesamt acht, genau die, die in Sekretär Wus Haus hingen. Der Rest wurde abgefackelt. Der ganze Stolz einer Familie ging binnen Sekunden in Rauch und Asche auf.

Aber das war nur der Anfang. Wochen später führte man uns in spitzen Ketzerhüten über die Hauptstraße des Dorfes. Dann mußten wir mit nach hinten verrenkten und gefesselten Armen gebeugt am Pranger stehen – Düsenflugzeug hieß diese Stellung. Haben Sie eine Ahnung, wie weh das tut? In den Oberarmen, in den Schultern, im ganzen Rücken? Großvater konnte nie richtig stehen. Dann jagte man uns in den Kuhstall – zusammen mit zwei weiteren Familien und verschiedenen Tieren. Wir lebten wirklich wie die Tiere, arbeiteten wie sie, fraßen wie sie, schliefen wie sie und starben auch wie sie. O ja, wir starben wie das Vieh. Der alte Xu und sein Sohn wurden eines Tages einfach herausgeholt und erschlagen. Ohne jeden Grund. Und Xu Yifeng schickten sie in ein Todeslager.«

Fei Zhaoling schüttelte den Kopf. »Hier hatte ich ihr an einem sonnenüberglänzenden Fluß begegnen und mein Leben mit ihr teilen wollen. Statt dessen traf ich sie in einem Kuhstall wieder. Schließlich wurde sie an einen kalten Fluß geschickt, um von allen verlassen zu sterben. Ermordet von der Kommunistischen Partei Chinas ... Ich schwor Rache, wenn ich auch nicht wußte, wie, wann oder an wem ich sie üben sollte. Diesen Schwur habe ich nie vergessen. Mit der Zeit kam er mir allerdings ziemlich unpraktisch vor, denn schließlich hatte Baoren nur mich.«

»Auch jetzt hat sie nur Sie«, sagte Wang.

»Pech für sie.«

Es wurde still. Schließlich brach der Kommissar das Schweigen. »Erzählen Sie mir auch den Rest der Geschichte.«

»Welchen Rest?«

»Sie wissen, was ich meine.«

Fei Zhaoling warf wieder einen Blick auf seine Pistole und fuhr fort. »Die Kulturrevolution ging irgendwann zu Ende. Ich glaube, es war 1976. Dann wurde es etwas besser. Wenn auch nicht viel. Das Klassenetikett hat man uns nicht abgenommen. Sekretär Wu, Stellvertreter Yao und seine Frau, Ihr Polizeichef Huang – sie alle sorgen dafür, daß wir unsere Klassenherkunft nicht vergessen. Wir haben unsere Bodenrechte zurückerhalten. Baoren hat die Arbeit, die sie wollte. Jeder kann ein bißchen Geld verdienen. Aber das Stigma ist geblieben. 1986 lernte Baoren einen Arzt kennen, sie wollten heiraten. Frau Yao hat der Sache ein Ende gemacht. Das Dorf habe Heiratsquoten, und die seien bereits erfüllt. Von Angehörigen der Klasse der armen Bauern. Ich darf nicht in Weis Fabrik arbeiten. Die Öffentliche Sicherheit hat mir ein negatives Zeugnis ausgestellt. Und dann kam Wu mit seinem Fischzuchtprojekt. Die Felder sind alles, was mir zum Leben geblieben ist. Das bißchen Geld, das ich dafür bekäme, wäre bald zu Ende – bei dieser Inflation und diesen Steuern. Schließlich tauchte Ping Li hier auf …«

Fei Zhaoling krümmte sich, als bereite ihm der Gedanke körperliche Schmerzen. »Beim ersten Mal jagte ich sie weg. Ich habe wirklich geglaubt, sie sei ein Geist. Dann schrieb sie mir einen Brief, der mir die Augen öffnete. Es war, als hätte ich eine zweite Tochter erhalten! Und sie malte mir aus, welchen Spaß es ihr machte, die alten Peiniger ihrer Familie zu ängstigen. Bei einigen ihrer Geschichten haben wir schallend gelacht. Treue Anhänger der Roten Garden, die logen, sich vor Scham wanden oder vor Angst erbleichten. Sie berichtete mir auch, daß sie nach der Kunstsammlung ihrer Familie suchte, aber bisher wenig Glück gehabt habe. Mit meiner, die ihre Mutter in ihrem Tagebuch beschrieben hatte, stehe es besser. Acht Bilder hingen an den Wänden einer einzigen Luxusvilla. Dann sagte sie mir, um welches Haus es sich handelte.

Zunächst mußte ich sie mit eigenen Augen sehen. Das war nicht einfach. Eines Abends beobachtete ich den Sekretär, aber in das Wohnzimmer kann man nicht richtig hineinschauen. Dazu müßte man direkt an das Fenster herantreten. Das wagte ich dann doch nicht, vielleicht hatte er eine Alarmanlage, Scheinwerfer usw. Außerdem kam mir eine bessere Idee. Ich wollte es machen wie Ping Li – mich in das Haus hineinschwindeln. Gesagt, getan. Ich gab vor …« Fei Zhaolings Stimme erstarb.

»… Sie wollten die Umweltgruppe verraten?« vermutete Wang.

Dem alten Mann war das peinlich. »Ich hatte natürlich keinerlei derartige Absicht. Aber warum sollte ich nicht so tun? Man mußte Einzelheiten besprechen, und dazu konnte ich natürlich nicht ins Parteihaus gehen – zum ersten Mal in meinem Leben – oder? Wu fiel darauf herein. Ich ging also zu der Unglücksvilla. Auf der Straße waren nur Lehrer Zhang und ein paar reiche Händler. Vor denen habe ich mich versteckt. Schließlich war ich dort und klingelte. Sekretär Wu, der Mann, der mich jahrzehntelang hatte verfolgen lassen, empfing mich mit einem strahlenden Lächeln, mit Plattheiten darüber, dem Fortschritt zu dienen, die Vergangenheit ruhen zu lassen und so weiter und so fort. Dann bat er mich in sein Wohnzimmer.

Da waren nun unsere Bilder. Nach 26 Jahren sah ich sie wieder. Die Kalligraphie im Stil der Zeit des Kaisers Jiaqing und die Boote auf dem Fluß. Meine Boote! Auf meinem Fluß! Und der Mann, der sie mir im Namen der Gleichheit weggenommen hatte, ließ mich in einem Sessel Platz nehmen, weicher als alles, was ich bisher kannte, goß mir Tee in eine Tasse aus Jingdezhen-Porzellan und bot mir ein erbärmliches Schmiergeld dafür, daß ich alles verraten sollte, was mir teuer war. Er redete und redete von diesem verdammten Fischzuchtprojekt. Dann fragte er mich, warum ich so auf die Wände starre. Ich sagte es ihm. Da log er mir frech ins Gesicht, die Bilder habe er von seinem Großvater.

Das war der Tropfen, der das Faß zum Überlaufen brachte. Diese Lüge und die Art, wie er sie aussprach: Wenn ich etwas sage, dann ist es wahr, weil ich es bin, der Parteisekretär Wu Changyan. Im selben Augenblick sah ich Karl Marx, den Urvater des Ganzen, der von seiner Höhe auf mich herabblickte. Wu wollte mich irgendeinen Wisch unterschreiben lassen. Dazu beugte er sich vor ...«

Fei Zhaoling krampfte die Fäuste zusammen, und sein Gesicht wirkte noch angespannter als zuvor. »Ich hätte nie gedacht, daß ich einen Menschen töten könnte. Aber es war ganz einfach.« Er lief rot an. »Ich habe es sogar genossen. Das war meine Rache. Die ich mir vorgenommen, aber fast vergessen hatte. Für Xu Yifeng, für meinen Fluß, für unsere zerstörte Familie. Für Baorens nicht stattgefundene Heirat, für das Düsenflugzeug, für den Kuhstall, für 30 Jahre Demütigungen und Lügen.« Er schüttelte den Kopf. »Vor allem für die Lügen! Zuerst versucht man sich gegen sie zu wehren, dann mit ihnen fertig zu werden. Schließlich aber sind sie in einem, man findet sich ab und lebt mit ihnen. Ich griff nach Karl Marx, ein dumpfer Schlag, und ich war frei.« Mit der Hand, die nicht die Pistole hielt, vollführte er eine ausladende Geste. »Frei! Ihr wißt wahrscheinlich gar nicht, was dieses Wort bedeutet, Genossen.«

Wang suchte in seinem Hirn verzweifelt nach einer Antwort, die mit Recht und Gesetz zu tun hatte, als plötzlich Rosina sprach. »Ich weiß sehr gut, was Freiheit bedeutet. Sie haben sie in dem Augenblick verloren, als Sie den alten Mann umbrachten.«

Wutentbrannt wandte sich Fei Zhaoling ihr zu. Wang ließ jede Hoffnung fahren. So war es, wenn sich Amateure in die Polizeiarbeit einmischten. »Rosina«, begann er.

»Ich meine genau, was ich sage«, unterbrach sie ihn. »Wären Sie wirklich frei gewesen, hätten Sie Wu mit seinem Ansinnen, seinen Bildern, seiner Fischzucht und all dem anderen zum Teufel geschickt. Statt dessen haben Sie nach seinen Regeln mitgespielt. Sie haben das kleine Scharmützel gewonnen, aber die Partei die ganze Schlacht.«

»Was soll das heißen?« gab Fei Zhaoling zurück.

»Die Partei ist mit Gewalt zur Macht gekommen. Sie hält die Macht mit Gewalt. Nach Jahren gewaltlosen Widerstandes haben Sie jetzt auch dazu gegriffen. Sie haben sich darauf eingelassen. Von wem stammen die Worte: ›Die politische Macht kommt aus den Gewehrläufen?‹«

»Vom Vorsitzenden Mao.«

»Und womit zielen Sie auf uns?«

Fei Zhaoling schwieg betreten.

»Es gibt einen Ausweg aus dieser grotesken Situation«, fuhr Rosina fort. »Einen Ausweg, der Ihnen Ihre Freiheit zurückgibt, der zeigt, daß Sie besser sind als Sekretär Wu, die Yaos und Polizeichef Huang. Und der Vorsitzende Mao. Legen Sie die Waffe nieder, akzeptieren Sie, daß Ihre Tat ein Fehler war, schauen Sie in Ihr eigenes Herz und ...«

Fei Zhaoling war wieder obenauf. »Das ist doch Weibergeschwätz! Sentimentales Zeug ...«

»Ich habe mit Kranken und Sterbenden zu tun«, erwiderte Rosina ruhig. »Da ist für Sentimentalitäten kein Platz. Aber auch nicht für Lügen – ob nun von der Partei oder von sonst wem. Wissen Sie, was die größte Lüge ist?«

Fei Zhaoling schüttelte unwillkürlich den Kopf.

»Sie ist einfach«, fuhr Rosina fort. »Die größte Lüge ist, daß ein Menschenleben nichts zählt, daß man mit schlauen Worten auch einen Mord rechtfertigen kann. Ob die nun von Karl Marx, dem Vorsitzenden Mao oder dem Roten Tiger Zhang stammen. Und jetzt, da Sie durch den Mord an einem alten Mann eine imaginäre ›Freiheit‹ gewonnen haben, auch von Fei Zhaoling. Ein Mord ist okay, weil das und das in der Vergangenheit geschehen, weil die Geschichte so gelaufen ist. Mao und Marx, Lenin und Stalin sagen nichts anderes. Aber es ist nicht okay und wird es nie sein.«

Der Browning begann ganz leicht zu zittern.

»Wenn Sie wirklich etwas gegen all das tun wollen, dann nehmen Sie das Ding da weg«, fuhr Rosina fort. »Wenn Sie abdrücken, dann spielen Sie das alte Spiel weiter. Und all Ihr Widerstand, all die Kämpfe, um Ihre Würde, die Zukunft und den Ruf Ihrer Tochter zu schützen, all das wäre umsonst gewesen. Zweimal abgedrückt, und alles ist vernichtet, wofür Sie je gestanden haben.«

Der alte reiche Bauer sagte eine Weile nichts. »Ist es für das alles nicht ein bißchen spät?« meinte er dann.

»Nicht, solange Sie die Waffe in der Hand haben. Sie hat alles verändert. Sie hat Ihnen eine zweite Chance gegeben, frei zu sein. Wirklich frei.«

»Und dann wie ein Vieh zu sterben.«

»Nein. Wie ein Mensch. Noch haben Sie die Wahl: In Ehre oder in Schande, für Ihre Überzeugung oder gegen sie.«

»Woher wollen Sie wissen, was meine Überzeugung ist?« gab Fei Zhaoling scharf zurück.

»Ich weiß, woran Baoren glaubt«, antwortete Rosina.

»Und ich weiß, wie sehr sie Sie achtet. Nehmen Sie ihr das nicht weg.«

Wie auf ein Stichwort bewegten sich Baorens farbenfrohe Gardinen im Wind. Wie aus einer anderen Welt leuchteten sie in der Sonne.

»Legen Sie die Waffe ab«, fuhr Rosina fort, »und ich werde ihr berichten, wie Sie mit einem Schlag Marx und Mao, den roten Tiger Zhang und die ganze Kommunistische Partei besiegt haben. Sie wird Ihnen in Ihrem Herzen ein Denkmal errichten, gegen das der Obelisk im Schlangental nur ein toter Stein ist.«

Fei Zhaolings Blick ruhte nachdenklich auf der Pistole. Alle seine Ersparnisse hatte er auf dem Schwarzmarkt dafür hergeben müssen und sich dabei so gut gefühlt. Wie ein Freiheitskämpfer. Ein Revolutionär.

»Ihre Tochter liebt Sie«, sagte Rosina.

Die politische Macht kommt aus den Gewehrläufen.

Sagt der Vorsitzende Mao.

»Sie braucht Sie mehr als je zuvor«, sagte Rosina.

Das Hoftor öffnete sich. Polizeichef Huang, der die Szene durch das Fernglas beobachtete, gab dem Polizisten Kong leise einen Befehl.

»Fertig.«

Drei Gestalten traten heraus.

»Was läuft da ab?« fragte Kong.

»Das sehen Sie doch!« fuhr ihn Huang an. »Dieses Weib, Wangs Frau, hilft offensichtlich Fei Zhaoling. Merkwürdig. Eben noch hat er sie mit einer Pistole bedroht, das habe ich durchs Fenster gesehen. Sie sah aus wie eine Tokarew. Er muß verrückt sein. Führen Sie den Befehl aus.«

Der Polizist Kong justierte das Zielfernrohr, mit dem ein Dragunow-Scharfschützengewehr auf mehrere hundert Meter genau trifft.

Er brauchte nur einen Schuß.

Zweiundzwanzigstes Kapitel

Wang und Rosina lagen im Bett. Es war schon heller Vormittag, aber sie wollten nichts anderes tun, als einander festhalten. Nichts anderes, keinen Sex, nur einander nahe sein. Aus dem Nebenzimmer drang ein Geräusch zu ihnen.

»Unser Nachbar ist zurück!« sagte Wang.

»Tatsächlich?«

»Ich muß wissen, weshalb er hier ist. Und was er über den Hinterhalt im Schlangental herausgefunden hat.«

»Wen interessiert das jetzt noch?«

»Ich muß es wissen.«

Wang klopfte an die Tür. Ihm öffnete ein Mann – so faltig und verschrumpelt wie die Orangen aus Hainan, die vor Jahren die einzigen auf dem Markt waren.

»Lian Gang?«

»So heiße ich. Was wünschen Sie?«

»Ich bin der Gast von nebenan. Mein Name ist Wang Anzhuang.«

»Aha«, ließ Lian hören.

Offenbar war er nicht sehr gesprächig. Wang zeigte ihm seinen Ausweis. »Ich möchte Ihnen einige Fragen stellen.«

Lian blickte erstaunt drein. »Kommen Sie doch herein, Kommissar.«

Wang folgte ihm. »Ich nehme an, Sie erforschen die Geschichte des Hinterhalts im Schlangental«, sagte er, als sie sich gegenüber saßen.

Der alte Mann blickte überrascht auf. »Woher wissen Sie das?«

»Das gehört zu meinem Beruf. Aber ich möchte gern mehr darüber erfahren – was Sie herausgefunden haben und von wem.«

»Von wem ...? Das werde ich Ihnen nicht sagen. Warum sollte ich? Worum geht es hier überhaupt?«

»Um Ermittlungen in einem Mordfall.«

»Ach. Wer ist denn ermordet worden?«

»Parteisekretär Wu Changyan.«

Lian Gang erstarrte. »Wann?«

»Vergangenen Mittwoch.«

»Um welche Zeit?«

»Am Abend.«

»Ach so, da war ich schon unterwegs in die Provinz Liaoning. Dort wollte ich ...« Er stockte, denn er brauchte ein Alibi, wollte aber nicht mehr sagen, als der Kommissar ohnehin schon wußte. »... einen Mann namens Han Haotong treffen.«

Das hatte Wang erwartet, daher zeigte er keinerlei Reaktion. »Wer ist Han Haotong?«

»Ein Soldat der Einheit, die damals überfallen wurde.«

»Wie sind Sie auf ihn gekommen?«

»Durch meine Nachforschungen. Ich bin vor kurzem in Rente gegangen und habe beschlossen, dieses Rätsel aufzuklären. Ich habe mich immer für den Bürgerkrieg interessiert. Und ich löse gerne Rätsel. Sie offenbar auch.«

Wang nickte, wenn ihn Lians Geschichte auch nicht vollständig überzeugte. »Was haben Sie von ihm erfahren?«

Lian seufzte. »Nichts. Seine Enkelin hat mir das vorausgesagt, meinte jedoch, wenn ich es trotzdem versuchen wollte, sollte ich kommen. Das tat ich. Aber er ist völlig senil. Ich habe kein vernünftiges Wort aus ihm herausgekriegt.«

»Schade. Dann haben Sie also die lange Reise umsonst gemacht.«

»Man muß es halt immer wieder versuchen.«

»Sicher. Und verfolgen Sie noch andere Spuren?«

»Nein. Aber mein Leben ist ja auch noch nicht zu Ende.«

Wang nickte. Er hätte jetzt eigentlich aufstehen und gehen müssen, aber wie meist tat er es nicht. »Sie heißen in Wirklichkeit Shen, nicht wahr?« sagte er statt dessen.

Das Staunen in Lians Augen war ehrlich.

»Und Shen Zirong war Ihr Bruder«, fuhr Wang fort. »Ich sehe es Ihnen an. Auch ich habe mich ein wenig mit dem Hinterhalt im Schlangental beschäftigt. Natürlich nur dienstlich. Wenn es ein Trost für Sie ist – ich wünsche Ihnen Erfolg bei seiner Rehabilitierung. Er hat offenbar das Verbrechen nicht begangen, für das man ihn verurteilt hat.«

Er schwieg.

Geh jetzt endlich.

Wang blieb sitzen. »Ich muß mich bei Ihnen entschuldigen, Herr Shen«, fuhr er fort. »Genauer gesagt, meine Familie muß das tun. Mein Vater war Wang Jingfu.«

Lian saß schweigend da.

»Mein Vater hatte keine andere Wahl, als das Urteil zu unterschreiben«, fügte Wang schließlich hinzu.

»Das sagen sie alle«, antwortete Lian.

»Das kann sein. Aber einige meinen es auch so.«

Wang seufzte. »So viel Unrecht ist geschehen. Die Zeit heilt diese Wunden nicht. Das habe ich in den vergangenen drei Wochen erfahren. Aber Menschen können vergeben. Es ist nicht leicht, auch das habe ich lernen müssen. Trotzdem bitte ich darum.«

»Gehen Sie zum Teufel«, sagte der alte Mann.

An diesem Vormittag rief Polizeichef Huang an, von dem es gerüchteweise hieß, er werde bald Parteisekretär sein, weil er die beiden Geiseln mit einem kühnen Handstreich befreit hatte.

»Ich habe hier eine Nachricht aus Peking. Darin geht es um Schreibpapier, Tinte und solche Sachen.«

»Was genau schreiben sie?«

»Erste Tests haben ergeben, daß beide Blätter gleichen Ursprungs sind. Tinte und Klebstoff ebenfalls. Sie wollen wissen, ob weitere Untersuchungen notwendig sind.«

Wang dachte nach. Dann huschte ein hintergründiges Lächeln über sein Gesicht. »Antworten Sie: Nein«, sagte er.

An diesem Vormittag traf außerdem ein Brief von Wangs Schwester Anchun ein.

»Schau dir das Papier an«, sagte Rosina. »Nächstens wird sie noch auf Seide schreiben. Was steht drin ...?«

»›Ich habe gerade meine Wohnung renovieren lassen und deshalb im Moment kein Geld übrig. Schreib mir in ein paar Monaten noch einmal. Allerdings habe ich den Eindruck, daß Anmings Leiden mit Geld nicht zu kurieren ist. Er soll sich nicht so viel auf andere verlassen, sondern endlich auf eigenen Beinen stehen.‹«

Rosina schüttelte nur den Kopf.

»Ich denke, wir können uns das leisten«, sagte Wang.

Je weiter Rosina ging, desto größer wurde ihre Beklommenheit. Die Felder, der Bach, der Plattenweg. Sie klopfte an die Tür.

Eine Nachbarin öffnete. »Sie ist in ihrem Zimmer«, sagte sie. »Sie will niemanden sehen, aber Sie können es ja versuchen.«

Rosina trat ein, und sofort war alles wieder da. Wie sie hier gesessen hatten. Dann dieser eine Schuß.

»Baoren?« Sie klopfte sacht ans Fenster. Wie absurd die bunten Gardinen nun wirkten.

Im Raum wandte sich jemand um. Mit roten Augen, bleich wie ein Geist. »Du?«

»Es tut mir so furchtbar leid.«

»Es tut dir leid!«

»Ja. Da ist einiges, was ich dir sagen muß.«

»Ich will nichts von dir hören!« Der Geist schüttelte den Kopf. »Dir habe ich vertraut ...«

»Hör mich an!«

»Nein. Verschwinde!«

»Dein Vater hat gesagt ...«

»Nimm seinen Namen nicht in den Mund. Das ist abscheulich. *Es lebe die Partei!* Das sind Deine Worte, Rosina Wang. *Tod allen Machthabern, die den kapitalistischen Weg gehen! Reißt das Unkraut aus! Lernt von der Volksbefreiungsarmee! Unterstützt ...«*

»Sei still und hör mir zu!«

»Kritisiert Konfuzius und Lin Biao! Sucht die Wahrheit in den Tatsachen! Arbeitet für die Vier Modernisierungen!«

Rosina trommelte mit den Fäusten gegen den Fensterrahmen. »Hör auf! Hör auf!«

Dann wurde es ganz still. Der Geist war aus dem Blickfeld verschwunden. Die Tür ging auf. Baoren erschien. »Komm rein«, sagte sie.

Rosina tat, wie ihr geheißen. Baoren wies auf einen Stuhl. Rosina setzte sich.

»Ich weiß, wie dir jetzt zumute ist«, begann sie, »aber ich muß dir sagen, was geschehen ist. Und was ich empfinde.« Dann berichtete sie von der Geiselnahme, so gut sie konnte. Baoren saß da und hörte schweigend zu. Als Rosina geendet hatte, schluchzte sie tief auf. Dann trocknete sie ihre Augen, blickte Rosina an und sagte ruhig: »Danke, Rosina. Aber es bleibt eine Tatsache: Wenn du und dein Mann hier nicht herumgeschnüffelt hättet, wäre mein Vater noch am Leben. Ich weiß, der Dieb wäre erschossen worden, aber ich fürchte, das kümmert mich nicht. Ich denke nur noch an meinen Vater und mich. Unser Leben ist zerstört.«

Rosina senkte den Kopf. »Dein Leben ist nicht zerstört. Ich will alles tun, was ich kann, um dir zu helfen.«

Baoren warf ihr einen mißtrauischen Blick zu, sagte aber nichts.

Zeit, das war alles, was Rosina jetzt brauchte. Wenn sie nur mehr davon hätte ...

Auf dem Weg zurück ins Dorf begegnete Rosina Polizeichef Huang. Der strahlte über beide Ohren, als er sie kommen sah. Er glaubte fest an seine Version der Geschichte und erwartete, daß die junge Frau aus Peking in ihm ihren Retter sah.

»Guten Morgen, Frau Wang! Schön, noch am Leben zu sein, nicht wahr?«

»Ja. Wohin so früh?«

»Zum Haus der Familie Fei. Ich muß Fei Baoren eine Menge Fragen stellen.«

»Bitte lassen Sie sie noch ein wenig in Ruhe.«

»In Ruhe lassen? Sie könnte sich aus dem Staube machen. Es liegen schwerwiegende Dinge gegen sie vor. Beihilfe zum Mord, Beihilfe zu illegalem Waffenbesitz. Sie haben großes Glück gehabt, wissen Sie?«

»Ich bin sicher, sie hat keinerlei Beihilfe geleistet.«

»Das werden wir beim Verhör feststellen. Dann muß auch die Sache mit den gestohlenen Bildern geklärt werden. Sie haben zu Sekretär Wus Haus gehört.« Der Polizeichef blickte sie an. »Menschen ändert man nicht durch Nachsicht, Frau Wang. Ihr Vater hat Sie beinahe umgebracht. Ich verstehe Ihre Haltung nicht.«

Wang hatte die Sachen gepackt. »Laß uns noch einen Spaziergang machen«, sagte er. Aber Rosina schüttelte nur den Kopf und antwortete: »Ich habe noch etwas zu tun. Geh du allein.«

»Na schön.« Wang war es zufrieden, mit seinem Heimatort noch ein wenig auf du und du zu sein.

Rosina setzte sich und schrieb mehrere Briefe. An Baoren einen einfachen Vorschlag. An den heldenhaften Polizisten eine einfache Bitte (um Nachsicht), verbunden mit einer einfachen Drohung (alles offenzulegen). An Wang Anming die einfache Mitteilung, daß sich – nachdem etwas Zeit verstrichen war – die Empfängerin des ersten Briefes um ihn kümmern werde.

Das Schicksal, der große Gott der Chinesen, spann die Geschichte sicher weiter, wenn es ihm gefiel.

Der Kommissar ging noch einmal durch das alte Dorf bis hinaus zum Kuhstall. Ping Li und Ma Kai – ein merkwürdiges Paar, aber sagte man nicht, daß Gegensätze sich anziehen? Yin und Yang. Dann den Berg hinauf bis zu dem Aussichtspunkt, den er und Rosina nun doch nicht aufgesucht hatten. An Sekretär Wus Villa vorbei. Den Weg hinauf zum Schlangenpaß und wieder ins Tal hinunter. Schließlich der Gedenkstein: *Unvergessen: die Helden der Revolution.*

Wang dachte lange über diese Worte nach. Dann schaute er sich um. Hatte Sekretär Wu diesen Ort überfluten wollen, um die Erinnerung an eine Schmach zu tilgen? Weil der Parteisekretär des Dorfes auch der Verräter vom Schlangental gewesen war? Das könnte erklären, weshalb sich Wu so vehement für die Fischzucht eingesetzt und den Gedenkstein so vernachlässigt hatte. Aber war es die Wahrheit?

Ich werde es wohl nie erfahren, sagte sich Wang. Und wenn ich es nicht weiß, darf ich den Namen eines Dieners am öffentlichen Wohl nicht in den Schmutz ziehen. Der Wahlspruch des Sekretärs fiel ihm wieder ein: »Das Getriebe der Welt durchschauen.« Vielleicht war Wu wirklich zu der Überzeugung gekommen, Orte wie diese seien nicht mehr von Bedeutung. Jeder schien heute so zu denken.

»Und sie haben nicht recht!« sagte Wang laut und ungeduldig wie ein Kind. »Die Menschen vergessen, wie schlimm das alte China war. Wie hart, wie rückständig, wie ungerecht. Sie dürfen es nicht vergessen!«

Er ging zu der Steinbank und setzte sich nieder. Nur der Bach plätscherte wie immer. Das Schlangental war still, als ehre es die Toten.

Alle Toten.

Wang begann die Namen auf dem Stein zu lesen, kam aber nur bis zur Hälfte. Dann brach er ab und schüttelte den Kopf. Auch dieser Gedenkstein erzählte nur die halbe Geschichte. Viele andere Namen müßten noch darauf stehen, wenn er der Leiden seines Heimatdorfes in diesem stürmischen Jahrhundert gedenken wollte. Der Name der Familie Xu zum Beispiel.

Großgrundbesitzer! widersprach eine innere Stimme.

Opfer.

Darüber mußte er nachgrübeln. Schließlich stand er auf, griff sich einen Stock und ritzte drei Schriftzeichen in die Flechten, von denen der Sockel überwachsen war.

Xu Yifeng.

Die Stimme in seinem Inneren protestierte noch lauter.

»Es tut mir leid, Vater«, sagte er. Und fügte einen weiteren Namen hinzu, den des Sündenbocks Shen Zirong.

Dann schaute er auf die Uhr. Es war Zeit, nach Hause zu fahren. In die Stadt.